中国新文学发生期
文学批评的
多元变革与发展

赵亚宏◎著

人民出版社

责任编辑:薛岸杨
文字编辑:徐　源
责任校对:阎　宓
封面设计:孙　昊

图书在版编目(CIP)数据

中国新文学发生期文学批评的多元变革与发展/赵亚宏 著.
 -北京:人民出版社,2015.12
ISBN 978-7-01-016049-8

Ⅰ.①中…　Ⅱ.①赵…　Ⅲ.①中国文学-现代文学-文学评论-研究
　Ⅳ.①I206.6

中国版本图书馆 CIP 数据核字(2015)第 062323 号

中国新文学发生期文学批评的多元变革与发展
ZHONGGUO XIN WENXUE FASHENGQI WENXUE PIPING DE DUOYUAN BIANGE YU FAZHAN

赵亚宏　著

人民出版社 出版发行
(100706　北京市东城区隆福寺街99号)

北京兴湘印务有限公司印刷　新华书店经销

2015 年 12 月第 1 版　2015 年 12 月北京第 1 次印刷
开本:710 毫米×1000 毫米 1/16　印张:17.5
字数:220 千字　印数:0,001-2,000 册

ISBN 978-7-01-016049-8　定价:52.00 元

邮购地址 100706　北京市东城区隆福寺街 99 号
人民东方图书销售中心　电话 (010)65250042　65289539

四川师范大学科学研究基金资助
四川师范大学文学院科学研究基金资助

目录

Contents

第一章
中国新文学发生期
文学批评理论的学术史回顾

　　中国新文学批评的发生研究是一个重要的、有价值的课题。中国新文学发生期及文学理论批评有多种促成因素，关系重大，影响深远。中国新文学，是区别于中国古代文学并带有"新"或"现代"含义的称谓。即中国现代文学，亦即现在的中国现当代文学学科。因此在本书中，中国新文学发生期文学批评与中国现代文学发生期文学批评是等同概念。文学批评是在文学产生并取得相当发展后才形成的一种学科。它包蕴着两个含义，其一是指对文学自身特点的体认和分析，并在这种体认和分析中产生了最初的关于文学的观念、理论与批评方法；其二是指依据一定的文学观念和理论对纷纭复杂的文学现象进行研究和评论，而研究和评论活动中又包含着不同文学观念、文学理论、文学批评方法相互之间的辩难、渗透、比较、融合和发展。因而一部文学批评史既是文学观念、文学理论、文学批评方法的建立和应用史，也是文学观念、文学理论、文学批评方法的革新和发展史。对中国新文学批评的发生研究也是如此。为能更全面深入地认识"五四"新文化运动与新文学理论形成的内因及脉络，拓展中国新文学发生期文学批评研究的视域空间，在总结前人研究成果的基础上，本书试图以《甲寅》月刊与《新青年》为中心，从另一个视角展开对中国新文学及文学批评发生渊源更深入的探究，对中国新文学发生期文学理论及批评的建构与变革方面进行梳理与整合，对中国新文学发生期文学自身形成特点进行体认和分析，在这种体认和分析中感受如何产生了最初的关于新文学的观念、理论与批评方法，从而使研究具有一定的学术价值及意义。

第一节　学术研究现状的回顾及研究意义

一、关于中国新文学发生期文学批评的研究

关于中国新文学发生期文学及文学理论批评研究，近年来成为热点，众多学者都为此做出了诸多的努力。学者们是见仁见智，各抒己见。他们的研究成果为我们更深入地认识"五四"新文化和新文学运动提供了诸多新的视角。然而，"批评史既不等同于文学史，也不等同于思想史，虽然彼此有关联。批评史应有自己的研究视角，它所关注的是对文学的认知活动与历程，是对文学本质、文学发展、文学创作的不断阐释与探讨"①。

（一）关于中国新文学发生期文学批评起点的探讨

首先，周勇、韩模永撰写的《中国现代文学批评史的起点问题》②对学者们多年的研究成果进行了梳理。关于中国现代文学批评史的起点问题的探讨，正如任何一个在内质上有着千丝万缕联系的学术史或批评史起点的探讨是异常困难的一样，对于中国新文学批评史起点的探讨至今也是一个无法定论的话题。通过对多部中国现代文学批评史

---

① 温儒敏：《中国现代文学批评史·自序》，北京大学出版社 1993 年版，第 1 页。
② 周勇、韩模永：《中国现代文学批评史的起点问题》，《学术界》（月刊）2010 年第 4 期。

教材中对这个问题的不同研究成果，他们梳理和归纳了三种具有代表性的观点：

1. "晚清"说

认为中国现代文学批评史的起点应该从晚清开始。温儒敏的《中国现代文学批评史》宣称此书不是全景式地扫描中国现代文学批评史的详细地貌，而是重在对主要批评派系作系统的彼此有联系的专论，以此概览现代批评的轮廓。书中选取14位最有代表性的批评家及相关流派来概览批评史的大致面貌。他在这部书中把王国维作为起点来拉开序幕，充分论证王国维文学批评的现代性。他认为："王国维1904年发表了《〈红楼梦〉评论》，破天荒借用西方批评理论和方法来评价一部中国古典文学杰作，这其实就是现代批评的开篇"，"王国维宣告了古典批评时代的终结，同时也就把现代批评时代的序幕徐徐拉开了"。① 现代性是王国维能进入现代文学批评视野中的根源所在。周海波的《中国现代文学批评史论》认为："中国现代文学批评流变史的分期，只是为了研究的方便，尤其是叙述的方便。任何一种包括文学批评在内的文体发展，是不可能断然从哪一个时期分开的，所谓'流变'也正是把现代批评看做一个整体，一个不可分割的有机整体"②。如果硬性划分的话，周著认为："1897年，梁启超发表《变法通议·论劝学》，严复、夏曾佑发表《国闻报·附印说部缘起》可以看做是现代文学批评的起点"。③ 把起点又提前了一步，依据都是对现代性质素的强调。持此观点的还有陈传才主编的《文艺学百年》④。另外，童庆炳在《中国文

---

① 温儒敏：《中国现代文学批评史》，北京大学出版社1993年版，第1页。

② 周海波：《中国现代文学批评史论》，上海人民出版社2002年版，第14页。

③ 周海波：《中国现代文学批评史论》，上海人民出版社2002年版，第12页。

④ 陈传才：《文艺学百年》，北京出版社1999年版。

学理论现代性转型的标志与维度》①中认为中国文学批评从古典到现代转型的标志是梁启超的《论小说与群治之关系》和王国维的《论哲学家和美术家之天职》这两篇文章。饶芃子在《中国文艺批评现代转型的起点——论王国维的〈《红楼梦》评论〉及其他》②一文中，把王氏的《〈红楼梦〉评论》认作是中国文艺批评现代转型的起点。张大明的《中国现代文学思潮史》认为："'现代'（Modern），是一个模糊的概念，时限难以准确划分。在以往的文学史分期中，人们曾把1840年到1917年的文学称作近代文学，把1917年到1949年的文学称作现代文学，把1949年以后的文学称作当代文学。其实，'近代'、'现代'、'当代'，是几个近义词，很难将它们对立、区别起来。我们认为，'现代'应是与'传统'对立的文化概念，那么鸦片战争之后传统文学的逐渐裂变，该视为中国现代文学思潮史的发端。"③张著与前两部著作不同之处是把晚清这个起点作为时间阶段来看待。虽然这三部较有影响的批评史著作，都把现代文学批评的起点放在了晚清，但应该是严复、梁启超，还是王国维，还是鸦片战争后传统文学的逐渐裂变，仍存在争议。由于对起点时限的确定本身就很困难，因此对现代性质素的理解也有所不同。

2. "五四"说

持有现代文学批评史起于"五四"说观点的许多版本，大都集中在20世纪90年代以前。有论者认为，"五四"说盛行的主要原因，"一是'提倡白话文'的口号在五四时期喊得非常响亮，而许多人又以为是

---

① 童庆炳：《中国文学理论现代性转型的标志与维度》，《社会科学辑刊》2003年第2期。

② 饶芃子：《中国文艺批评现代转型的起点——论王国维的〈《红楼梦》评论〉及其他》，《文艺研究》1996年第1期。

③ 张大明等：《中国现代文学思潮史》，十月文艺出版社1995年版，第1页。

白话文使中国文学批评发生了'型'的转变。二是毛泽东在《新民主主义论》里对中国近现代史的分期的结论，因为他认为中国的革命史在五四时期出现了质的变化。"① 前者是指语言的变革，后者是一个与政治紧密相连的时间概念。前者若从语言本体论的角度来看，是最具有现代性革命意义的。后者则在实际中最具操作性，更令人习惯地接受。许道明的《中国现代文学批评史新编》，尽管谈到了梁启超和王国维文学批评的先导作用，但把中国现代文学批评的起点和滥觞，还是放在了 1917 年《新青年》创刊及文学革命的开始，因为它适时地代表了那个时代的情绪和精神趋向。斯洛伐克学者高利克的《中国现代文学批评发生史》，指出虽然中国现代文学批评的史前时期至少可以追溯到梁启超在 1898 年所写的《译印政治小说序》之时，但"中国现代文学批评始于 1917 年 1 月"，因为"1917 年 1 月胡适在《新青年》上发表了著名的文章《文学改良刍议》，它成了中国现代文学革命的'宣言'。"② 刘锋杰的论文《"人的文学"的发生研究刍议——从〈中国现代文学批评发生史〉谈起》，在对高利克的著作进行批评的基础上，也持"五四"说。他深刻分析了其中的缘由："从王国维、梁启超的批评开始，就已显示了走向现代的明显迹象，但是，王国维和梁启超的批评只构成中国近代批评的结束与现代批评的开始，是二十世纪中国文学批评的前史。因为王国维、梁启超虽然远比近代批评家更多地使用了西方的文学思想资源，特别是王国维引进叔本华、尼采的思想观念，已经超前地接触到了西方人学思想的最新成果及发展趋势，但在对于人的本质

---

① 庄桂成、庄春梅：《中国文学批评现代转型发生"五四"说检讨》，《江汉论坛》2005 年第 12 期。

② ［斯洛伐克］高利克：《中国现代文学批评发生史》，社会科学文献出版社 1997 年版，第 8 页。

的理解上，毋宁说，他们仍是近代型的"。① 他认为，"人的文学"闪烁着现代光辉的精神实质，把现代文学批评史的起点放在"五四"前后更为合适。

3. 整体观照说

这种观点则流行于新近的现代文学批评史、文论史当中，持有此种观点的论者极力主张着眼于文学现代化的全过程，以此打通传统意义上近代、现代、当代的历史划分，把现代文论放在整个 20 世纪的背景下来观照，模糊对起点的探讨。黄曼君的《中国 20 世纪文学理论批评史》宣称："本书着眼于中国 20 世纪文学的整体，以文学理论批评由古代到现代的转型、它的现代品格的确立和现代话语的探寻为贯穿线索……做到通观百年，将近、现、当代置于 20 世纪的整体中进行观照"。② 黄先生在书中对 20 世纪中国文学理论批评史发展轨迹的描述中，为了叙述方便，仍然采用了政治意义上的近代、现代、当代的概念，然而他并没有因此忽略了近代中国文论现代化转型的"过渡"特征，到了"五四"时期才达到了"勃兴"的多元开放局面。因此，该书回避了硬性划分起点的传统做法，这种模糊起点的策略也许是明智之举。黄先生的另外两部著作《中国近百年文学理论批评史》和《中国 20 世纪文学现代品格论》也都采取了这样的观照方法。杜书瀛、钱竞主编的四卷本《中国 20 世纪文艺学学术史》，也是作以这样整体观照的，同时对于"20 世纪"的用法作了详细的说明："前些年一些学者提出'20 世纪中国文学'的概念，提出撰写'20 世纪文学史'或'20 世纪××史'的主张，其'20 世纪'的用法，力图打通以往'近代文学'、'现

---

① 刘锋杰：《"人的文学"的发生研究刍议——从〈中国现代文学批评发生史〉谈起》，《文艺理论研究》1999 年第 2 期。

② 黄曼君：《中国 20 世纪文学理论批评史》，中国文联出版社 2002 年版，第 1 页。

代文学'、'当代文学'的研究格局，把'20世纪中国文学'放在'世界文学'总体格局的宏观视野下，作为一个不可分割的有机整体来把握；并且带有明显的向以往政治或经济取代一切、涵盖一切的庸俗社会学倾向挑战的性质"①。同时认为"20世纪"的概念是一个中性的时间概念，从而从政治与经济的简单比附中独立出来。而且"20世纪"的用法也确实存在着某种历史的巧合，这一百年左右的时间恰恰标明了中国文论现代化的进程，是现代文论萌芽、生长、发展的时期，因而用这样一个相对模糊的中性时间概念来观照中国文论是非常有理论和现实意义的。关于起点问题，该书也有一个比较明确的态度："人类的历史活动，包括各种学术研究活动，不可能装在某种预先准备好的'时间框架'里发展，不可能按照预定的'时间轨道'运行；它不会以预定的某一年作为开头，又恰好在某一年结束"。②因此可见，该书反对机械的起点划分标准。

正如瑞士心理学家皮亚杰所说："从来就没有什么绝对的开端。换言之，我们或者必须说，每一件事情，包括现代科学最新理论的建立在内，都有一个起源的问题，或者必须说这样一些起源是无限地往回延伸的，因为一些最原始的阶段本身也总是以多少属于机体发生的一些阶段为其先导的，如此等等。"③周勇、韩模永关于中国现代文学批评史的起点问题的探讨结论为："既整体观照中国现代文学批评史，不用概念和政治作人为的割裂，又不回避对起点的界定，但起点一定是某一个时间阶段，是总的历史和时代语境等因素'合力'催生的结果，

①　杜书瀛、钱竞主编：《中国20世纪文艺学学术史》，上海文艺出版社2001年版，第4—5页。
②　杜书瀛、钱竞主编：《中国20世纪文艺学学术史》，上海文艺出版社2001年版，第4页。
③　［瑞士］皮亚杰：《发生认识论原理》，商务印书馆1981年版，第17页。

而不可能是某个人、某个时间点或者是某篇著作和文章"。①

其次，关于中国新文学发生期文学批评起点相关问题的研究。邵滢的《语言变革与中国现代文学批评的发生》②，论述了语言由于其在人类文化中的特殊地位以及作为文学中的本体性要素，导致 20 世纪初发生的语言变革成为中国现代文学批评发生的重要激发机制和显现表征。语言变革促发了文学批评在批评对象、批评测度、批评话语方面的系列变化，论证了这一切恰恰构成了中国文学批评具有"现代性"的真正质素。因而，从语言变革出发来审视中国文学批评，既可以找到现代批评发生的动因之一，又清楚地显现出现代批评的真正所指。庄桂成、舒玲娥的《中国现代文学批评发生研究述论》③，认为中国现代文学批评的发生研究是一个重要、有价值的课题。然而，要研究中国现代文学批评的发生，必须先弄清楚三个问题，即为什么要研究中国现代文学批评的发生，研究中国现代文学批评的发生应达到什么样的目标，如何研究中国现代文学批评的发生，运用系统论、发生学等研究方法，只有这样，我们才能有效地进行中国现代文学批评发生研究。师伟伟的《"五四"时期现代文学批评的逻辑体系》④通过对"五四"文学批评在思想观念、文本形态和创作手法三个方面的描写，体现出鲜明的现代特征，阐述"人"的文学观的确立，"白话文"运动和现实主义、现代主义、浪漫主义的共时存在，共同促进了中国文学批评的现代转型，建构了现代文学批评的话语体系，有力地导引着现代文学的发展。

---

① 周勇、韩模永：《中国现代文学批评史的起点问题》，《学术界》（月刊）2010 年第 4 期。

② 邵滢：《语言变革与中国现代文学批评的发生》，《福建论坛（人文社会科学版）》2003 年第 1 期。

③ 庄桂成、舒玲娥：《中国现代文学批评发生研究述论》，《武汉大学学报（哲学社会科学版）》2005 年第 3 期。

④ 师伟伟：《"五四"时期现代文学批评的逻辑体系》，《黄河科技大学学报》2007 年第 3 期。

　　关于此方面探讨的博士论文有三篇，都具有一定分量的学术研究价值。黄健的《意义重构中的缪斯——"五四"新文学生成的文化审美阐释》①，论述了意义失落与意义重构是近代以降中西文化冲突，导致中国文化转型的重要精神文化现象。在这个特定的历史文化语境中，"五四"新文学在生成之初，就一直将意义重构作为自身发展的主导线索，从中确立了新文学"立人"的思想文化基点，并由此促使新文学走向高度的自觉，完成由古典形态向现代形态的历史转变，形成新文学的新的理念、新的范式、新的主题、新的语言和新的文本结构、新的艺术表现方式与新的艺术传达方式。同时，从文化、哲学、美学和文学思潮演变等多重角度，对"五四"新文学的生成进行全面的阐释。邵滢的《中国文学批评现代建构之反思——以京派为个案》②，认为20世纪初中国文学批评的时代语境发生了翻天覆地的变化，传统文学批评显然难以再适应新的发展趋势，从批评的观念、方法、话语、活动方式等诸多层面进行批判的现代范式建构成为时代之所需。通过三个方面进行论证，即如何协调传统与现代之关系，凭借"横的移植"来为"纵的继承"注入新血；如何面对社会现代进程中滋生出的对审美现代性、对文学和文学批评自身独立属性和功能的新认知与民族危机时期文学深厚的社会关怀意识的纠缠裹结；为捍卫文学的自主性和独立性，又如何抵御作为现代社会必然产物的商业化，并从中体现出现代学人的学院立场，等等。晏红的《认同与悖离——中国现代文论话语的生成》③，在以往学术研究成果基础上特别强调中国现代文论话语生成的动态性与历时性。动态性即指考虑各种因素的影响以及这些影响在不同历史

---

①　黄健：《意义重构中的缪斯——"五四"新文学生成的文化审美阐释》，浙江大学，2004年。
②　邵滢：《中国文学批评现代建构之反思——以京派为个案》，华中师范大学，2004年。
③　晏红：《认同与悖离——中国现代文论话语的生成》，四川大学，2003年。

时期的变异，而历史则必然将其纳入具体的历史语境中。通过对中国现代文论话语生成语境的现代性重构，来寻觅一条进入中国现代文论话语内在生成机制的切实可行的通道。因为任何一种话语的生成均与其所处时代的政治、经济、文化等诸因素发生密切的关联，认为中国的现代性认同在与世界文化的交往中具有全球一体性的同时，亦具有自身的独特性，这种独特性体现为一种"双向异质化"的特征。"认同"即"自我身份的确立"与"对西方的认同学习"。前者强调对西方的认同与学习过程中因为传统文化精神的承继而产生的对西方的背离；后者则强调在中国文论话语的现代转换中必然出现的对传统的背离。"认同与背离"便成为中国现代文论话语生成中的双重悖论，而这恰恰就是中国现代文论话语生成的关键所在。

硕士论文有两篇，都对相关问题进行了探讨。宋菲的《中国现代文学批评观念发生浅论》①，认为国内的中国现代文学批评发生研究主要是一种结果式研究，相对缺少对文学批评自身内在逻辑演变的观照，文学批评观念的现代转折才是现代文学批评发生的内在核心标志和理性根基。论文主要从"发生途径"、"萌生确立过程"、"发生原因"三个方面对现代文学批评观念的发生进行了比较全面的考察。段筱婕的《探寻中国现代文学批评建设的初程——五四现代文学批评理论的源流概观》②，以王国维的文学批评思想为切入点，试图通过对五四时期中国文学批评发生发展过程的描述，发掘传统与现代、本土文化与异质文化的辩证关系，反思中国文论界普遍存在的关于"失语"的讨论，以期在尽可能广阔的背景中，探寻中国五四时期现代文论体系的源流，探寻我们自己"话语"的形成过程。

---

① 宋菲：《中国现代文学批评观念发生浅论》，河北大学，2006年。
② 段筱婕：《探寻中国现代文学批评建设的初程》，新疆大学，2006年。

（二）对中国新文学发生期文学批评相关问题的研究

对中国新文学发生期文学批评相关问题的探究，学者们亦是从多种不同的角度各抒己见，众说纷纭。

1.关于清末民初小说类型理论的研究

陈平原的《论"新小说"类型理论》[①]，对清末民初有关小说类型理论进行阐释，论证了这一时期小说的类型理论远不只是为小说的销售而设计，而是对于中国古代小说的重新诠释，对小说创作规则的探讨以及对中国小说总体布局的改造方面起到很好的作用。陈萍的《论清末民初的小说类型理论》[②]，对1897年至1916年20年间的小说类型理论进行论述，并且把这20年分为清末、民初两个阶段，认为前者热衷于小说的题材类型，侧重于创作和编辑实践；后者则对小说分类进行多角度探讨，理论说明和编创实践并重，并且阐述了清末民初小说类型理论的传统价值与现代意义。

2.关于中国近代文学批评转型方面的研究

王群的《中国近代文学理论批评文体的演进》[③]，认为近代以来中国古代文论文体向近代化、正规化发展演进的过程中，经历了四个时期，即同治前后（1960—1895）传统文论文体蜕变期、戊戌维新思潮兴起前后（1895—1900）报章文体影响下文学理论批评文体剧变期、革命派与保皇派论争前后（1900—1905）文学理论批评文体争论探索期、辛亥革命前后（1905—1915）文学理论批评文体走向中西融合期。这四个时期的界限划分虽然有模糊之处，各个时期之间有所交错，但文

---

① 陈平原：《论"新小说"类型理论》，《中国现代文学研究丛刊》1991年第2期。
② 陈萍：《论清末民初的小说类型理论》，《西南师范大学学报（人文社会科学版）》2001年第5期。
③ 王群：《中国近代文学理论批评文体的演进》，《复旦学报》2005年第3期。

学理论批评文体发展的轨迹是很清晰的。经过这四个时期，到"五四"新文化运动兴起时（1916—1919），文学理论批评以白话文为突破口，全面突破旧的形式，迅速向现代文学理论批评文体转变。王本朝的《从晚清到五四：中国文学转型的制度阐释》[①]，认为从晚清到五四，中国文学发生了意义和形式的转型。文学转型依赖于文学制度的建立和支撑，如科举的废除与新式教育的创建，大众媒介的兴起与传播方式的改变，从作家、作品到读者的存在方式都发生了大变动。以现代教育为背景，职业化作家为主角，现代媒介出版为渠道，都市社会为生存空间生成了现代文学制度，一套新型的文学体制被建立起来，并成为参与现代文学意义和形式转型的体制性力量。文学体制则为五四新文学的发生提供了可能性，成为中国文学转型的重要背景和支撑力量。张文东、王东的《在"断裂"与"承袭"间生成的"现代性"——从晚清小说看现代文学批评的特殊发端》[②]，认为中国现代文学发生于古今争斗、中外交汇的历史背景下，其中自晚清以来开始的小说观念改造及其现实应用，以"断裂"与"承袭"共融的复杂形态，生成了中国现代小说特殊的"现代性"发端。论证了从晚清小说及其理论作为中国现代小说及其批评发端的意义来说，这种接受新知与转化传统并重的"转化"，便在一种"断裂"与"承袭"的辩证关系与运动中，形成了中国现代小说批评特殊而复杂的"现代性"发端。

王宗杰、孟庆枢的《中日学术交流与中国近现代文学转型——从

---

① 王本朝：《从晚清到五四：中国文学转型的制度阐释》，《福建论坛（人文社科版）》2006年第6期。

② 张文东，王东：《在"断裂"与"承袭"间生成的"现代性"——从晚清小说看现代文学批评的特殊发端》，《吉林师范大学学报（人文社会科学版）》2007年第6期。

日本文学批评术语的引进谈起》①，从近百年来日本文学批评术语与中国近现代文学有着不解之缘谈起，中国近代文学批评的新术语大多源于日本。认为在母语与外语的沟通对话过程中，学术术语融于不同的文化、文明、学科交织的动态网络中，演变成为内涵外延迥异的批评概念。研究它们之间的关系不仅是重新审视中国近现代文学史的发展历程，同时也是立足于时代前沿对文学的重新叩问，中国和日本都面临着新的"文学转型期"，以期对当代文学理论批评建设具有重要意义。吴作奎的《从依附到独立——论文学批评文体的现代转型》②，认为中国古代文学批评没有形成自己的独立体式，是依附于批评对象或者文学文体而存在的，随着西方文学批评观念的引入，现代文学批评的文体意识开始自觉，由传统的以感悟式为主的批评，向理论化、明晰化、系统化的批评转变，文学批评文体不再依附于其他文体或批评对象，逐渐形成具有独立品格的批评体式，独立体式的论著体成为中国现代文学批评的主流样式。进而使文学批评出现了重事实、重演绎，强调理性分析和逻辑实证的特征，批评文体的结构也趋向严谨。殷国明的《裂变：中国近代学术转型的历史景观》③，认为中国 20 世纪人文学术和文学批评的发展，充满着历史、文化、社会和心理的裂变。跨文化语境的生成，意味着中国传统文化一次新的裂变，是从旧的肌体中滋生出的一种新的文化呈现平台和方式。这种裂变具有独特性、复杂性和持续性，体现中国本土文化对于这种裂变的接受、理解、应对能力和方式。呈现出 20 世纪中国学术和文学批评的转型，即意味着对于传统文化的不断

---

① 王宗杰，孟庆枢：《中日学术交流与中国近现代文学转型——从日本文学批评术语的引进谈起》，《学习与探索》2008 年第 5 期。

② 吴作奎：《从依附到独立——论文学批评文体的现代转型》，《理论月刊》2012 年第 7 期。

③ 殷国明：《裂变：中国近代学术转型的历史景观》，《人文杂志》2014 年第 10 期。

反思和吐故纳新，而且传统文化也在不断裂变中求生存、求发展，不断被卷入新的文化语境，不断转换自己的思路和策略。张玲的《近代文学批评的学科建设意义》，[①] 阐述了中国近代文学批评在文学批评史上具有承上启下的地位，它宣告了古典文学批评时代的终结，同时也拉开了现代文学批评的序幕。近代学人虽然没有明确提出要建设文学批评学科的口号，但却在客观上做着学科建设的努力，自觉借鉴西方文艺思想进行批评实践，总结出了一系列新的文学批评理论，为文学批评学科提供了丰富的理论资源，并为其确立了开放性的学科建设方向，指出近代文学批评对文学批评学科的建设具有重要意义。

博士论文有两篇。庄桂成的《中国文学批评现代转型发生论》[②]，论述任何时代的一种文学批评，其构成要素主要包括批评主体、批评对象、批评文本、批评功能等。认为文学批评方法的改变，还不能说是文学批评的"转型"，因为倘若主体、对象、功能没有变的话，其基本的"型"就还未变。中国文学批评发展到晚清出现转型的原因是社会历史危机、西学东渐与文体变革。论证儒学正统地位丧失导致新式教育兴起，新式教育兴起又为中国培育了大量的新型知识分子。新型知识分子成为批评主体，必然会导致中国文学批评发生转型。随着小说地位的提高，文学文体就发生了变化，那么文学批评文体也相应地发生改变，中国文学批评发生转型就在所必然。因而，无论是梁启超的文学革命，还是王国维的西体中用，抑或是章太炎的文学复古，其文学批评转型的最终指向都是文学批评的科学化、人本化。周少华的《晚清民初诗歌批评转型研究》[③]，指明研究范围是晚清至"五四"前夕在启蒙

---

① 张玲：《近代文学批评的学科建设意义》，《山东理工大学学报（社会科学版）》2011年第1期。
② 庄桂成：《中国文学批评现代转型发生论》，华中师范大学，2004年。
③ 周少华：《晚清民初诗歌批评转型研究》，华中师范大学，2011年。

思潮影响下文人学者在过渡时代的文化转型的语境中，参照社会现实、域外诗学和本民族的传统诗学进行的诗歌理论批评。认为晚清民初诗评是趋新的诗评，其新并不符合进化论的理论预设，在纵向上呈现出三条路径：在调和中求新、在复古中趋新、在"断裂"中革新。根据这三种路径，秉持一定诗学观念从事诗歌理论批评的批评者，分别称为调和派、复古派和断裂派。分别从社会性别的视角对晚清民初的闺秀诗评的总体格局，从传播学的角度从外部观照晚清民初诗评的转型，在西学东渐的学术背景下，各派诗歌理论批评的特点及其对于后世的影响，以及对晚清民初诗歌理论批评进行反思等方面，来探究古典诗学向现代诗学的转变轨迹。

张玲的《中国近代文学批评的现代性转型及其学科建设意义》①，涵盖了前面已发论文的观点。认为文学批评现代性转型作为一个过程，是不断变化和发展的，逐步实现着由量变到质变的转化；现代性转型作为一种状态，是指此时的文学批评虽具备了部分现代性特征，但非完全的现代性，中国文学批评的现代性转型的发生，与当时的社会文化状况、文学状况及文学批评状况等有着密切的联系。近代文学批评对现代文学批评的形成具有重要的学科建设意义。近代文学批评学者们在客观上做着学科建设的努力，近代文学批评标志着文学批评学科建设的肇始，为中国文学批评学科建设提供了丰富的理论资源。

3. 关于近代文学批评相关方面的研究

黄霖的《中国近代文学批评研究的几个问题》②，主要从近代品格与时间断限、传统改造了西学、人品不等于文品、同而不同处下工夫四个方面梳理了学者们的众多看法，认为近代文学应该从 1840 年到 1919

---

① 张玲：《中国近代文学批评的现代性转型及其学科建设意义》，山东理工大学，2011 年。
② 黄霖：《中国近代文学批评研究的几个问题》，《文学评论》1994 年第 3 期。

年最为合理。黄霖认为应该实事求是地分析，认为中国近代的文学变革就是西与中的碰撞、交融后的产物，不能以对人品的评价而混淆了对其作品的评价，更不能以派论人。何郁的《梁启超〈论小说与群治之关系〉和王国维〈红楼梦评论〉之比较批评》①，对梁启超《论小说与群治之关系》和王国维的《红楼梦评论》的批评历史、批评文本、批评主体进行比较和重估。文章认为在近现代文学批评革命中，王国维的《〈红楼梦〉评论》是文学批评的第一篇革命宣言。范方俊的《批评的解剖——王国维与20世纪意境论批评》②，认为意境论批评是中国传统文学批评中出现最早、最具民族特色的一种，同时也是20世纪得以最早重塑且持续时间最长的一种现代文学批评。在意境论文学批评由传统转向现代的过程中，王国维的贡献不言而喻。但长时间以来人们对王国维的意境论文学批评存在着一定的误解，特别是对其意境论文学批评的现代性特征认识不够。因此有必要以王国维意境论文学批评为个案，对其文学批评的理论重心、批评模式和批评特色进行剖析。

4. 关于近代文学批评文体方面的研究

朱文华的《简论晚清"新文体"散文》③，认为"新文体"是一个动态的总概念，本身有一个发展过程。即从"报章文"到"时务文"，经梁启超改造的"新民体"。而"新文体"是在梁式"新民体"形成的同时或稍后的发展，分别导向了仿效"新民体"和转向白话文两个文体分支，进而对晚清"新文体"的内容和形式方面进行了探讨。丁晓原

---

① 何郁：《梁启超〈论小说与群治之关系〉和王国维〈红楼梦评论〉之比较批评》，《东方论坛（青岛大学学报）》2000年第2期。

② 范方俊：《批评的解剖——王国维与20世纪意境论批评》，《中国人民大学学报》2005年第6期。

③ 朱文华：《简论晚清"新文体"散文》，《复旦学报（社会科学版）》1995年第3期。

的《梁启超与中国现代散文的发生》①，认为处于"过渡时代"的梁启超，最具有散文文体史意义的是他的"文界革命"。"文界革命"在他这里不只是一种倡议，一种构想，更是一种卓有成效的实践。其要义是内含的"欧西文思"和形制的"流畅锐达"。就具体的文体实践方面，梁启超在论说体散文、新闻体散文和记游体散文等方面都有文体史意义的建树。文章论证了梁启超在"文界革命"这一时代话题的表达上实现了知与行的协同，使之成为"五四"散文直接而重要的先导。

张林光的《论20世纪初中国批评文体的现代转换》②，从文体的角度，在20世纪初中国的时代和社会的大背景下，对20世纪初中国文学批评文体的现代转换问题做了一个初步的探讨。文章论述了这种现代转换之所以如此艰难的原因以及所取得的主要成果，并分别从中国文学批评文体的特征、现代转换所面临的语境压力、所取得的主要成果——白话主流地位的确立、独立品格的形成四个方面进行阐述。王犇的《梁启超批评文体研究》③，主要从梁启超文学批评文体的特点、形成的缘由、所具有的文体学价值等方面进行探究，进而论述其之于中国传统文学批评文体现代转型的意义，从方法论角度阐释它所具有的文体学价值以及对当代文论写作所带来的启示。

5. 关于梁启超小说界革命与现代文学理论方面的研究

杨红旗的《梁启超小说界革命与现代文学理论》④，认为梁启超提出小说界革命，其理论主张有明显的资料来源，但他以新的原则综合众多来自传统和西方的思想资料，提升了小说的地位，开始了新文学体系的

---

① 丁晓原：《梁启超与中国现代散文的发生》，《广东社会科学》2015年第1期。
② 张林光：《论20世纪初中国批评文体的现代转换》，浙江师范大学，2002年。
③ 王犇：《梁启超批评文体研究》，东华理工大学，2013年。
④ 杨红旗：《梁启超小说界革命与现代文学理论》，《贵州师范大学学报（社会科学版）》2002年第2期。

创建。他的理论主张宣扬人性、进化与文化化合等现代观念，是现代文学理论的萌芽。陈大康的《论"小说界革命"及其后之转向》①，论述了近代小说是衔接形态内容迥异的古代小说与现代小说的过渡环节。近代国家危亡的刺激，催生了改良小说共识。梁启超的"小说界革命"，是基于他归纳总结了众人理论主张与实践之上顺势倡导的，使小说提高到史上从未有的地位。作者、作品迅猛增多，阅读市场急速扩张。文章认为应该充分肯定梁启超推动近代小说发展的功绩，但将小说作为政治斗争工具的观念与小说本性特质不符，他本人在数月后也舍小说而去。在作者、读者、出版与理论探索的共同作用下，小说逐渐回归本体，梁启超的主张也随之淡出人们关注的范围，这样的评价比较客观公允。

二、关于《甲寅》月刊与《新青年》及新文学渊源关系的研究

对于《甲寅》月刊与《新青年》及新文学的关系及影响，《新青年》和五四新文学运动本身的形成发展过程，一直没能引起重视，以往学界作过深入细致探索和研究的人不是很多，只是近些年有人开始研究。实际上，《甲寅》月刊与《新青年》以及整个新文学运动有着极深的历史渊源关系。

1.最早肯定《甲寅》月刊对新文化运动贡献的是常乃德。他在1928年写作并于1930年出版的《中国思想小史》中谈到了培植新文化运动的种子的人，既不是陈独秀，也不是胡适，他认为是章士钊。而且认为他无意间为后来的新文化运动预备下几个基础：理想的鼓吹，逻辑式的文章，对文学小说的注意，正确的翻译，通信式的讨论。除第二点外，"都是由《甲寅》引申其绪而到《新青年》出版以后才发挥光大的。"②胡适在《五十年来中国之文学》中谈到章士钊是一个大政论

---

① 陈大康：《论"小说界革命"及其后之转向》，《文学评论》2013年第6期。
② 常乃德著，葛兆光导读：《中国思想小史》，上海古籍出版社2005年版。

家，"自 1905 年到 1915 年（民国四年），这十年是政论文章的发达时期，这一时代的代表作家是章士钊。""章士钊的文章，散见各报；但他办《甲寅》时（1914—1915）的文章，更有精彩了。"①肯定了章士钊"逻辑文学"的成就，同时谈到黄远庸致《甲寅》月刊记者要提倡新文学的信，"是中国文学革命的预言"②。

2. 美国学者周策纵在《五四运动史——现代中国的思想革命》中，早就提到《新青年》"许多早期撰稿人如李大钊、高一涵都曾为不久前停刊的《甲寅》杂志撰写过文章"，③但没有展开论述。香港学者陈万雄在《五四新文化的源流》中说："这里要指出的，这时期的主要作者几全属章士钊、陈独秀办《甲寅杂志》的作者，所以初期《新青年》之与《甲寅杂志》是有一定人事和思想渊源。"④其他几位的专著也都或多或少提及，如曹聚仁的《文坛五十年》中，说《新青年》"这份划时代的刊物，创刊之初，只是继续《甲寅》的老路线，那几位爱国伤时的书生，如李大钊、李剑农、高一涵、陈独秀，也都是《甲寅》的旧友，他们用《甲寅》体的逻辑文学，发为《甲寅》式的论调就是了。"⑤刘纳的《嬗变——辛亥革命时期至五四时期的中国文学》⑥，对"国民"与"人"，"群体"与"个体"的意识，从文学角度对辛亥革命时期到五四时期知识分子的思想转变，作了深刻、独到的阐释。陈方竞的《多重对话：中国新文学的发生》⑦中，谈到陈独秀创办《青年杂志》提倡思

---

① 姜义华主编：《胡适学术文集·新文学运动》，中华书局 1993 年版，第 130 页。
② 姜义华主编：《胡适学术文集·新文学运动》，中华书局 1993 年版，第 133 页。
③ ［美］周策纵：《五四运动史——现代中国的思想革命》，周子平等译，江苏人民出版社 1999 年版，第 46 页。
④ 陈万雄：《五四新文化的源流》，北京三联书店 1997 年版，第 19 页。
⑤ 曹聚仁：《文坛五十年》，中国出版集团东方出版中心 1997 年版，第 107 页。
⑥ 刘纳：《嬗变——辛亥革命时期至五四时期的中国文学》，中国社会科学出版社 1998 年版。
⑦ 陈方竞：《多重对话：中国新文学的发生》，人民文学出版社 2003 年版。

想启蒙，就背离中国传统而面向西方思想学术而言，较之他的《甲寅》同人显然要更加彻底。

3. 研究《甲寅》月刊与《新青年》渊源关系的期刊论文

岳升阳的文章有三篇。《移植西方民主政治的失败与启蒙思想的复苏——〈新青年〉的先声〈甲寅〉月刊》①，论述了民初社会对政制移植的争论与偏重"国权"的趋向，袁世凯表面上同意共和立宪，但实质上是用来维护他的封建专制统治。民主政治的失败，使人们痛苦失望，但进步知识分子开始在挫折和失败中探索新路，《甲寅》月刊就是鼓吹卢梭的人权和具有自由主义特征的政治理论的理想之地，使得启蒙思想开始复苏，即对自我意识的强调，对卢梭"天赋人权说"的捍卫，在个人与国家关系上有了新认识，以及对功利主义的提倡。《甲寅》的启蒙思想和注重政治根本精神的做法被《新青年》所继承。《从"人权"到"民主"——新文化运动前期陈独秀民主思想的演变》②，对"人权"并非"民主"进行了剖析，论述了陈独秀的民主思想与《甲寅》时期基本上是一致的，并对陈独秀人权思想的内容作了解释。同时阐明了陈独秀的启蒙思想一方面继承了《甲寅》月刊注重学理探讨的长处不过分贴近政治斗争，保持着一定的理论深度和思想锋芒；另一方面又继承了梁启超注重宣传鼓动的长处，使启蒙思想突破单纯学理探讨的层次。《〈甲寅〉月刊与〈新青年〉的理论准备》③，则是对第一篇文章的具体阐述。

---

① 刘桂生主编：《时代的错位与理论的选择——西方近代思潮与中国"五四"启蒙思想》，清华大学出版社 1989 年版。

② 刘桂生主编：《时代的错位与理论的选择——西方近代思潮与中国"五四"启蒙思想》，清华大学出版社 1989 年版。

③ 岳升阳：《〈甲寅〉月刊与〈新青年〉的理论准备》，《清华大学学报（哲学社会科学版）》1989 年第 1 期。

刘桂生《章士钊与〈甲寅〉月刊和〈新青年〉》①，谈到章士钊这个五四时期以反对新文化运动闻名于世的评论家，在新文化运动的酝酿时期，却曾为它提供了有力的扶持和政治方向的指引。文章简略论述了《甲寅》月刊的创办为《新青年》的诞生准备了作者队伍，又阐述两刊物的"发刊宗旨"在思想上脉络贯通，还有版面的惊人相似之处，"通讯"栏的承续，以及文学革命在思想理论上都有联系。闵锐武《〈甲寅杂志〉与〈青年杂志〉的渊源关系》②，从《甲寅》月刊的作者和主旨进行分析，认为《新青年》只是拓宽了《甲寅》月刊开创的"政治精神"的探索，尽管陈独秀改造社会的方式与章士钊不同，但动机却很相似。认为《甲寅》月刊与新文化运动在思想上和人员上都有渊源关系。杨琥《〈新青年〉与〈甲寅〉月刊之历史渊源——〈新青年〉创刊史研究之一》③，在关于主编人、撰稿人队伍，及在两刊物发表的文章数量对比，发刊宗旨、栏目设置等方面论述两刊物之间的渊源关系，同时也分析了两刊物的差异。

李怡的文章有两篇。《〈甲寅〉月刊：五四新文学运动的思想先声》④，从"期刊与出版研究"的出版学角度对《甲寅》月刊进行研究，文章阐述了清末民初的社会背景，章士钊及其同人在《甲寅》月刊时期完成了从早年倡导国权到倡导民权的重要转变。对卢梭的"天赋人权说"的捍卫，体现了新一代的知识分子已经从自己的现实体验出发划开了与前一代思想家的距离，中国近现代思想文化进入到一个新的层

---

① 刘桂生：《章士钊与〈甲寅〉月刊和〈新青年〉》，《百年潮》2000 年第 10 期。

② 闵锐武：《〈甲寅杂志〉与〈青年杂志〉的渊源关系》，《河北师范大学学报（哲学社会科学版）》2001 年第 3 期。

③ 杨琥：《〈新青年〉与〈甲寅〉月刊之历史渊源——〈新青年〉创刊史研究之一》，《北京大学学报（哲学社会科学版）》2002 年第 6 期。

④ 李怡：《〈甲寅〉月刊：五四新文学运动的思想先声》，《中国现代文学研究丛刊》2003 年第 4 期。

面。作为"五四"前夕中国知识分子在日本的这一言论空间，通过对个人与国家、民族发展的新的考察和论战，完善了以个人独立自由为核心的现代性的思想方案，使之成为了"五四"新文化运动与新文学的基本思想资源。同时，文章分析了《甲寅》月刊的文学动向，也是新思想逻辑演绎的结果，是现实人生的经验小结。《国家主义的批判与个人主义的倡导——从〈甲寅〉到〈新青年〉的思想流变》，论述了"五四"思想的开拓应该追溯到《甲寅》月刊，《甲寅》月刊在民初最先完成了从国家主义向个人主义思想的转变，认为"从某种意义上说，《青年杂志》的创办就是陈独秀对《甲寅》杂志业已形成的思想资源与作者资源的再组织与再优化。"①《新青年》同人努力建构以"个体"、"自我"为出发点的"新文化"思想系统。但是在个体与个体之间，在不同的"自我"之间，绝对地存在着差异性，也带来了"五四"新文学的多种可能性，由思想的变迁形成了"五四"新文学的"立场"和"格局"，这是不容置疑的。李怡的博士学位论文《日本体验与中国现代文学的发生》②，其中最后一章题目是："立场与格局的嬗变：从《甲寅杂志》到《新青年》的思想经验"，其基本思路与他前面的两篇期刊论文相通，这里暂不赘述。陈平原在《思想史视野中的文学——〈新青年〉研究》（上）一文中谈到："《新青年》的作者群即编辑思路与《清议报》、《新民丛报》、《民报》、《甲寅》等清末民初著名报刊，有着千丝万缕的联系。"③庄森《〈青年杂志〉相承〈甲寅〉论》④，从办刊思想、编辑思路、作者延续思

---

① 李怡：《国家主义的批判与个人主义的倡导——从〈甲寅〉到〈新青年〉的思想流变》，《江汉论坛》2006年第1期。
② 李怡：《日本体验与中国现代文学的发生》，北京师范大学，2003年。
③ 陈平原：《思想史视野中的文学——〈新青年〉研究（上）》，《中国现代文学研究丛刊》2002年第3期。
④ 庄森：《〈青年杂志〉相承〈甲寅〉论》，《学术研究》2005年第5期。

想等方面，分析了《新青年》对《甲寅》月刊的承继。

三、关于《甲寅》月刊的相关研究

章士钊曾办过《甲寅》月刊、《甲寅》日刊、《甲寅》周刊，为研究的需要，这里只遴选关于章士钊与创办《甲寅》月刊相关的研究成果。胡适曾经在《与高一涵等四位的信》中说："二十五年来，只有三个杂志可代表三个时代，可以说是创造了三个新时代：一是《时务报》；一是《新民丛报》；一是《新青年》。而《民报》与《甲寅》还算不上。"①《甲寅》月刊也许不能代表一个时代，但是它在民初社会中却是令人瞩目的刊物。"以《甲寅》月刊的创立为标志，启蒙思想在中国得到了复苏并迎来了高潮。""对于《甲寅》月刊，我们认为，它在早期新文化运动中扮演了重要的角色。"②《甲寅》月刊在当时的地位和影响可见一斑。学界对于《甲寅》月刊的研究主要从二十世纪八十年代开始。近年来越来越多的研究者把目光投向了晚清和民国。对章士钊以及《甲寅》月刊在中国政治思想文化史上的影响研究在近几年成为热点。到目前为止，对章士钊个人及其杂志研究论文、回忆文章、传记、专著共近百篇（部）。研究者们分别从政治学、社会学、历史学等不同角度进入，取得了一定的研究成果。随着章含之、白吉庵主编的《章士钊全集》（十卷）③的出版，为章士钊研究提供了更大的方便，促进了研究的进一步深入和成为热点。

钱基博在《近百年湖南学风·湘学略》④和《现代中国文学史》⑤中，

---

①　胡适：《与高一涵等四位的信》，《努力周报》1923 年第 75 期。

②　刘桂生主编：《时代的错位与理论的选择——西方近代思潮与中国"五四"启蒙思想》，清华大学出版社 1989 年版，第 13 页。

③　章含之、白吉庵主编：《章士钊全集》，文汇出版社 2000 年版。

④　钱基博：《近百年湖南学风·湘学略》，岳麓书社 1985 年版。

⑤　钱基博：《现代中国文学史》，岳麓书社 1986 年版。

肯定了章士钊的逻辑文的成就和逻辑思辨能力。而王森然于 20 世纪 30 年代所写的《近代二十家评传》①中有《章士钊先生评传》，书中介绍了章士钊的人格和文采，"事业之宏远伟大，莫或见及；而其高尚之人格，则益如良璞之霾于深矿，永劫莫发其光晶也"。②汪原放于 1983 年写的《回忆亚东图书馆》则专门介绍亚东图书馆从《甲寅》月刊第 5 期开始接手出版事宜，并说"一九一五年印行章士钊的《甲寅》杂志，亚东图书馆的名字已经叫人认识了。"③可见，当时《甲寅》月刊在国内的影响之大。李新、李宗一主编的《中华民国史》第二编第一卷《北洋政府统治时期》④中，把《甲寅》月刊作为欧事研究会的宣传机关进行了介绍。杨义《中国新文学图志》⑤着重介绍了《甲寅》月刊与《甲寅》周刊在对文学态度上的分歧和差异，附有《甲寅》月刊的书影。丁守和主编的《辛亥革命时期期刊介绍》⑥，其中由白吉庵主笔对《甲寅》月刊进行了详细的介绍，从办刊宗旨、编辑人员方面，对比较重要的政论文章进行了整理与简单评述。

关于章士钊传记，目前主要有三部：陈书良的《寂寞秋桐——章士钊别传》⑦，邹小站的《章士钊传》⑧，白吉庵的《章士钊传》⑨。陈书良写的传记只是叙述传主一生比较大的几个事件。邹小站写的传记则朴实严谨，主要突出章士钊一生特立独行的性格。白吉庵写的传记则显得丰富、扎实、厚重，对传主的家谱都梳理得非常清晰、准确。白是章

① 王森然：《近代二十家评传》，书目文献出版社 1987 年版。
② 王森然：《近代二十家评传》，书目文献出版社 1987 年版，第 283 页。
③ 汪原放：《回忆亚东图书馆》，学林出版社 1983 年版，第 28 页。
④ 李新、李宗一主编：《中华民国史》（第二编第一卷），中华书局 1987 年版。
⑤ 杨义：《中国新文学图志》，人民出版社 1998 年版。
⑥ 丁守和主编：《辛亥革命时期期刊介绍》，人民出版社 1986 年版。
⑦ 陈书良：《寂寞秋桐——章士钊别传》，长春出版社 1999 年版。
⑧ 邹小站：《章士钊传》，河南文艺出版社 1999 年版。
⑨ 白吉庵：《章士钊传》，作家出版社 2004 年版。

士钊的学生，也是研究章士钊的学者。关于介绍章士钊的交游行踪的专篇论文（包括亲属回忆文章）有很多，这里不一一列举。

（一）关于研究章士钊逻辑思想方面的论文

谢幼伟的《评章著〈逻辑指要〉——兼论演绎与归纳》①和彭漪涟的《近代中国逻辑思想史论》②，卞孝萱的《章士钊一生"三指要"》③，对章士钊一生中写的《逻辑指要》、《论衡指要》、《柳文指要》进行了评述。此外，周逢琴的硕士论文《论章士钊的逻辑文》④，在论述章士钊的逻辑文时，论证了章士钊带有现代色彩的文学观，区别对待政论和文学作品，体现出文学认识上的"分业观"。论文论述了章士钊对于政论创作以理性态度，推理、论证都要合于逻辑，以"洁"为文标准，坚持独立论证、朴实说理的原则，并且创造了"逻辑文"这一独特的文体，体现了现代科学实证的理性精神。论文着重揭示"逻辑文"文言外壳掩盖下的现代性，期待更多的研究视线投向20世纪的中国散文。

（二）关于章士钊的政治思想和新闻理论、实践研究

博士学位论文有三篇。张谦的《章士钊宪政思想研究》⑤，主要以清末立宪与排满革命两大政潮为背景，在变革的世界抉择中突出当时中国出现的宪政机遇，并在已有章士钊研究的基础上，强调章士钊的宪政主张在清末民初的宪政思潮中占有重要地位，及其宪政思想演变的整个过程和内在理路。李日的《章士钊新闻理论与实践研究》⑥，系统探讨章士钊的近代新闻实践和新闻理论，并对章士钊在新闻事业中的贡

---

① 谢幼伟：《评章著〈逻辑指要〉——兼论演绎与归纳》，《思想与时代》1943年第26期。
② 彭漪涟：《近代中国逻辑思想史论》，上海人民出版社1991年版。
③ 卞孝萱：《章士钊一声"三指要"》，《烟台师范学院学报（哲学社会科学版）》2001年第2期。
④ 周逢琴：《论章士钊的逻辑文》，青岛大学，2003年。
⑤ 张谦：《章士钊宪政思想研究》，复旦大学，2000年。
⑥ 李日：《章士钊新闻理论与实践研究》，湖南师范大学，2003年。

献给予了一个公允的评价和合适的定位。郭华清的《宽容与妥协——章士钊的调和论研究》①，是以章士钊的几篇谈调和的文章为基础而写成的博士论文。论文对章士钊调和论的涵义、是非、新旧调和论的失足，把历史和理论相结合，深化了对章士钊调和论的认识。

（三）关于章士钊及《甲寅》月刊的相关问题研究

硕士学位论文有六篇。袁甜的《〈甲寅〉杂志研究》②。论文资料翔实、丰富，看得出作者对《甲寅》月刊这一同人杂志，除了文学方面简略介绍外，都做了详细的考察。该文重点是对"通讯"栏的研究分析，认为它是一个"讲堂"，不是一个沙龙和公共话语空间，"甲寅"人担当了导师的角色，成为知识传播者，对于理解中国文学文化的发展走向、民族心理的形成及现代性因素的演变很有帮助。刘康的《五四新文学缘起的政治文化再考——以〈甲寅〉月刊为中心》③，从政治文化方面对《甲寅》月刊进行论述，主要以"个人本位"为研究的突破口，从政治文化的角度对五四新文学的缘起进行探讨。周基琛的《从反叛到复归——章士钊1903—1927年间的文化思想》④，以学理和历史为标准，考鉴1903—1927年间章士钊由激进至保守的文化思想的嬗变轨迹，并作出评价。李琴的《五四前后陈独秀报刊编辑思想探析》⑤，谈到陈独秀协助章士钊编辑《甲寅》月刊时期，与李大钊、高一涵等人相识，论述陈独秀认为中国要进行政治革命，必须要从思想革命开始。这一时期的编辑思想和策略为《青年杂志》的诞生打下了基础。郑英春的《章

---

① 郭华清：《宽容与妥协——章士钊的调和论研究》，古籍出版社2004年版。
② 袁甜：《〈甲寅〉杂志研究》，苏州大学，2006年。
③ 刘康：《五四新文学缘起的政治文化再考——以〈甲寅〉月刊为中心》，西南大学，2006年。
④ 周基琛：《从反叛到复归——章士钊1903—1927年间的文化思想》，复旦大学，2001年。
⑤ 李琴：《五四前后陈独秀报刊编辑思想探析》，湖南师范大学，2002年。

士钊〈调和立国论〉再研究》①，对章士钊在《甲寅》月刊上发表的重要文章《调和立国论》，在以往学界研究的基础上，对其对象、内涵和意义再进行重新理解和评估。文章认为调和立国论貌似妥协的言论背后透露出来的是不妥协的革命精神，他们发挥了坚定革命党人革命信念，捍卫了共和制尊严的作用。滕峰丽的《从前、后〈甲寅〉看章士钊的思想转变（1914—1927）》②，从文化、政治、教育等角度论述了章士钊由前《甲寅》时期的温和、讨论的调和立国，到后期的复古保守的转变。

（四）关于《甲寅》月刊研究的论文

郑超麟的《陈独秀与〈甲寅杂志〉》③。该文证明了陈仲甫（即陈独秀）第一次用"独秀"笔名的时间和史实；披露了陈独秀创办《青年杂志》的动机和由来；解析了长期被中国政治界、学术界误会的陈独秀的一篇重要文章，即发表在《甲寅》月刊第4期上的《爱国心与自觉心》的真实内容（不是不爱国，而是为什么要爱国，爱什么样的国，怎样去爱国）。从所引用的史料看，有些是作者向陈独秀的好友汪孟邹等调查所得的活材料，特别珍贵。这篇文章是作者在20世纪40年代收集材料写作《陈独秀传》的过程中写的一篇独立的文章，一直没有机会发表。李华兴的《从传播欧洲思想到回归传统文化——〈甲寅〉时期章士钊思想研究》，认为学术界几十年来的思维定势，使得章士钊在前《甲寅》时期的贡献被遮蔽，后《甲寅》时期的思想则被一笔否定。正是在被"否定"的地方，却显示了章士钊思想的价值理性。他的文化保守主义观点，"对于五四时期彻底反传统的激进主义，是一种补偏纠弊；而在当前的中国社会，则不仅是西化、自由主义、科学主义的对

---

① 郑英春：《章士钊〈调和立国论〉再研究》，清华大学，2004年。
② 滕峰丽：《从前、后〈甲寅〉看章士钊的思想转变（1914–1927）》，华中师范大学，2004年。
③ 郑超麟：《陈独秀与〈甲寅杂志〉》，《安徽史学》2002年第4期。

立互补要素，而且是重建既有时代性又有民族性的中国社会主义新文化的内在张力"①。浮新才的《章士钊〈甲寅〉（月刊）时期政论研究——以调和论为中心》②，以章士钊在《甲寅》月刊时期发表的政论文章为研究对象，对其不同时期的观点、理论和词义进行了清理，来挖掘章士钊真正关注的目标、观念思维和理论选择的深层次的思想，真实地说明了章士钊思想的实质和核心内容。崔汝云、吴江梅的《民初章士钊政治"有容"论之评析》③，对章士钊《甲寅》月刊中提出的"有容"思想进行分析，不"好同恶异"，指出"为同"之弊：一是造成中国社会长期停滞；二是"为同"在政治上表现为专制。如何在政治上做到"有容"：第一是迎异则进，克异则退；第二是反对"好同恶异"，关键在于立宪。"有容"精神是推进民主宪政建设的迫切需要。邹小站的《章士钊〈甲寅〉时期自由主义政治思想评析》④，认为《甲寅》月刊时期，是章士钊一生思想影响最大的时期，也是他自由主义思想的巅峰时期。他既关注国家的强大，又关注个人的自由权利。他用功利主义理论系统地清理国家与个人的关系，批驳专制集权理论，捍卫民主政治的价值，提出调和立国论。他希望中国能够以和平有序的方式实现政治的转型，同时又在现实的逼迫下承认革命的正当性。章士钊的困惑在近代自由主义者中具有相当的典型性。此外，还有郭华清的《〈甲寅〉时期章士钊的哲学思想——调和论》⑤和《章士钊批判封建专制的理论评析》⑥（前

①　李华兴：《从传播欧洲思想到回归传统文化——〈甲寅〉时期章士钊思想研究》，《史林》1996年第1期。

②　浮新才：《章士钊〈甲寅〉（月刊）时期政论研究——以调和伦为中心》，《清华大学学报（哲学社会科学版）》1999年第3期。

③　崔汝云、吴江梅：《民初章士钊政治"有容"论之评析》，《昆明大学学报（综合版）》1999年第2期。

④　邹小站：《章士钊〈甲寅〉时期自由主义政治思想评析》，《近代史研究》2000年第1期。

⑤　郭华清：《〈甲寅〉时期章士钊的哲学思想——调和伦》，《中山大学学报论丛》2000年第3期。

⑥　郭华清：《章士钊批判封建专制的理论评析》，《广州大学学报（综合版）》2001年第1期。

面的博士论文已经说明）。

（五）关于《甲寅》月刊文学方面研究的论文

罗家伦的《近代中国文学思想的变迁》，对章士钊的政论文章（被罗第一次称为"逻辑文学"）和《甲寅》月刊给予了很高的评价，"《甲寅》杂志出来，可谓集'逻辑文学'的大成了！平心而论，《甲寅》在民国三四年的时候，实在是一种代表时代精神的杂志。政论的文章，到那个时候趋于最完备的境界"[①]。陈平原的《论"新小说"主题模式》，从对清末民初作家对文化选择的困惑的角度与小说所采用的主题模式上来解读章士钊和苏曼殊的小说。论文认为此时期的作家对社会理想和生活理想没有清晰明确的理论表述，只有大致的倾向性，出现了选择的困惑，具体体现在"旧文化与新文化的对立、传统文化与外来文化的对立和正统文化（儒）与非正统文化（佛、道）的对立这三个互有联系的层面上。"[②]章士钊和苏曼殊在小说中都通过一男子同时选择二女子的三角恋爱模式的运用，来体现两作家对东西方文化选择所表现出来的困惑。刘纳的《民初小说的情感取向和文体特色》，对章士钊的小说《双枰记》的叙述模式和主题表达与情感取向都进行了分析，"辛亥革命时期持有民主主张的文学作者曾经热情歌颂时代与人生的因缘际会，而1912年以后的作者在凭吊革命年代的永诀的伤痛中则衍生出'来日大难'的预感。"[③]论文认为章士钊把主人公的死置于可解与不可解之间，披露了一代人苦闷之结的绞缠，蕴涵于其中的悲哀已经超越了"伤心"的时代情绪，并接近了形而上层次的边缘。徐鹏绪、周逢琴的

① 罗家伦：《近代中国文学思想的变迁》，《新潮》1920年9月第二卷第5号。
② 陈平原：《论"新小说"主题模式》，《文艺研究》1989年第2期。
③ 刘纳：《民初小说的情感取向和文体特色》，《海南师院学报》1996年第3期。

《论章士钊的文学观与"逻辑文"》①，已在周逢琴的硕士论文中谈到。

（六）其他涉及《甲寅》月刊的文章

朱志敏的《五四新文化运动初期的"惟民主义"》②。荆忠湘的《论陈独秀早期的爱国主义思想》③。沈永宝的《〈文学改良刍议〉探源——胡适与黄远生》④。白吉庵的《略论章士钊与胡适》⑤。牟正纯、朱俊瑞的《陈独秀早期的国家观》⑥。沈永宝的《新文学史应该有黄远生的名字》⑦。朱俊瑞、吴秋华的《爱国心与自觉心——陈独秀的近代爱国思想探源》⑧。丁仕原的《略论章士钊与陈独秀》⑨。操国胜的《〈新青年〉创办于上海初探》⑩。董宝瑞的《第一个为李大钊写传的人》⑪。张玉民的《陈独秀早期的爱国观》⑫。刘希立的《关于陈独秀与李大钊讨论"爱国心"问题的探析》⑬。马新娜的《浅谈陈独秀早年的报人生涯》⑭。胡明的《〈新青年〉的创办与陈独秀的早期文章》⑮。徐鹏绪、周逢琴的《论章士钊的逻辑文》⑯。庄森的《陈独秀和〈青年杂志〉》⑰，等等。

---

① 徐鹏绪、周逢琴：《论章士钊的文学观与"逻辑文"》，《山东社会科学》2003 年第 2 期。

② 朱志敏：《五四新文化运动初期的"惟民主义"》，《历史教学》1994 年第 10 期。

③ 荆忠湘：《论陈独秀早期的爱国主义思想》，《齐鲁学刊》1995 年第 3 期。

④ 沈永宝：《〈文学改良刍议〉探源——胡适与黄远生》，《学术季刊》1995 年第 2 期。

⑤ 白吉庵：《略论章士钊与胡适》，《社会科学战线》1996 年第 2 期。

⑥ 牟正纯，朱俊瑞：《陈独秀早期的国家观》，《中华女子学院山东分院学报》1997 年第 2 期。

⑦ 沈永宝：《新文学史应该有黄远生的名字》，《读书》1998 年第 10 期。

⑧ 朱俊瑞、吴秋华：《爱国心与自觉心——陈独秀的近代爱国思想探源》，《商丘师范学院学报》1999 年第 5 期。

⑨ 丁仕源：《略论章士钊与胡适》，《湖南行政学院学报》1999 年第 1 期。

⑩ 操国胜：《〈新青年〉创办于上海初探》，《赣南师范学院学报》1999 年第 1 期。

⑪ 董宝瑞：《第一个为李大钊写传的人》，《党史博采》2000 年第 7 期。

⑫ 张玉民：《陈独秀早期的爱国观》，《理论学刊》2001 年第 1 期。

⑬ 刘希立：《关于陈独秀与李大钊讨论"爱国心"问题的探析》，《湖南行政学院学报》2001 年第 4 期。

⑭ 马新娜：《浅谈陈独秀早年的报人生涯》，《湖南行政学院学报》2001 年第 1 期。

⑮ 胡明：《〈新青年〉的创办与陈独秀的早期文章》，《求是学刊》2003 年第 6 期。

⑯ 徐鹏绪、周逢琴：《论章士钊的逻辑文》，《东方论坛》2002 年第 5 期。

⑰ 庄森：《陈独秀和〈青年杂志〉》，《文艺理论研究》2004 年第 6 期。

四、研究意义

本书以探析清末民初的近代文学批评理论产生和发展变化为源头，重点以《甲寅》月刊与《新青年》、新文学的渊源关系为中心，来探究中国新文学发生期文学批评体系的多元形成过程与不断发展。中国近代文学批评在向现代文学批评转化的过程中，有着由"古"向"今"文学观的演变与西方文学观输入的两重渊源，这两大主线的交汇与碰撞，才使"五四""人的文学观"和中国现代文学批评理论得以诞生。"五四"时期是人的觉醒时期，亦是中西文化的碰撞与冲突的大融合时期，以欧化为榜样，追求人的个性解放与独立尊严，反对传统载道的文学，提倡进步的"人的文学"观，建设中国现代文学批评理论体系，体现了理论与创作的相互制约又相辅相成。发生期中国现代文学及文学理论批评有多种促成因素，关系重大，影响深远，近年来虽有一些成果问世，但与其蕴含深义和探讨价值相比，仍占有进一步研究的广阔空间。

通过前面对中国新文学批评的发生研究学术史的回顾，尤其是"晚清说"的诸多观点只是关涉清末的文学批评研究，而对于民初的知识精英们对文学转型的探索提及的却很少。"五四"新文学及新文学理论的发生，并非从清末一下子就跨越到"五四"，中间还有民初到"五四"这一不可割裂的线性历史发展阶段，这一阶段的文学发展历史，是研究"五四"新文学及文学理论批评诞生的不容忽视的阶段。尤其是以章士钊、黄远庸等为代表的先进知识分子，以《甲寅》月刊作为他们表达个人思想意识和文学探索精神的公共话语空间。他们在承继前人探索成果的基础上，面对国家民族的危机，"二次革命"失败后流亡日本的生命体验，促使他们呼吁和提倡改革中国的方法，尤其是对"新文学"的高远预见和倡导。《甲寅》月刊是一种由众多精英知识分子参加编辑、撰写的精英刊物，同时也是一种有着广泛的爱国知识者为受众群体的刊物。由陈独秀创刊的《新青年》，无论从编撰队伍、办刊指向、栏目的设置，毋庸置疑地与《甲寅》月刊有着极深的渊源关系。对于《新青年》与启蒙思潮、与"五四"新文学运动、新文化运动的关系，"五四"文学革命与白话文学；白话文运动与语体变革；对"五四"新文化运动进行文化反思；激进主义与五四新文化运动等方面的研究成果比较多，可谓浩如烟海。然而，关于中国现代文学发生期文学批评的形成过程方面，还很少有人做专门研究，即使有也是大框架地阐述，没有做深入细致地梳理与探究。

因此，本书就是从中国新文学发生学的角度研究中国新文学批评的最初形态及形成的渊源。把清末民初文学理论的线性发展作为显性来探究，而把外来因素作为隐性因素来呈现。正如刘锋杰所说："发生研究应对某一特定事物的创始过程进行研究；而在选择某一事物作为研究对象时，必须确定它的内核，才能对此内核溯源探本；进而追述这一内核的发展与泛化，从而勾勒出一幅以原有内核为中心的全景式史实；在研究中还必须贯串有机全面的观点，即从中西古今多角度看问题，才能把握发生对象的完整性质。"① 从发生学的角度对中国新文学发生期文学理论批评的形成与建构进行研究，体现了研究范围和视角的不同，具有可行性和研究价值。既有宏观视野的政治思想及文学理论的梳理，又有细致微观的个案问题研究，做到点面结合，使研究过程形成一个网状结构。面对学界的一股对"五四"责问与批评的潮流，为引起学术界对中国新文学观念转型艰难过程的关注，梳理、整合与

---

① 刘锋杰：《"人的文学"的发生研究刍议——从〈中国现代文学批评发生史〉谈起》，《文艺理论研究》1999 年第 2 期。

探究新文学发生期的文学批评理论体系的形成，客观、完整地呈现出新文学发生期批评体系的多元建构与拓展，进而宏阔"五四"初期文学史的构成范式与体系。对于中国新文学发生期文学理论批评的研究，就有了更广阔的视域和更全面的宏观把握，提高对学术综合研究必要性的认识，将有着极为重要的学术价值及研究意义，从而或能引发新的学术增长点。

第二节　选题的范围及研究思路

一、选题范围

近年来，学界关于中国新文学发生期文学理论的多元发展方面，研究成果出现颇多，但是关于新文学发生期文学批评的发生过程方面，虽有一些论著和论文出现，但所研究的都不甚全面。相关论著大都提到"五四"时期周作人的文学批评理论，或是对个别作家作以单独或相关的研究。对于新文学发生期文学理论批评，特别是对于民初社会的文学观念变革与新文学理论形成的渊源关系，还没有做细致全面的梳理，笔者认为这对于"五四"新文学发生期文学理论生成渊源的考察，给予其全景式的面貌为至关重要。因对发生期时间的界定不同，研究的视角不同，还没有专门的论著出现。本书的研究范围只是根据史的脉络进行研究，没有固定地设定最初的时间限度，大体从清末开始，但却设定了后面研究截止的时间指针为 1920 年。

《甲寅》月刊是章士钊于 1914 年 5 月在日本东京创办的，《青年杂志》（第二卷起改名为《新青年》）是陈独秀于 1915 年 9 月在上海创办的。《甲寅》月刊创刊之日，正值中国社会历史发生大转折之时。共和与帝制的反复较量，新旧思想的激烈交锋，中西文化的相斥相纳，动荡不安的政局，使得民初的思想文化界也都产生巨大波动。《甲寅》月刊的创刊，则成为了二次革命失败后流亡和留学日本的先进知识分子的公共话语空间，它是对晚清和民初社会启蒙思潮的理性反思和扬弃，是对袁世凯专制统治的一种抵制和对西方政治体制、文化思想的宣传与借鉴，也是在《新青年》问世前欧洲进步思想的主要传播阵地。政治观念和文学观念相互动，文学创作也开始因新的思想的注入而扩展了空间，融入了新的内容和新的创作模式的尝试，注重以个人的体验为本位，为"五四"新文学"人的文学"观的确立作了很好的铺垫。《甲寅》月刊不仅在组织上，而且更为重要的是，它在思想上确实对于《新青年》和新文化运动有着很大影响，《新青年》的许多思想都可以在《甲寅》月刊中找到它的原型。《新青年》的诞生以及新文学的发生皆非偶然，也非从清末的思想启蒙和文学改革一下子跨越到五四，中间必须要经历一个过渡阶段，《甲寅》月刊就是《新青年》与新文学及理论批评发生的过渡平台。"在从封建专制主义向现代社会的转化过程中，如果没有社会政治观念的变迁，没有文化专制主义思想的进一步削弱，一个普遍的广泛的文学革新运动是不可能发生的。"[①]《甲寅》月刊自始至终都是以反对封建帝制、标榜自由主义为思想根基，倡导"有容"思想、"人权说"和独立意识。陈独秀协助章士钊编辑《甲寅》月刊，发表惊世骇俗的《爱国心与自觉心》，注重个人本位的文学观的一致性，这样，为《新青年》的诞生，奠定中国知识分子的立场和新文学的格局，从政治思想层面上扫除了障碍，《新青年》、新文学及其批评理论与《甲寅》月刊有着极深的历史渊源关系。

---

① 李怡:《〈甲寅〉月刊:五四新文学运动的思想先声》,《中国现代文学研究丛刊》2003年第4期。

　　本书内容主要包括两个方面，一是对中国新文学发生期文学批评的先声因素进行考察，二是对中国新文学发生期文学批评多元发展体系的生成与建构进行细致、科学的逻辑梳理和探究，即彰显出传统文学批评和外来文学批评的营养在实用理性的深层整合下，新文学批评得到全面的融合和演化。这是一个艰难的求索旅程，亦是中国新文学发生期文学批评区别于传统文学批评的重要性之所在。该课题对中国新文学发生期文学批评理论的形成与变革过程，全面客观地进行梳理和研究，尤为对精英刊物《甲寅》月刊关于近现代文学批评转型的探索，以及与新文学理论形成的渊源关系研究，突破学界以往对"五四"时期文学批评形成过程的单个方面的阐述。通过本选题研究，引起学术界对向新文学过渡的民初社会文学观念转型艰难过程的关注，尤其是《甲寅》月刊对新文学的倡导，文学办刊指向与文学观念的演变，黄远庸的新文学观与文学理论批评的实践，《甲寅》月刊确实与新文学有着不可分割的渊源关系，拓展新文学发生期的多元构成与发展研究，使得在"现代"价值立场上多元共生、交汇互渗、竞相发展，力求在历史真实的语境下进行对中国新文学发生期文学批评体系的建构与发展进行细致的梳理、考证和论证，可以提高对学术综合研究必要性的认识，强调对学术研究方法的继承与创新，并为此扎实而勤奋地探求。

　　本书对中国新文学发生期的文学理论批评的发生与发展进行梳理和探究。具体操作是：首先确定本书的研究范围（在时间界定上，主要从20世纪初到1920年）。其次是在大的宏观背景下，从清末民初知识分子的启蒙思潮和文学观念的衍变，从清末梁启超等人的近代文学批评理论谈起，对近代文学批评理论的形成和发展变化进行梳理，《甲寅》月刊的新文学变革观，对《新青年》与新文学及理论的影响，及至"五四"新文学发难时期，伴随着文学革命的成功，新文学创作兴起，文学理论与文学批评的建树为止，不涉及"五四"落潮的文学批评和文学创作。总结与回顾目前国内外学术界关于此方面的研究状况，对前人的研究成果进行归纳梳理，并阐述本课题的研究方法与所具有的学术研究价值及意义。

二、研究思路

中国近代文学批评是在近代社会的历史变革的西学东渐、中西文化发生碰撞和交融的时代背景下，密切结合近代文学和文学思潮演变的现实而发展起来的。近代文学批评有着进化的、开放的、独立的国民文学批评性质，它对中国新文学发生期文学批评的形成根源进行考察。从清末到民初，许多作家都不同程度上呈现出对文学观念、文体观念的探索与尝试，并因而形成了近代文学批评体系。"诗界革命"、"小说界革命"的理论建树，梁启超等人对新小说、诗歌与俗语文学等的倡导，既提高了小说的地位，也成就了小说的改良主义理论。王国维对诗歌、小说的审美批评，体现其重视文学超功利艺术特性的批评。翻译文学促进了中国近代文学与批评的繁荣和发展，小说文体与类型批评理论应运而生，进而产生了中国近代中西文化融汇、古今文学杂糅的文学批评理论。

《甲寅》月刊在内容上不仅对晚清和民初社会启蒙思潮进行了理性反思和扬弃，也对袁世凯专制统治进行了抵制，对西方政治体制、文化思想展开了积极的宣传与借鉴。政治观念和文学观念的相互作用与相互影响，文学创作也因新思想的注入而扩展了空间，融入了新的内容和新的创作机制。本书通过对《甲寅》月刊文学指向的探究，彰显知识精英们对于中国近现代文学转型进行的大胆尝试与探索，以及如何在文学创作与文学观念方面进行革新。通过《甲寅》月刊与《新青年》的相继创刊，来探寻两刊物办刊宗旨及编辑策略的渊源关系，以及在编撰队伍、栏目设置等方面都存在着承继与发展。《甲寅》月刊在文学栏目设置所采取的策略，文学主题、题材与创作等观念方面进行的多样化探索，以及从《甲寅》月刊到《新青年》，强调"自我意识"与"独立人格"观念的，扬弃传统文学批评理论，突出"个人为本位"的新文学人生观，凸显出个人主体立场的新文学理念，进一步论证《甲寅》月刊是《新青年》及中国新文学形成的先声。《甲寅》月刊以个人的体验为本位，为"五四"新文学、"人的文学"观的确立做了很好的铺垫，显示了《甲寅》月刊在当时历史境遇下存在的价值和意义，不容忽视。

　　《甲寅》月刊与中国新文学发生期文学理论的建构，亦是极为关键的一环。章士钊由激进革命到理性平和，创办《甲寅》月刊。对民初社会现实做出深刻清醒判断的陈独秀，参与《甲寅》月刊编辑，创办《新青年》。从办刊宗旨、编辑思路、编纂队伍、刊物栏目以及所登载注重学理的广告中，都可看出《甲寅》月刊是《新青年》的思想先声。《甲寅》月刊中对新文学的呼唤，影响着《新青年》，进而催生了新文学，确立了"人的文学观"的新文学批评理论，文学作为载体，注重学理的精英倾向。章士钊早期文学观与著名的"逻辑文体"对民初文坛产生了重大的影响，为现代学术论文提供了很好的范例，《新青年》上的"随感录"等短评之类都受其影响，后经鲁迅等作家的不懈努力使之成为文艺性的政论即杂文。《甲寅》月刊的文学指向中都不同程度地体现了作者对小说观念、类型、主题、艺术手法方面的探索，呈现了近现代文学批评理论过渡的特征。黄远庸的博学多才、勤于思考、思想高深、勇于变革，使他成为既是关注国家政治、民生的爱国者，又是一个思考中国文化与文学并对其进行革新的先行者。他认为改革社会应先从新文学入手的倡导，对小说、诗歌、戏剧的创作与改革等方面有自己独特的文学批评理论，融入了现代文学新的质素，对于陈独秀、胡适在新文学的倡导理论方面，不无影响。黄远庸倡导的"以浅近文艺普遍四周"的思想，他的戏剧论和新文学观，正是要突出以人为本的新文学主题，与后来《新青年》提倡"人的文学"、"平民文学"的文学观相一致。民初以后的知识精英肩负着启蒙与革命的双重使命，拓展了文学视域。由政治到思想到文学，他们不断地探索，不断地实践，最终进行了思想和文化文学领域里的一场大革命，文学批评文体的变革，使得像小说这样传统观念中的小道文学获得了正宗的地位。

中国新文学发生期文学批评理论的多元变革与发展。中国新文学理论与批评是在清末民初中国近代文学批评理论不断冲突变革的基础上发展起来的，大力引进西方现代性的新思潮，大肆对传统文学观进行批判。对西方新思潮的引进与传播，既包括民主、科学等社会与文化思潮，也包括千姿百态的文学思潮。在社会与文化思潮方面，民主与科学是影响最大的两种思潮。在文学思潮中，19世纪的批判现实主义与18世纪的浪漫主义最为引人注目。其对传统文学观的批判，主要是对"文以载道"等文学观的批判。这些现代性新思潮的引进，推动着中国文学真正地实现了现代化的转型，从根本上改变了中国文学理论批评的思路，为"五四"新文学运动先驱们批判传统的文学观，建设新文学观，进行文学批评，提供了新的思想理论武器。在此方面做出开拓性工作的代表人物有胡适、陈独秀、李大钊、周作人、刘半农、钱玄同等，他们从不同的角度提出了各种不同的文学批评主张，为新文学理论批评体系的建构做出了不可磨灭的贡献。

　　中国新文学理论与批评的建构与中国新文学的发生与发展一样，都在很大程度上得益于西方文学的影响，也源于西方文学理论的翻译与绍介，从而呈现出全新的现代品格。学界既有文学流派、文艺思潮的引进，也有文学史及文学原理的论述及翻译。先驱者们在借鉴吸收外国先进理论的同时进行自己的理论建设是现代文学批评的必经之路，也是巩固现代文学观念的必然要求。中国现代文学批评具有积极探索的姿态、价值多元的选择，而现代批评家更具有宏阔开放的视野和襟怀，迅捷敏锐的感觉和思维。这一切，促使翻译文学与文学批评互为表里和互相影响，共同言说了新文学理论与批评的现代性追求。1919 年马克思主义唯物史观的传播和运用，更为文学理论批评在科学化、个性化的交融上奠定了新的理论基础。文学思潮和文学观念的变革和更新，以及与之相适应的文学批评理论观念、内容的变化，都促进了批评类型、方法、形式、流派的多元发展。文学的艺术性、真实性与思想性相统一，成为"五四"新文学的批评原则。至此，新文学多元的理论批评体系得以正式建构。新文学批评与新文学创作如一鸟双翼，相互依存，且新文学批评理论对于整个 20、30 年代乃至后来的文学创作与文学思潮和流派的发生发展都有着深刻的影响和指导意义。

　　本着尊重历史，注重文本，在历史的语境下，以史的脉络、原点为准绳，以对《甲寅》月刊与《新青年》的渊源及影响为重点探索中心，通过对个案的逐一剖析，进行梳理、考证和论证。运用文献 - 发生学的方法，立足于作家与文本，因为文学批评还承担着对于文学文本的解读与赏析。在文献学层面上对研究对象的理论与批评进行整体性梳理与逻辑还原，发掘所研究的对象在中国新文学发生期文学批评理论方面所做的贡献，关注文学自身审美品质，以及对所贡献的知识学背景进行阐述。本书注重逻辑性，由表及里、由浅入深，宏观与微观个案研究相结合。运用比较诗学的研究方法，在对新文学发生期的文学批评形成与发展进行梳理、考证时，涉及对同一时期文艺变革思潮中作家不同见解的阐述，以及同一作家对不同作品批评观点的研究，包括此作家的文学理论对后来文学创作的影响研究等。同时期的作家创作及理论受西方诗学理论的影响研究等。本书采用文类研究的理论和方法，本书通过对《甲寅》月刊、《新青年》等刊物中文学作品的文类及文学理论的同步发展进行研究，刊物的办刊宗旨及时代思潮的演变，从文言到白话，文体意识的不断演进，进一步论证了文体革命的重要性与新文学发生的本源，文学的现代性转型成为历史的必然，以及中新文学发生期文学理论批评的本源和内涵的丰富性。本书旨在对中国新文学发生期文学批评的产生根源、生成内容及发展历程进行梳理和探究，涉及的社会背景较少，正是因为有文学理论的引领，才会取得后来的"五四"文学革命的创作实绩与新文学理论批评体系的建构和发展，体现了文学理论批评与创作的相互制约又相辅相成，视域更为广阔，更能注意对此研究的整体性把握，因而有着更为广阔的思考空间与更为可靠的材料基础。

第二章
中国近代文学批评向现代
转型的冲突与探求

　　中国近代文学批评是在继承古代传统文学理论批评的基础上，适应着近代社会的历史变革的西学东渐、中西文化发生碰撞和交融的时代背景，同时亦是密切结合近代文学和文学思潮演变的现实而发展起来的，成为不可逆转的历史大趋势的产物。尽管人们对于中国文学理论批评现代化发生的具体时间有不同的认识，但近代文学理论批评在这一历史过程中的作用和意义是任何人都不能否认的。文学批评作为文学理论的应用和发展，一贯与文学思潮紧密地联系在一起，也就是文学思潮的理论形式和批评的本来表现。因此，近代文学批评不同于古代文学批评，它有着进化的、开放的、独立的国民文学批评性质。对中国新文学发生期文学批评的形成根源进行考察，首先应该从清末带有"新"意的文学观念及实践变革中进行追溯。从清末到民初，许多作家都不同程度上呈现出对文学观念、文体观念、批评理论和创作实践等方面的探索与尝试，并因而形成了近代文学批评体系。"诗界革命"、"小说界革命"的理论建树，梁启超等人对新小说、新文体、新学诗与俗语文学等的倡导，既提高了小说的地位，也成就了小说的改良主义理论。同时，王国维对文体方面和新诗的探索，都为近代文学批评体系的确立提供了极具价值的理论支撑。王国维对诗歌、小说的审美批评，体现其重视文学超功利性和重拾文学艺术本身特性的批评理念，与梁启超有别，自成一派。翻译文学的兴盛，严复、林纾、鲁迅、周作人等对翻译观念与文学名著等方面的贡献，促进了中国近代文学的繁荣与发展，已成为不争的事实，对小说观念、类型、主题、艺术方法及表现手法上，都有着不容忽视的影响，进而产生了近代中西文化融汇、古今文学杂糅的文学批评理论，从而成为中国近代文学批评向现代转型的先导。

第一节　梁启超与"新文体"、"新小说"及文学批评

近代以来，西学东渐，中国的思想文化界经历了"中学为体"、"西学为体"的阶段后，二十世纪初，中西融合的趋势逐渐得以显现。从王韬、梁启超到章炳麟，再到王国维、鲁迅等一批理论家的文学理论批评文体表现了更新的特色，在更深的层次上表现了中西文化融汇的特性。首先给文学理论批评文体演进以重大影响的是戊戌维新时期风行起来的报章文体。报刊业的发展与成熟酝酿着文学理论批评文体的变革。王韬是近代报章文体的开创者，而对报章文体做出最重要贡献的则是梁启超。梁启超非常重视报章的宣传，认为要使报章担当启民警民的职责，就必须使用"新文体"，这种新文体要求内容和文风必须新颖，语言通俗明了。梁启超的新文体开一代文学理论批评文体的新风。

晚清社会正值中西文化思想冲突的时刻，新的思想观念必然带动文学观念的变更，从而带动了批评观念的更新和变化。随着翻译等领

域的不断拓展，西方的政治、思想、文化、文学等在中国获得了广泛的传播并产生了巨大的影响。中国人对于西方文化和自身文化的认识，虽然经历了一个艰难的历程，但经过学习、借鉴，人们最终在思想领域里达成了共识。"晚清文学与那个时代的文化一样，'维新'成为不可遏止的历史洪流。从'新学诗'到'新文体'、'新小说'，在晚清的最后十年，一场以'新'为核心范畴的文学现代性变革蓬勃兴起。"[①]梁启超在《饮冰室诗话》中说："丙申（1896）、丁酉（1897）间，吾党数子皆好作此体（新学之诗）。"[②]在此期间，梁启超和他的好友夏曾佑、谭嗣同一起尝试写异于传统的诗歌，用诗歌的形式表达他们接触西学的惊喜和感受，也为了有别于传统诗歌。他们当时运用了译书中的新术语入诗，这些新术语还没有在中国语言中固定下来，也未形成一套大家认同的在诗中的使用法则，故此诗歌被称作"新学诗"，只有在同一个圈子的人才能了解。

一、文体"新"探：自"新学诗"、"新文体"到"新小说"

梁启超于1899年冬提出了"诗界革命"的口号，并以他主办的《清议报》、《新民丛报》为主要阵地摇旗呐喊。梁启超说他所处的时代是"过渡时代"，这样的时代是"希望之涌泉"、"人间世所最难遇而可贵者也"，也是应该进行革命的时代，因此他说，"有进步则有过渡，无过渡亦无进步。其在过渡以前，止于此岸，动机未发，其永静性何时始改，所难料也。其在过渡以后，达于彼岸，踌躇满志，其有余勇可贾与否，亦难料也。惟当过渡时代，则如鲲鹏图南，九万里而一息；江汉赴海，百千折以朝宗。大风泱泱，前途堂堂；生气郁苍，雄心霄黄。其现在之势力圈，矢贯七札，气吞万牛，谁能御之？其将来之目的地，

① 杨联芬：《晚清至五四：中国文学现代性的发生》，北京大学出版社2003年版，第54页。
② 梁启超：《饮冰室诗话》，人民文学出版社1959年版，第49页。

黄金世界，荼锦生涯，谁能限之？"他认为要过渡，就应该有革命，包括文学领域里的革命："过渡时代，必有革命。然革命者，当革其精神，非革其形式。吾党近好言诗界革命，虽然，若以堆积满纸新名词为革命，是又满纸政府变法维新之类也。能以旧风格含新意境，斯可以举革命之实矣。苟能尔尔，则虽间杂一二新名词，亦不为病。"①他认为革命应该只革精神，而不革其形式。以诗歌而言，应该用旧风格含新意境，尽管用一两个新名词也不算什么毛病。

真正实践梁启超诗界革命的是黄遵宪，同时第一个认识到文言的弊害的也是黄遵宪。早在 1867 年，他在诗中写道："我手写吾口，古岂能拘牵"。1895 年，他在《日本国志·文学志》中提出了言文合一的主张："盖语言与文字离，则通文者少；语言与文字合，则通文者多，其势然也。……余又乌知夫他日者不更变一文体为适用于今、通行于俗者乎？嗟夫！欲令天下之农工商贾妇女幼稚皆能通文字之用，其不得不于此求一简易之法哉！"②他认为中国文字最大的病根是言文不一致，即书面语和口语的严重脱离。黄遵宪在他的诗歌创作中实践了这一主张。他和梁启超的诗歌改革，尽管提倡使用俗语、俚语，但是都没有提出废弃文言。

真正提出废弃文言而用白话的是裘廷梁。1897 年，他在《苏报》上发表了《论白话为维新之本》，后来在他自己所办的《无锡白话报》上重新发表，再后来又被梁启超主办的《清议报》转载。他在文章中写道："有文字为智国，无文字为愚国；识字为智民，不识字为愚民""独吾中国有文字而不得为智国，民识字而不得为智民，何哉？裘廷梁曰：

---

① 郭绍虞主编：《中国历代文论选：（四）》，上海古籍出版社 1980 年版，第 136 页。
② 中国科学院近代史研究所近代史资料编辑部编辑：《近代史资料》，1963 年版，第 115—116页。

此文言之危害矣。"① 裘廷梁把全部的矛头指向了文字，亦即以文言为载体的书写系统上，显示了他与中国古代文学不同的语言工具观念。"于是因音生话，因话生文字。文字者，天下人公用之留声器也。文字之始，白话而已矣。"② 接着，他以语言文字初始阶段的情况，来说明"言"与"文"原本就应该一致。在 1898 年，裘廷梁创办了中国最早的白话文报纸《无锡白话报》（后改为《中国官音白话报》），他指出："欲民智大开启，必自广兴学校始；不得已而求其次，必自阅报始。报安能人人而阅之，必自白话报始。"③ 值得说明的是，裘廷梁对提倡白话和白话应用范围的认知可谓深远与独到，他还提出用白话来翻译原有的文言古籍："文言也，白话也，繁简不同，而为同用。只有迟速，更无精粗，必欲重此而轻彼，吾又乌知其何说也？且夫文言之美，非真美也。汉以前书曰群经，曰诸子，曰传记，其为言也，必先有所以为言者存。今虽以白话代之，质干具存，不损其美，汉后说理记事之书，去其肤浅，删其繁复，可存者百不一二。此外汗牛充栋、效颦以为工，学步以为巧，调朱傅粉以为妍，使以白话译之，外美既去，陋质悉呈，好古之士，将骇而走耳。"④ 他认为，文言是愚天下之工具，而白话则是智天下之工具。"由斯言之，愚天下之具，莫文言若；智天下之具，莫白话若。吾中国而不欲智天下斯已矣，苟欲智之，而犹以文言树天下之的，则吾前所云八益者，以反比例求之，其败坏天下才智之民亦已甚矣。吾今为一言以蔽之曰：文言兴而后实学废，白话行而后实学兴，实学不兴，是谓无民。"⑤ 若智天下和智民，必须使用白话，白话兴，实学才能兴。

---

① 徐中玉主编：《中国近代文学大系·文学理论集第一卷》，上海书店出版社 1995 年版，第 83 页。
② 徐中玉主编：《中国近代文学大系·文学理论集第一卷》，上海书店出版社 1995 年版，第 83 页。
③ 裘廷梁：《无锡白话报·序》，《无锡白话报》1898 年 5 月。
④ 徐中玉主编：《中国近代文学大系·文学理论集第一卷》，上海书店出版社 1995 年版，第 84 页。
⑤ 徐中玉主编：《中国近代文学大系·文学理论集第一卷》，上海书店出版社 1995 年版，第 86 页。

因此，裴廷梁的具有社会功利作用的"言文一致"白话工具观对中国文学语言的现代转化起着重要的推动作用。

此外，革命派人士也有对白话文和白话报进行积极倡导，如以"白话道人"自命的林獬，还有秋瑾及刘师培等。正因为这些人的大力倡导，使得当时全国上下都掀起了创办白话报的浪潮。一时间不仅"报章文体"风行天下，而且白话文体也成为小说创作和鼓动民众的有力武器。近代白话文运动以开启民智为目的，以言文合一为手段进行，尽管白话在现实生活中大大增强了实用性，最终仍没有打破文言占统治地位的局面。这一切表明了"由于相互对峙的白话与文言仍属于同一文化系统，晚清言文合一的文体变革因此具有大、小传统之间进行调整的意义。"① 无论是梁启超、黄遵宪、裴廷梁，还是林獬、秋瑾、刘师培等人，只是将白话作为解决社会政治问题所使用的书面语通俗化的表达，以及文化的普及，没有触及到汉字的本身。正如陈平原所说的那样："晚清的白话文不可能直接转变为现代白话文，只有经过梁启超的'新文体'把大量文言词汇、新名词通俗化，现代白话文才超越了自身缓慢的自然进化过程而加速实现。"②

"新文体"，是一种报章文体，也叫"新民体"，是梁启超在西学的影响下，于报刊中所使用的一种新的写作体式。它是作为"桐城派"的对立面出现的。从以冯桂芬、薛福成、王韬、郑观应、马建忠等人形成的"报章文"，到康有为、梁启超、徐勤、麦孟华等人因在《时务报》上发表的"时务文"，在此基础上，梁启超于戊戌政变后流亡日本，在横滨先后创办《清议报》（1898 年）和《新民丛报》（1902 年），进一步

---

① 夏晓虹、王风等：《文学语言与文章体式——从晚清到"五四"》，安徽教育出版社2006年版，第 11 页。

② 陈平原：《中国现代学术之建立》，北京大学出版社 1998 年版，第 1—2 页。

发展了"新文体"。梁启超在原有的对西学的接受外，赴日后学得日语，又颇受日本文化影响，对仿效"日本文体"极有兴趣。以当时的处境和社会责任感，迫感应该使用一种更为自由解放的文章形式来宣传自己的政治主张，这样就形成了在以后文坛风行近二十年的"新文体"。"所谓'新民体'，实指梁启超在《清议报》、《新民丛报》乃至《新小说》等报刊上的政论性散文的风格，是梁氏对冯桂芬、薛福成式的散文、王韬式的'报章文'，以及戊戌期间的'时务文'的一种综合性的改造与发展。它虽然是整个晚清'新文体'的一个重要发展阶段，但也并非代表整个晚清'新文体'散文的全貌。"①梁启超对自己所创的"新文体"也作了总结："启超夙不喜桐城派古文，幼年为文，学晚汉魏晋，颇尚矜炼。至是（1902 年）自解放，务为平易畅达，时杂以俚语、韵语及外国语法，纵笔所至不检束，学者竞效之，号新文体。老辈则痛恨，诋为野狐，然其文条理明晰，笔锋常带感情，对于读者，别有一种魔力焉。"②"新文体"对当时和日后的政论性散文的创作和现代语文都产生了深远的影响。陈子展从中国文学史的角度考察"新文体"的历史作用，也得出了相似的结论："这种文体正从桐城派八股文以及其他古体文解放而来，比桐城派古文更为有用，更为合适于时代的需要。而且，这种解放是'文学革命'的第一步，是近代文学发展上必经的途径。"③"新文体"对现代语文的影响，如夏晓虹所说的那样："'新文体'对于现代语文最大的贡献，即在输入新名词。借助一大批来自日本的新名词，现代思想才得以在中国广泛传播。'新文体'的半文半白，也适应了过渡时代的时代

---

① 朱文华：《简论晚清"新文体"散文》，《复旦学报（社会科学版）》1995 年第 3 期。
② 中华书局编辑室：《饮冰室合集——专集三十四》，中华书局 1936 年版，第 62 页。
③ 陈子展：《中国近代文学之变迁》，中华书局 1931 年版，第 122 页。

要求。"①

关于"新小说"的倡导也是梁启超提出来的。1902年10月，梁启超在他主编的《新小说》创刊号上发表了《论小说与群治之关系》，文章开篇他便明确指出："欲新一国之民，不可不先新一国之小说。故欲新道德，必新小说；欲新宗教，必新小说；欲新政治，必新小说；欲新风俗，必新小说；欲新学艺，必新小说；乃至欲新人心，欲新人格，必新小说。何以故？小说有不可思议之力支配人道故。"②梁启超把小说抬高到"文学之最上乘"的地位，就是看中了小说的这种社会力量。但是，梁启超在提出"小说界革命"之前，除了与黄遵宪、裘廷梁等人提倡白话文、进行"诗界革命"外，还受到西方和日本政治小说的影响，以及国内因受西化小说影响而产生的关于小说方面的观点和言论。

1895年6月，《万国公报》上登载了傅兰雅的《求著时新小说》的启示，已经认识到小说的重要性。文中首先提到："窃以感动人心，变易风俗，莫如小说，推行广速，传之不久，辄能家喻户晓，气习不难为之一变。"③1897年10月，天津《国闻报》上登载了几道、别士的文章《本馆附印说部缘起》，"几道"即严几道（严复），文章末尾这样写道："本馆同志，知其若此，且闻欧、美、东瀛，其开化之时，往往得小说之助。是以不惮辛勤，广为采辑，附纸分送。或译诸大瀛之外，或扶其孤本之微。文章事实，万有不同，不能预拟；而本原之地，宗旨所存，则在乎使民开化。自以为亦愚公之一畚、精卫之一石也。"④可见，严复

---

① 夏晓虹：《觉世与传世——梁启超的文学道路》，上海人民出版社1991年版，第278页。

② 陈平原、夏晓虹编：《二十世纪中国小说理论资料第一卷》，北京大学出版社1989年版，第33页。

③ 傅兰雅：《求著时新小说》，《万国公报》1895年6月第77册。

④ 陈平原、夏晓虹编：《二十世纪中国小说理论资料》第一卷，北京大学出版社1989年版，第12页。

也早就认识到小说的使民开化之功用，并加以提倡和宣传，梁启超不能不受其影响。

梁启超在戊戌政变失败后去日本途中，日本大岛舰舰长送给他一本日本作家柴四郎的小说《佳人奇遇》，让他解闷。于是他一边看一边动手翻译。后来在横滨创刊的《清议报》（1898 年 12 月 23 日）上连载。柴四郎的《佳人奇遇》原著从 1885 年开始连载，在明治时代的日本是很有名气的并广受欢迎的"政治小说"。而且柴四郎写这本书时正任职于农商相的私人秘书，后来当过国会议员、大阪《每日新闻》董事、农商副相。① 十九世纪七十年代以后，日本翻译小说中出现英国政治小说家利顿和迪斯累里，柴四郎受他们的影响很深。他们都以小说形式来寄寓自己的政治理想，而且又都是英国政坛的活跃分子，政治家写小说，足以让人敬仰和好奇，这也是他们在日本受欢迎的主要原因。② 梁启超在《清议报》第一册登载的《译印政治小说序》即《政治小说佳人奇遇序》中写道："政治小说之体，自泰西人始也。……在昔欧洲各国变革之始，其魁儒硕学，仁人志士，往往以其身之所经历，及胸中所怀，政治之议论，一寄之于小说。于是彼中辍学之子，黉塾之暇，手之口之，下而兵丁、而市侩、而农氓、而工匠、而车夫马卒、而妇女、而童儒，靡不手之口之。往往每一书出，而全国之议论为之一变。彼美、英、德、法、奥、意、日本各国政界之日进，则政治小说，为功最高焉。"③ 这里，梁启超给国人竖起了欧美和日本政治小说的榜样，在中国就是要倡导这样的小说，才能开民智，使民开化，才能打破和改变中国古

---

① 林明德编：《晚清小说研究》，台北联经出版事业公司 1988 年版，第 69 页。
② 林明德编：《晚清小说研究》，台北联经出版事业公司 1988 年版，第 68 页。
③ 陈平原、夏晓虹编：《二十世纪中国小说理论资料》第一卷，北京大学出版社 1989 年版，第 21—22 页。

代小说"诲盗诲淫"的局面，创造为民众所喜闻乐见的新小说。因此，正如蒋英豪先生所说的那样，梁启超"用白话写小说虽是古已有之，但一位政治领袖为了改良社会而粉墨登场，亲自创作白话小说，这就有很不寻常的寓意；他的勇气来自西方的利顿、迪斯累里和日本的柴四郎、矢野文雄。"① 《新中国未来记》是梁启超在西方和日本小说的影响下写成的，于 1902 年 11 月至 1903 年 8 月在《新小说》上连载，共五回。这是中国近代第一本面向世界的政治预言小说。小说采用了倒叙的手法，先描述六十年后"维新五十年大庆典"，然后小说叙述时间开始转到六十年之前，描述维新志士不懈奋斗的壮举。这种倒叙手法在中国传统小说的叙述手法中还几乎是空白。小说在人物塑造上，在叙事结构等方面，都体现了梁启超吸收西方和日本小说的创作手法与风格，在小说发展史上对中国的新小说进行了有别于古人的创新。

二、变革与狂放：重功利与情感的近代文学批评取向

文学观念的变化带来了文学理论批评的变化。梁启超的文学批评同样体现了一种革新精神。毫无疑问，梁启超的文学批评是我国传统文学批评向资产阶级近代化文学批评过渡进程的象征。戊戌变法之前，梁启超是以政治家的身份从事文学活动的。真正体现他在文学理论批评方面卓有建树的则是他在戊戌变法之后，这也正是他于"五四"后退出政治舞台而潜心文学及美学方面研究的滥觞。他前期的文学批评方面的论著主要有：《蒙学报·演义报合叙》（1897）、《译印政治小说序》（1898）、《广诗中八贤歌》（1902）、《论小说与群治之关系》（1902）、《饮冰室诗话》（1902—1907）、《晚清两大家诗钞题词》（1902）。这些论著谈及小说、诗歌、散文等文体，内容丰富，注重从实际出发和汲

---

① 蒋英豪：《梁启超与中国近代新旧文学的过渡》，《南开学报》1997 年第 5 期。

取异域营养，开拓自己的视野和思维的空间，这些批评理论对后来整个近代文学思潮的走向产生了深远的影响。

注重文学的社会政治功能特性，是梁启超文学理论批评的重要特征。对于文学的社会功能说，古已有之。而梁启超完全是对中国传统文学批评精神的继承。如果说王国维偏重于强调文学的审美性，而非功利的话，那么，梁启超则更为注重文学批评的社会功利性。但梁启超的文学批评又与中国传统文学批评的功利主义有所不同，他进行了具有近代色彩的改造，使之有着新的批评性质和内涵。

梁启超在关于文学与社会政治的关系上，尤其强调文学的社会功利作用，他在《清代学术概论》中公开声明自己"委身于文界"，"摇笔弄舌，有所议论"，就是为了"归于政治而已"。他的关于社会功利论主要表现在小说评论方面。他在《变法通议·论幼学》中提倡用"说部书"宣传变法主张："今宜专用俚语，广著群书，上之可以借阐圣教，下之可以杂述史事，近之可以激发国耻，远之可以旁及彝情，乃至宦途丑态，试场恶趣，鸦片玩癖，缠足虐刑，皆可究极异形，振厉末俗。其为补益，岂有量耶？"[1] 戊戌变法失败后，梁启超更加清楚地认识到文学是传播、普及"文明"的"利器"，能产生"兴国智民"的巨大社会作用。通过反复研究，以及考察西方各国以及日本的文明发展史和资产阶级革命史，他的这一观念更为强烈。他在《译印政治小说序》中指出西方各国之"魁儒硕学，仁人志士，往往以其身之所经历，及胸中所怀政治之议论，一寄之于小说"。[2] 他从小说的社会影响的角度，

---

① 陈平原、夏晓虹编：《二十世纪中国小说理论资料（1897-1916）》第一卷，北京大学出版社1989年版，第13页。

② 陈平原、夏晓虹编：《二十世纪中国小说理论资料（1897-1916）》第一卷，北京大学出版社1989年版，第21页。

充分肯定了其社会政治作用，尤其是"政治小说为功最高焉"。

梁启超在《论小说与群治之关系》、《小说丛话》中能够从时代的制高点上论述了小说"新道德"、"新宗教"、"新政治"、"新学艺"、"新人心"的社会政治效果，同时由于小说容易普及的特点所必然形成的巨大社会功能。梁启超还援引日本翻译的西方文学术语，把小说分为"理想派"和"写实派"两大派，可谓划时代的创举，同时也是试图以近代西洋小说观念推进小说的变革。这不仅是登载小说，也是在探讨小说的理论与建设。梁启超的"新小说"理论也影响着以后的小说批评和小说创作。"新小说"在《新小说》杂志上提出并开风气之后，小说杂志更是层出不穷，当时与《新小说》一起被称为"晚清四大杂志"的有：《绣像小说》（1903）、《月月小说》（1906）、《小说林》（1907），还有许多其他小说杂志都纷纷诞生，《小说月报》也于1910年创刊。这些杂志中登载的小说创作，与所翻译的小说一起，把小说分成政治小说、历史小说、哲理科学小说、侦探小说、军事小说、语怪小说、札记小说、传奇体小说、世界名人轶事等。"新小说"的改革主张，虽然与其纯文学的观念存在着一定的距离，但是把小说这种"小道"文学提高到了至高无上的地位，同时，与翻译文学一起，为文学创作和文体观念的进一步变革，为民初的言情、消遣、侦探、科学等小说以至于五四时期的白话小说创作的发展，都作了很好的铺垫。因此，梁启超对文学社会功利作用的强调，洋溢着强烈的爱国爱民的激情，这也是特定的历史条件和具体的社会情况作用于文学批评家时产生必然的结果。

注重文学自身的强烈情感意向，是梁启超文学理论批评的又一特色。梁启超在强调宣传文学的社会功利作用同时，也比较重视文学自身的情感质素，注重对审美过程中移情现象的研究。他认为，艺术是"情感最大的利器"。在《论小说与群治之关系》、《中国韵文里头所表现的情感》等文中，广泛论述了文学的情感性和审美移情问题。他在对作家的作品和文学感化力的评析中认为，"小说之以赏心乐事为目的者固多，然此等顾不甚为世所重；其最受欢迎者，则必其可惊可愕可悲可感，读之而生出无量噩梦、抹出无量眼泪者"。①文学作品中对各种情感的描写，具有令读者喜怒哀乐的动情力，这是文学创作和审美活动的主要特点。小说则通过艺术的创造为审美主体提供了具体生动、有血有肉的审美感受对象，即"抑小说之支配人道也"，使读者受到"熏、浸、刺、提"四种力量的感化和支配。"熏也者，如入云烟中而为其所烘，如近墨朱处而为其所染"，"浸也者，入而与之俱化者也"，"刺也者，刺激之义也"，"提之力，自内而脱之使出实佛法之最上乘也"。②正因为艺术形象的可感性和动情力的作用，小说能够刺激或诱发读者的情感和想象。"凡读小说者，必常若自化其身焉，入于书中，而为其书中之主人翁。读《野叟曝言》者必自拟文素臣，读《石头记》者必自拟贾宝玉，读《花月痕》者，必自拟韩荷生若韦痴珠。"尽管读者自辩无此心情，但实际上已把情感投诸于作品当中。"夫既化其身以入书中矣，则当其读此书时，此身已非我有，截然去此界以入于彼界，所谓华严楼阁，帝网重重，一毛孔中万亿莲花，一弹指顷百千浩劫，文字移人，至此而极"。③梁启超不仅形象地概括了"烘"、"化"、"骤觉"等文学

---

① 陈平原、夏晓虹编：《二十世纪中国小说理论资料（1897—1916）》第一卷，北京大学出版社1989年版，第33页。

② 陈平原、夏晓虹编：《二十世纪中国小说理论资料（1897—1916）》第一卷，北京大学出版社1989年版，第34—35页。

③ 陈平原、夏晓虹编：《二十世纪中国小说理论资料（1897—1916）》第一卷，北京大学出版社1989年版，第35页。

欣赏活动中的情感心理因素，并且从读者自化其身以及化己之情为书中主人翁之情的心理反应中，阐明了文学的审美移情作用和特点。

与此同时，梁启超还注重广泛吸收、借鉴西方的文学和美学思想去分析作家的作品，在东西比较中来探讨文学现象，丰富自己的文学批评思想和批评方法。他最早尝试运用西方美学和心理学知识去分析文学的审美创作想象，认为"小说之为体其易入人也既如彼，其为用之易感人也又如此，故人类之普遍性，嗜他文终不如其嗜小说，此殆心理学自然之作用，非人力之所得而易也。"① 梁启超从文学创作与审美效应中，论述了文学创作和欣赏活动中的心理特点，明显地吸收和运用了西方美学和心理学的知识。

梁启超的文学批评始终坚持对文学变革的关注。梁启超旗帜鲜明地表明了自己的立场，坚决反对"崇古"、"拟古"和"薄今爱古"，而力主革新。他在《饮冰室诗话·八》中强调，"中国结习，薄今爱古，无论学问、文章、事，皆以古人为不可几及。余生平最恶闻此言，窃谓自今以往，其进步之远轶前代，固不待蓍龟，即并世人物亦何遽让于古所云哉！"这一切彰显了梁启超的文学批评具有历史的进化精神，字里行间透露出时代的生机。这主要表现在对传统和教条的蔑视与反叛。他反对桐城"义法"，开创了"纵笔所至不检束"的"新文体"。对文学内容革新的期待，对"俗语"及俗语文学的推崇和肯定，都是他所要进行的文学革新的重要内容。在《新中国未来记》第四回总批中，他以"诗界之哥伦布、马赛郎"自诩，声明要以"泰西文豪之意境、之风格，熔铸之以入我诗"。从他对政治小说的推崇中不难看出他对小说内容革新的指向。他把小说提到了文学最上乘的至高无上的位置。

---

① 陈平原、夏晓虹编：《二十世纪中国小说理论资料（1897—1916）》第一卷，北京大学出版社1989年版，第35页。

他对散文也是阐述进化的道理，谈变法大义。他鼓吹戏曲也要反抗专制，内容新颖等等，都体现了他以西方社会科学方面的新学说、新思想和自然科学方面的新事物、新成就，对文学内容进行了划时代的革新，这与他的文学批评精神完全统一。

第二节　王国维：中西融汇、化合的近现代文学批评转型

王国维和梁启超都是中国近代文学理论批评的奠基人和确立者。如果说梁启超主要是完成了中国古典文学批评向现代性文学批评过渡的话，那么，王国维则是拉开了现代性文学批评的序幕。王国维（1877—1927），字静安，号观堂，浙江海宁人，中国近现代之交的杰出学者，清华研究院教授，被称为"清华三巨头"之一（另二位是梁启超和陈寅恪），1927年6月2日自沉于颐和园昆明湖。王国维在学术上的贡献极为突出，先后从事过哲学、文学、戏曲史、甲骨金文、殷周史、汉晋木简、汉魏碑刻、敦煌文献以及西北地理、蒙古史的研究，并在这些方面都做出了巨大的贡献。尤其是在美学和文艺学方面，他既是"意境"说的集大成者，又是引进和系统介绍西方美学的第一人，并且也是运用西方文艺批评方法研究中国古典文学作品的第一人。王国维在政治上比较保守，但在学术研究上却思想敏锐，勇于创新。他的批评著作，主要有《〈红楼梦〉评论》（1904）、《论近年之学术界》（1905）、《屈子文学之精神》（1906）、《文学小言》（1906）、《人间词话》（1908）、《宋元戏曲考》（1913）等。其中《〈红楼梦〉评论》就是具有现代性的用西方批评理论和方法来评价中国古典文学作品的文学批评的开篇。陈寅恪评论王国维的文学批评是"取外来之观念，与固有之材料互相参

证"的产物。[①] 王国维的文学批评是由古典文学批评向现代性文学批评的过渡，也就是说他拉开了现代性文学批评的序幕。

王国维虽然是一介书生，但是他也像梁启超等人一样，为文学艺术的独立地位而抗争。他以西方的思想理论为武器，这使得他的文章极有力度。由于中国政治上的专制，导致哲学和艺术的落后，学术没有独立的地位。王国维对此有着清醒的认识，在《论哲学家与美术学之天职》中，他深刻批判了封建道统所造成的"与夫小说、戏曲、图画、音乐诸家，皆以俳儒、倡优自处，世亦以俳儒、倡优蓄之"的现象，对此深恶痛绝，他要为文学艺术家争得应有的社会地位。陈寅恪说："自昔大师巨子，其关系于民族盛衰学术兴废者，不仅在能承续先哲将坠之业，为其托命之人，而尤在能开拓学术之区域，补前修所未逮。故其著作可以转移一时之风气，而示来著以轨则也。"[②] 王国维是典型，是原创型的文化大师、民族精神的巨子。他的理论批评主要体现在以下三个方面：

一、中西文论交融的"悲剧"说

在中国文学中，严格意义上的悲剧理论到近代才产生，即王国维《〈红楼梦〉评论》的发表，标志着这种理论的诞生。在这篇文学批评文章中，集中体现了王国维的悲剧观。全文共分五章，第一章"人生及美术之概观"。先从"人生与美术"的关系导引出对文学本质的思考，借用德国哲学家叔本华的关于哲学的观点，说明文艺的价值与特性在于能使人"忘物我之关系"，从日常"生活之欲"所导致的苦痛中解脱出来。王国维认为，生活的本质就是"欲"，"欲"不仅"先人生而存在"，而且，"一欲既终，他欲随之"，人生就成为"欲与生活与苦痛"三者

---

① 陈寅恪、陈美延编：《金明馆丛稿二编》，生活·读书·新知三联书店2000年版，第247页。
② 陈寅恪、陈美延编：《金明馆丛稿二编》，生活·读书·新知三联书店2000年版，第247页。

的结合，而解脱人痛苦的灵丹妙药就是美，就是文学。王国维评论《红楼梦》的最根本目的就是要对作品美学和伦理精神进行整体的把握。第二章"《红楼梦》之精神"。将小说看作一个象征系统，阐述贾宝玉的故事就是象征"生活之欲"的历练与最终获得解脱的全过程。他说："宇宙一生活之欲而已。而此生活之欲之罪过，即以生活之苦痛罚之：此即宇宙之永远的正义也。自犯罪，自加罚，自忏悔，自解脱。美术之务，在描写人生之苦痛与其解脱之道，而使吾侪冯生之徒，于此桎梏之世界中，离此生活之欲之争斗，而得其暂时之平和，此一切美术之目的地。"①第三章"《红楼梦》之美学上之价值"。运用西方文论中尤其是叔本华关于悲剧定义且有关悲剧能"洗涤"人精神的观点，以此来论证《红楼梦》的悲剧类型特征，并指出《红楼梦》打破了传统文学中"大团圆"的模式，有悖于国民性中盲目乐天的精神。在王国维看来，《红楼梦》的美学价值就在于它描写了生活之欲所产生的巨大痛苦和超世出家、断绝所有生活之欲的解脱之道。因此可以看出，王国维吸收了叔本华悲观主义人生观和老庄的厌世哲学，形成了他的非功利超功利的美学观。第四章"《红楼梦》之伦理学上之价值"。运用形而上的思索方式，论证"解脱"作为伦理学的意义代表了人生的理想，主张不应采用一般知识论的观点和立场来加以评判《红楼梦》。并且他认为文学艺术所具有的"解脱"的追求，也是出自于"渴慕救济"的超越忧患的理想，其审美价值等同于伦理价值。"《红楼梦》之以解脱为理想者，果可菲薄也欤？夫以人生忧患之如彼，而劳苦之如此，苟有血气者，未有不渴慕救济者也。不求之于实行，犹将求之于美术，独《红楼梦》者，同时与吾人以二者之救济，人而自绝于救济则已耳。"②第五章"馀

---

① 姚淦铭、王燕主编：《王国维文集（上部）》，中国文史出版社2007年版，第6页。
② 姚淦铭、王燕主编：《王国维文集（上部）》，中国文史出版社2007年版，第12页。

论"。论证了旧红学研究的局限，指出文学批评应该注重"美术之特质"的研究，并且要善于从作品的个别具体的描写中，来体验、发现"人类全体之性质"，"《红楼梦》中所有种种之人物、种种之境遇，必本于作者之经验，则雕刻与绘画家之写人之美也，必此取一膝。彼取一臂而后可，其是与非，不待知者而决矣。读者苟玩前数章之说，而知《红楼梦》之精神与其美学、伦理学上之价值，则此种议论自不可生。苟知美术之大有造于人生，而《红楼梦》自足为我国美术上之唯一大著述，则其作者之姓名与其著书之年月，固当为唯一考证之题目"。①这"人类全体之性质"，带有普遍性的意蕴与价值。

从超功利的美学观念出发，王国维认为文学的体裁、结构和韵律等形式因素具有优美或壮美的艺术魅力。他认为，优美就是"由一对象之形式不关于吾人之利害，遂使吾人忘利害之念，而以精神之全力沉浸于此对象之形式中，自然及艺术中普遍之美皆此类也"，而壮美则是"由一对象之形式超乎吾人知力所能驭之范围或其形式大不利于吾人，而又觉非人力所能抗，于是吾人保存自己之本能遂超乎利害之观念外，而达观其对象之形式"。②二者皆能使人超然于利害之外，忘物我之关系。王国维还按照亚里士多德、叔本华等的哲学、美学、文学观点，将悲剧划分为三类：第一类是由恶势力造成的悲剧，第二类是盲目的命运者所致，第三类是普通人由于环境所迫不得不如此所造成的悲剧。王国维指出，《红楼梦》所表现的就是第三种悲剧。它不同于我国文学史上以往任何一部"始于悲者终于欢，始于离者终于合"的作品，"大背于吾国人之精神"，依据生活本身的逻辑，揭示了人情自然之势与当时道德观念冲突所造成悲剧。因此，在王国维看来，《红楼梦》是一

---

① 姚淦铭、王燕主编：《王国维文集（上部）》，中国文史出版社 2007 年版，第 14—15 页。

② 姚淦铭、王燕主编：《王国维文集（下部）》，中国文史出版社 2007 年版，第 17 页。

部彻头彻尾的悲剧，"可谓悲剧中之悲剧也"。它的真正价值在于使人读后能灭绝一切欲望。王国维的悲剧理论，渊源于叔本华的美学思想，自然没能从文学与社会生活的联系中探求《红楼梦》悲剧的社会根源，对人物形象的分析也有牵强之处。正如温儒敏所说，这导致了文学批评中的"误读"现象。"王国维对《红楼梦》整体象征意义的评说并不符合作品实际，其实是一种'误读'。他的目标是引进西方理论，评论中先树起一套从叔本华等西方哲人那里借来的论点，然后去阐释《红楼梦》，最终是为了证说西方理论方法，为了突破'考证之眼'的局限。这种'误读'也可能由于王国维忧生伤世的性情在叔本华与《红楼梦》中同时找到共鸣点，评论中就难免不受偏爱情绪的支配，而硬是将叔本华哲学与《红楼梦》联系起来"。"这种'误读'有意与传统批评的妙悟式或考证式的路数拉开距离，把作品纯粹看作代表作家人生体验的一种符号和象征系统，运用推理分析，从中读解普遍的人生价值与审美价值"。① 然而，王国维创造性地以西方美学思想审视中国古典小说名著，批评了前人"以考证之眼"读《红楼梦》的错误倾向，拓新了中国文学批评方法，这些都是值得肯定和赞赏的。

二、注入现代批评精神的"境界"说

1908 年，王国维发表了《人间词话》。本著作由于采用了"境界"、"意境"等传统的批评概念，被一些人认为王国维的文学批评又回归了传统，也因而得到了一些旧式读者的喜好。但实际上，这部著作外表上是传统的，内里又是现代的，在阐述过程中意境注入了现代批评的精神，"在相当程度上达到了中西批评思维方法的汇通"。② 全书以"境界"为中心，将西方美学理论融入中国文学批评的传统形式——词话

---

① 温儒敏：《中国现代文学批评史》，北京大学出版社 1993 年第 1 版，第 5 页。
② 温儒敏：《中国现代文学批评史》，北京大学出版社 1993 年第 1 版，第 14 页。

之中，论析精辟，影响深广。"境界"一词，并非王国维所创。它源出佛家典籍，六朝时开始被书画理论引用，以至于一直为历代诗词评论家长期沿用。"王国维继承发展了司空图、王士祯、况周颐、袁枚、梁启超等人以'境界'论诗论词的观点、方法，并加以理论化、系统化，使之成为中国近代美学中的重要范畴"。[①]《人间词话》共分 64 节，可大致分为三大部分。第一部分（1—9 节），阐述理论，提出了"境界"的批评概念，是这部著作的纲领性部分。那么何为"境界"？王国维认为就是情景交融、生动具体的艺术画面："境非独谓景物也，喜怒哀乐，亦人心中之一境界。故能写真景物、真感情者，谓之有境界，否则谓之无境界。"[②] 以真作为创造诗词境界的基础，传达出王国维对自然真趣的艺术美的向往和追求。他说："词以境界为最上。有境界，则自成高格，自有名句。五代、北宋之词所以独绝者，在此。"他极力推崇五代、北宋词，"其言情也必沁人心脾，其写景也必豁人耳目，其词脱口而出，无矫揉妆束之态"，[③] 他不满南宋姜夔、张炎、吴文英等人雕章琢句的词风，但又不舍弃"弦外之音"、"味外之味"的含蓄美。第二部分（10—52 节），则是进行实际批评的阐述，运用"境界"说理论，品评了许多古代著名诗人、词人的作品，可以说与前一部分提出的理论相符合、相补充。第三部分（53—64 节），是结论和引申部分。既对诗词风格体式作了梳理，也论评了文学发展规律和诗词创作的某些具体问题。

王国维从三个方面阐述了"意境"的内涵和"意境"的创造。

首先是造境与写境。王国维认为："有造境，有写境，此'理想'与'写实'二派之所由分。然二者颇难分别，因大诗人所造之境必合

---

① 徐鹏绪：《中国近代文学史纲》，中国社会科学出版社 2004 年版，第 307 页。

② 姚淦铭、王燕主编：《王国维文集（上部）》，中国文史出版社 2007 年版，第 77 页。

③ 姚淦铭、王燕主编：《王国维文集（上部）》，中国文史出版社 2007 年版，第 84 页。

乎自然，所写之境亦必邻于理想故也。"① 这里所说的"造境"，是指作家依照生活作艺术想象和虚构，并抒发自己的思想感情。而"写境"是指作家对生活作出真实的艺术描绘。王国维进一步阐述了这一问题："自然中之物，互相关系，互相限制，然其写之于文学及美术中也，必遗其关系限制之处，故虽写实家亦理想家也，又虽如何虚构之境，其材料必求之于自然，而其构造亦必符合自然之法则，故虽理想家，亦写实家也。"② 由此可以看出，这段论述深刻地揭示出浪漫主义创作方法必须以现实生活为依据、现实主义创作方法必须包含理想因素的道理，专注了两种创作方法的本质特点。

其次，"有我之境"与"无我之境"。王国维认为，"有我之境，以我观物，故物皆著我之色彩。无我之境，以物观物，故不知何者为我，何者为物。古人为词，写有我之境者为多，然未使不能写无我之境，此在豪杰之士能自树立耳。"③ 欧阳修《蝶恋花》中的"泪眼问花花不语，乱红飞过秋千去"，秦观《踏莎行》中的"可堪孤馆闭春寒，杜鹃声里斜阳暮"，都是作者于自然景物中寄托自己的伤感之情，生发自己的迟暮之感，就是"有我之境"。陶渊明《饮酒》中的"采菊东篱下，悠然见南山"，元好问《颖亭留别》中的"寒波澹澹起，白鸟悠悠下"，主客体交融，心境与物境浑然一体，属于"无我之境"。因此他认为"古今之成大事业、大学问者，必经过三种之境界：'昨夜西风凋碧树。独上高楼，望尽天涯路。'此第一境也。'衣带渐宽终不悔，为伊消得人憔悴。'此第二境也。'众里寻他千百度，蓦然回首，那人正在，灯火

①　姚淦铭、王燕主编：《王国维文集（上部）》，中国文史出版社 2007 年版，第 76 页。
②　姚淦铭、王燕主编：《王国维文集（上部）》，中国文史出版社 2007 年版，第 76 页。
③　姚淦铭、王燕主编：《王国维文集（上部）》，中国文史出版社 2007 年版，第 76 页。

阑珊处.'此第三境也。"① 王国维又把无我之境归于"优美",有我之境归于"宏壮（壮美）",前者在静中得之,后者在由动之静时得之。受叔本华思想的影响,王国维又提倡审美静观,更推崇无我之境,这种境界更能使人忘却利害。唯有具备更深湛的艺术修养、更为纯真性情的人,才能创造出这种境界。

对于"有我"、"无我",王国维的看法后来有些变化。他认为境界的确有大小之分,却不能以大小定优劣,判断境界的高低优劣标准是看它是否做到了"意与境浑"。所谓"意与境浑",就是感情与景物浑然一体,身与物合而为一的最高艺术境界。"其次或以境胜,或以意胜。苟缺其一,不足以言文学。原夫文学之所以有意境者,以其能观也。出于观我者,意馀于境。而出于观物者,境多于意","二者常互相错综,能有所偏重,而不能有所偏废也"。②（这是樊志厚为王国维的《人间词话》乙稿作序,但却出自王国维手笔。）可见,此时王国维的看法必"有我"与"无我"更为准确。

再次,是关于"隔"与"不隔"。王国维还提出了"隔"与"不隔"这样的审美批评范畴,强调诗人要以真性情写真景物,力求自然,反对在作品中大量使用代字、典故和掉书袋。不同的做法就会创造出不同的境界,给人以"隔"与"不隔"两种审美感受。"问'隔'与'不隔'之别,曰:陶谢之诗不隔,延年则稍隔矣。东坡之诗不隔,山谷则稍隔矣。'池塘生春草'、'空梁落燕泥'等二句,妙处唯在不隔。词亦如是。即以一人一词论。如欧阳公《少年游》咏春草上半阕云:'阑干十二独凭春,情情碧远连云。千里万里,二月三月,形色苦愁人',语语都在目前,便是不隔。至云:'谢家池上,江淹浦畔',则隔矣。白

---

① 姚淦铭、王燕主编:《王国维文集（上部）》,中国文史出版社2007年版,第79页。
② 姚淦铭、王燕主编:《王国维文集（上部）》,中国文史出版社2007年版,第96页。

石《翠楼吟》：'此地，宜有词仙，拥素云黄鹤，与君游戏。玉梯凝望久，叹芳草、萋萋千里，'便是不隔。至'酒被清愁，花销英气'，则隔矣。"①从王国维所举诗人的诗作和词作看，不隔就是"语语都在目前"，艺术形象自然生动、逼真传神，富有直观感受性。隔就是矫揉造作，不具有真切具体的艺术画面，缺乏形象的观感，"如雾里看花，终隔一层"。他提倡"语语都在目前"，并非指浅薄简陋的抒写，而是"淡语皆有味，浅语皆有致"的神来之笔，境界应该具有"言外之味，弦外之音"。"隔"与"不隔"这一对审美批评概念，学界曾有很多异议。但多数人认为这主要是注重作品形象上是否鲜明自然、特点突出，能否达到使读者真切感受和真切表达。注意把作者、作品和读者紧密联系在一起考察，注意文学语言形式对情感表达所具有的局限性，以及读者在接受和体验的过程中所能引发的创造性。但因王国维对这一对文学批评概念未作具体理论上的阐释，所以才导致众说纷纭，莫衷一是。

三、为文学本体独立地位抗争的进化发展观

从 1907 至 1913 年间，王国维还致力于中国戏剧的研究，先后撰写了大量专论与论著，其中以《宋元戏曲考》最具总结性和学术性价值，被郭沫若誉为："不仅是拓荒性的工作，前无古人，而且是权威的成就，一直领导着百万的后学"。②《宋元戏曲考》是王国维文学进化发展观的理论结晶。

王国维认为，"凡一代有一代文学。楚之骚，汉之赋，六朝之骈语，唐之诗，宋之词，元之曲，皆所谓一代之文学，而后世莫能继焉者也"。③就是说，每个时代都有代表这个时代最高艺术成就的文学形式。他进

---

①　姚淦铭、王燕主编：《王国维文集（上部）》，中国文史出版社 2007 年版，第 81 页。
②　郭沫若：《历史人物》，人民文学出版社 1979 年版，第 212 页。
③　姚淦铭、王燕主编：《王国维文集（上部）》，中国文史出版社 2007 年版，第 200 页。

一步探讨了历代文学艺术形式演进的原因和规律，指出："盖文体通行既久，染指遂多，自成习套。豪杰之士，亦难于其中自出新意，故遁而作他体，以自解脱。一切文体所以始盛终衰者，皆由于此。"[①] 整个文学发展史总是不断出现新形式，取得新成果，因而总是不断发展前进的，"故谓文学今不如古，余不敢言"。[②] 从这种文学进化观出发，王国维认为正统文人鄙弃的元曲，与辞赋、诗、词等传统文学样式一样足以当一代文学，甚至"以其自然故"，超过其他文学样式。王国维在《宋元戏曲考·元剧之文章》中说："元曲之佳处何在？一言以蔽之，曰：自然而已矣。古今之大文学，无不以自然胜，而莫著于元曲。盖元剧之作者，其人均非有名位学问也；其作剧也，非有藏之名山，传之其人之意也。彼以意兴之所至为之，以自娱娱人。关目之拙劣，所不问也；思想之卑陋，所不讳也；人物之茅盾，所不顾也；彼但摹写其胸中之感想，与时代之情状，而真挚之理，与秀杰之气，时流露于其间，故谓元曲为中国最自然之文学"。[③] 他认为"自然"，不但包括以上所说的无所为而为的创作动机，意兴所致、直抒胸臆的作品内容，还包括元曲"以许多俗语或自然之声形容之"的语言。他在元代剧作家中推关汉卿为第一，就是因为关汉卿能"一空依傍，自铸伟词"，自由地使用新语言，并取得突出成就，"其言曲尽人情，字字本色"。王国维认为元曲是最"自然"的文学，也是"境界"最佳的文学。"其文章之妙，亦一言以蔽之，曰：有意境而已矣"。"何以谓之有意境？曰：写情则沁人心脾，写景则在人耳目，述事则如其口出是也。古诗词之佳者，

---

① 姚淦铭、王燕主编：《王国维文集（上部）》，中国文史出版社 2007 年版，第 83 页。
② 姚淦铭、王燕主编：《王国维文集（上部）》，中国文史出版社 2007 年版，第 83 页。
③ 姚淦铭、王燕主编：《王国维文集（上部）》，中国文史出版社 2007 年版，第 252—253 页。

无不如是。元曲亦然"。^①"境界"、"意境"是王国维评价文学作品的最高标准，他认为元曲是"有意境"作品的典范，可见他对元曲是推崇备至的。

王国维曾高度评价自己对元曲研究的贡献，他说："凡诸材料，皆余所搜集；其所说明，亦大抵余之所创获也。世之为此学者自余始，其所贡于此学者亦以此书为多。非吾辈才力过于古人，实以古人未尝为此学故也"。^②这一评价应该说是客观、公允的，但同时又是比较谦虚的。因为即使有古人"为此学"，也断然达不到王国维的成就，因为他的成就大半是新的知识结构、文学观念和批评方法赋予的，而不全是个人的能力和才气。或者说是时代造就了王国维。

王国维文学批评的独到价值是对文学艺术的本体地位和审美属性进行了深入的论述。近代"纯粹"文学、"纯粹"美学观念的确立及其研究，是由王国维完成的，他和梁启超分别开启了非功利和重功利两种旨趣不同但均属近代化的文学批评体系。王国维非功利、超功利的文学观对于反拨封建文学文以载道的传统，解放经学、政治对文学的束缚和压抑，以及尊重文学自身的规律和特性，有划时代的积极意义。但他把文学视为个人苦闷的解脱之道，又是悲观哲学和主观唯心主义的表现，他对康德、叔本华哲学美学的借鉴，消极的因素多于积极的因素。王国维的"纯粹"文学批评和美学批评在一定意义上弥补了梁启超文学批评的某些不足和粗浅，但绝少梁启超文学批评植根现实关注现实的积极精神，因此王国维所取得的辉煌成就中也潜隐着危机。

---

① 姚淦铭、王燕主编：《王国维文集（上部）》，中国文史出版社 2007 年版，第 253 页。
② 姚淦铭、王燕主编：《王国维文集（上部）》，中国文史出版社 2007 年版，第 200 页。

第三节 文学译介与小说文体类型的开创

中国新文学理论批评的现代化转型过程，与近代对西方的文学译介是不可分割的。可以说，没有近代对西方文化包括文学艺术的文字资料、书籍的大量翻译和介绍，就没有近代中国文化生态的裂变和重构，就没有中国传统文化观念的巨大变更和进步，也没有文学观念和文学理论批评的现代化转型。

一、近代文学翻译概貌与影响述略

自鸦片战争以来，西学东渐成为不可逆转的历史大趋势。随着翻译领域的不断拓展，西方的政治、思想、文化、文学等在中国有了广泛传播和巨大影响。不管中国人对于西方文化的认识，还是对于自身文化的认识，都经历了一个艰难的历程，经过学习、借鉴，学者们在思想领域里达成了共识与认知。

首先是外国传教士在中国的译书、办报、办学校活动影响着国人，促使中国知识分子也办起了自己的报刊，建立起了中国的新闻事业，而译书活动也达到了前所未有的高潮。同时，各地纷纷办起了学校、学堂，并采用新学，如西方的自然科学、哲学、文化等都出现在中国学校的讲堂上。近代翻译历程大致先是自然科学翻译，继而社会科学翻译，到戊戌变法时期，又有了西方文学翻译。翻译家通过对西方新词语、新术语的翻译和运用，使得中国固有的语言文字受到了不同程度的冲击。对西方科学文化与文学的译介，使得以"新"为核心范畴的现代性变革开始兴起。近代翻译运动是促使中国文化近代转型的内在动因，随着文学翻译从文言向白话的过渡，新的文学质素也就自然而然地被人接受。中日甲午战争失败后，中国力主学习西方的社会、政治和思想学说的维新思潮逐渐兴起，这样西方的文学也因之受到重视。据有关资料记载，在1899年初林纾翻译的名著《巴黎茶花女遗事》正式出版之前，零星的文学翻译作品已有出现。然而近代文学翻译事业的正式兴起是以林纾的《巴黎茶花女遗事》为近代翻译文学的开端，这是维新思潮和文学改良运动（尤其是"小说界革命"）的直接推动的结果。换句话说，《巴黎茶花女遗事》问世前后，正值"小说界革命"鼓吹之时，文学翻译的时代风气逐渐形成。

在二十世纪初，知识界开始系统地翻译、介绍西方民主政体的书籍，主要有：卢梭的《社会契约论》又名《民约论》（1762年），1903年，此书由杨廷栋全译的《民约论》，是最早的中文完整译本。《社会契约论》的主要内容是人民主权的思想，认为只有体现人民主权的民主制度才是唯一合理的。孟德斯鸠的《论法的精神》（1748年），严复英译本名为《法意》，第一部完整中译本是张相文据日译本转译的，1903年出版，书名《万法精神》。《论法的精神》体现三权分立的思想，即立法权、行政权、司法权必须分开，它与君主专制政体根本对立。约翰·穆勒的《论自由》由严复翻译名为《群己权界论》，马君武翻译的名为《自由原理》。《论自由》是欧洲十九世纪非常重要的一部文献。其内容是为自由、个体主义、个性主义辩护；颂赞人类各个个体的创造精神，认为人的自由是神圣不可侵犯的。瑞士法学家、政治家伯伦知理的《国家论》（1874年），内容主要是反对卢梭的社会契约论，主张国家是一个有机整体，国家主权在民，治权在官，认为君主立宪政体是所有政体中最好的一种。梁启超1903年受康有为委派游美返回后的政治思想发生变化，崇尚君主立宪，他自己说就是受了伯伦知理国家有机体的影响。此外，还有关于资产阶级民主政治方面的重要文献，如美国《独立宣言》和《法国人权宣言》。《独立宣言》以《独立檄文》载于 1901 年的《国民报》第 1 期。1766 年美国的《独立宣言》和 1789 年法国的《人权宣言》，是资产阶级民主政治史上两个十分重要的文献，它们对各国追求民主政治的人士发生过深刻的影响。这两个文献将洛克、卢梭等民主思想家的主张确立为人类政治生活的基本准则。同时，一批日本人写的关于政治学、国家学、法律等方面的书籍，也被翻译过来。如《政治原论》、《国法学》、《万国宪法比较》、《宪法要议》、《英国宪法论》等。

外国传教士在传教、办报之外，也通过开办学校传播近代科学知识。受此启发，当时中国官方出于培养"洋务"人才的考虑，也陆续创办了一些"洋学堂"，著名的如京师同文馆（1862 年，北京）、福建船政学堂（即求是堂艺局，1866 年，马尾）和天津水师学堂（1880 年，天津）等。此外，当时官方也开始派遣留学生，从同治十年（1871 年）开始，总观人数呈递增的趋势。中国知识分子自己创办的报刊，也学着传教士办的报刊出现"文艺副刊"的雏形，开始为文学创作提供了发表的园地，如外国传教士在中国办的报刊，其中也主要是聘请中国知识分子负责编辑、撰述工作的。[①] 中国近代报刊的出现，为近代文学的诞生打下坚实的基础。

严复是当时的翻译大家，尽管他翻译的并非文学作品，而是西方的哲学、社会学、经济学、法学和名学著作。但正如胡适所说："严复是介绍西洋近世思想的第一人"。[②] 他翻译、介绍给国人的是《天演论》、《原富》、《法意》、《名学》、《名学浅说》、《群学肄言》、《群己权界论》、《社会通诠》等涉及许多领域的近代西方著作。自从《天演论》（1898）

---

① 比较典型的如《申报》（1872 年，上海）和《新闻报》（1893 年，上海）。
② 姜义华主编：《胡适学术文集·新文学运动》，中华书局 1993 年版，第 106 页。

出版以后，中国学者才渐渐知道西洋除了枪炮兵船之外，还有精到的哲学思想可以供我们的采用。但当时的翻译不可能用白话，八股式的文章更不适用。所以，严复根据当时中国的需要和个人留学国外的深刻体悟，在译著中他写下了大量极富见地的按语，独具特色。他用文言文作为翻译的语言媒介，有着自己的翻译准则，认为翻译要做到"信、达、雅"，追求深奥古雅的译文风格。"以文章论，自然是古文的好作品；以内容论，又远胜那无数'言之无物'的古文：怪不得严译的书风行二十年了"。①

在文学领域，直到戊戌变法时期，才有人开始翻译西方文学，却没有人把学习西方文学和改革中国文学联系起来。从1890年到1919年，这三十年，是迄今为止介绍外国文学最旺盛的时期。首先是大量外国小说的涌入，晚清文学自此开始以小说为大宗。当时除了林纾外，著名的外国小说译者还有十余家，使得翻译小说在数量上超过了同期的创作小说。如《小说林》第7期所载的《丁未年（1907）小说界发行书目调查表》中所列创作小说共40种，翻译小说则有80种。1911年，《涵芬楼新书分类目录》著录创作小说120种，翻译小说竟达400种。"处今日之天下，则必以译书为强国第一义。"②"近代翻译的历程大体先是自然科学翻译，继而出现社会科学翻译，最后才出现了文学翻译。"③严复、林纾可以作为不同领域的代表人物。新的词语、新的术语的翻译和运用，使得我们固有的语言文字受到了不同程度的冲击，中国文化的近代转型应该是以翻译运动为起点的。

林纾是近代著名的古文家，又是近代翻译文学开风气之先的重要

---

① 姜义华主编：《胡适学术文集·新文学运动》，中华书局1993年版，第108页。
② 中华书局编辑部：《饮冰室合集》（第1册），中华书局1989年影印本，第66页。
③ 郭延礼：《中国近代翻译文学概论》，湖北教育出版社1998年版，第7页。

人物。胡适不仅评价了严复，而且说"林纾是介绍西洋近世文学的第一人"。①1899 年，他与王寿昌翻译的《巴黎茶花女遗事》正式出版，它的问世在近代翻译文学中具有里程碑的意义。它正是以"可怜一卷茶花女，断尽支那游子肠"②，影响和感动了很多人，开近代言情小说的先河，并催生了现代情爱意识。"综而言之，欧人志在维新，非新不学，即区区小说之微，亦必从新世界中着想，斥去陈旧不言。若吾辈酸腐，嗜古如命，终身又安知有新理耶？"③林纾与人合作共翻译了一百六十多种外国小说。随之人们纷纷效仿，从事小说翻译介绍的人与刊物越来越多，如雨后春笋。于是，政治小说、虚无党小说、社会小说、教育小说、历史小说、爱国小说、侦探小说、科幻小说等，都被翻译引进中国，形成了翻译文学的繁荣兴盛局面。

作为一位古文名家，林纾用"雅洁"的文言转译近代西洋小说，对晚清的创作起到了某种示范的作用。郑振铎曾经这样评价林纾译著的意义："中国文人，对于小说向来是以'小道'目之的，对于小说作者，也向来是看不起的；所以许多有盛名的作家绝不肯动手去做什么小说；所有做小说的人也都写着假名，不欲以真姓名示读者。林先生则完全打破了这个传统的见解。他以一个'古文家'动手去译欧洲的小说，且称他们的小说是可以与太史公比肩，这确是很勇敢的很大胆的举动。自他之后，中国文人，才有以小说家自命的；自他之后才开始了翻译世界的文学作品的风气。"④林译小说对中国的思想界、文学界都产生了重要或直接的影响，"五四"时期的许多作家都不同程度地受

---

① 姜义华主编：《胡适学术文集·新文学运动》，中华书局 1993 年版，第 106 页。
② 王栻主编：《严复集》（第二册），中华书局 1986 年版，第 365 页。
③ 林纾：《林纾选集·文诗词卷》，四川人民出版社 1988 年版，第 224 页。
④ 郑振铎：《林琴南先生》，《小说月报》1924 年第 15 卷第 11 号。

到他的影响。林译小说为中国作家向外国文学学习与借鉴提供了一个非常重要的窗口，并且直接促进近代小说在创作模式、技巧等方面有了新的变化与进展。此外，还有苏曼殊和马君武，在翻译外国文学方面，在严复和林纾的翻译基础上又有所超越。苏曼殊通晓英、法、日、梵多种外语，能够对原作正确理解，译作与原作内容相符合，并显示其富有情韵之美的独特色彩，在诗歌翻译上能从细微之处显示出异国风味。同时，他还把部分中国古典诗歌译成英文，对于促进中外文化交流起到了很大的作用，前者代表作是《拜伦诗选》，后者则是《文学因缘》。马君武的文学翻译主张语言简明流畅，通俗易懂，形式自由，忠实原作。总的来看，这一时期的翻译主张彰显了近代翻译文学从意译到直译的过渡色彩。1909 年，鲁迅、周作人兄弟合译的《域外小说集》（上、下册），则标志着中国"直译"小说的开始，对当时盛行的"意译"和"乱译"之风起到了遏制和纠正的作用。"实为译界开辟一个新时代的纪念碑"[①]《域外小说集》共收短篇小说 16 篇和一些寓言、童话等短篇文学作品，主要包括东欧、北欧和俄国反映被压迫民族或弱小民族的现实主义文学作品。这部译作注重对短篇小说的翻译，而且坚持采用直译手法进行翻译，最受后来的史学家所看重。但这部译作因仍用文言翻译，文字古奥艰涩，不太适合读者的口味。自 1909 年出版后，十年间只售出了 21 本。周氏兄弟翻译作品出版的失败，说明用文言文翻译外国文学作品已经不适应社会的发展。因此说，近代翻译运动是促使古文走向现代化的一个内在动因。随着文学翻译从文言向白话的过渡，新质素的引入也就更为自然而然易被人接受了。接着，胡适用白话直译法国都德的短篇代表作《最后一课》（1912 年 11 月 5 日上海

---

① 许寿裳：《亡友鲁迅印象记》，人民文学出版社 1981 年版，第 54 页。

《大共和日报》）与《柏林之围》（1914 年 11 月 10 日《甲寅》月刊第 4 期），则体现了"五四"新文学翻译领域的正确方向。

二、清末民初小说文体类型批评的视域拓展

伴随着晚清社会变革思想意识的发展变化，艺术领域中的小说理论也获得了最显著的发展。在晚清作家中，由于小说和戏曲在主题、素材和政治意图等方面非常相似，因而，"小说"一词既指一般的小说，也常指戏剧作品。①"二十世纪之中心点，有一大怪物焉：不胫而走，不翼而飞，不扣而鸣；刺人脑球，惊人眼帘，畅人意界，增人智力；忽而庄，忽而谐，忽而歌，忽而哭，忽而激，忽而劝，忽而讽，忽而嘲，郁郁葱葱，兀兀矻矻，热度骤跻极点，电光万丈，魔力千钧，有无量不可思议之大势力，于文学界中放一异彩，标一特色。此何物欤？则小说是。"②"新小说"诞生的同时，关于新小说理论也随之更新，大众开始真正审视小说的地位与价值。在当时的文学理论的影响之下，晚清小说杂志对创作小说和翻译小说的目的、内容和重要性有共同的看法。编辑者和出版者的出版目的十分明确：利用小说教育大众，培养新道德，批评社会，从而更好地改良社会。这种目的可以从通常登在杂志第一期上的创刊目的与宗旨的声明中看到，也可以从他们选择出版的文学作品上看到。晚清杂志发表了大量"新小说"，这些作品的目的是提高大众的政治觉悟，促进"科学的"思维方式，以及暴露抨击社会弊端。晚清的四种主要杂志，《新小说》（1902—1910）、《绣像小说》（1903—1906）、《月月小说》（1906—1908）、《小说林》（1907—1908），在向广大读者介绍外国小说方面起了很大作用。据阿英统计，

---

① 阿英编：《晚清文学丛钞：小说戏曲研究卷》，中华书局 1960 年版，第 60—69 页。
② 陈平原、夏晓虹编：《二十世纪中国小说理论资料（第一卷）》，北京大学出版社 1989 年版，第 226 页。

晚清出版了一千多部"新小说"：其中三分之一左右是中国小说，三分之二是外国翻译小说。[①] "新小说"的出现，使得作为小说艺术发展关键一环的小说文体与类型自然也有了新的改变。

（一）小说文体批评的新变

关于小说文体批评问题，有人曾论及，文体批评是指文学批评的言说方式，它主要包括三个层面，即体制（体裁）、体式（语体）和体貌（风格）[②]。一个时代有一个时代的批评文体，近代已不同于古典。围绕新小说文体的探讨主要介乎于文言与白话的讨论居多。范烟桥曾谈到："维新以来，小说蜂起，二十年间盛衰之迹，有足述者。而其文体，亦前后迥乎不同。第一时期其体似从东瀛来，开首往往作警叹之词，或谐其声，或状其象，当日《时报》中多载之。其思想之范围，多数以政治不良为其对象。第二时期喜以词采作引子，每节之首，骈四俪六，至为华美，展初年之《小说月报》可以见之矣。第三时期重辞章点染，时海上杂志风起云涌，大有旌旗蔽空之概，一时载笔，争奇斗胜，各炫其才富。于是一时之作，典实累缀，不厌饾饤"。[③] 在传统文体意识中，诗歌、散文居于正宗地位，而小说（包括戏剧）则被拒之于文学大门之外，被称之为小道文学。"在中国，小说是向来不算文学的"[④]。到了近代，情况才有所变化，最明显的就是1902年梁启超提出的"小说为文学之最上乘"的"小说界革命"新文体意识，以及此后翻译和创作小说的繁盛。把小说列入文学文体范畴，又改变了传统文学文体之间的结构关系。"这一文体意识直接影响了五四现代小说的勃兴，也局部冲击了

① 阿英：《晚清小说史》，作家出版社1955年版，第1—180页。
② 李建中：《专题：中国现代批评文体研究》，《黄冈师范学院学报》2008年第1期。
③ 范烟桥：《小说丛谈》，大东书局1926年版。
④ 人民出版社编辑：《鲁迅全集》第六卷，人民文学出版社1981年版，第21页。

杂文学文体意识。"①接着，王国维、鲁迅等人在"西学"的影响下，进一步在文体论上提出了"情感说"，初步呈现出具有现代因素的文体体系。此外，改变传统文学的语言形态，也是近代文体改革的主要目标。梁启超认为："文学之进化有一大关键，即由古语之文学变成俗语之文学也"②。随之，"俗语"文学开始进入近代报刊和读者的视野当中，开始以"白话"的形态出现。尤其是戊戌政变前后，小说文体的变革开始了，并迅速获得比较显著的成就。在文体变革的实践上，大量翻译、引进西洋小说，主要以西洋小说来改造中国传统小说的文体规范意识。在叙述模式上，也出现了倒装叙事、限制叙事、非情节化倾向和注重心理、细节描写现象等等。这一切，都为"五四"现代小说的诞生奠定了深厚的基础。

梁启超的文学理论批评，从文体特点来看，与他所提倡的新文体大致相符。其一，大声疾呼，笔锋常带感情。其二，平易畅达，文辞优美。他采用半文半白，通俗浅显的"今语"写作，注意杂以俚语、口语、谚语和"小说家语"入文，力求通俗易懂。同时他还大量吸收外来语，输入日本兼及欧美的词语、语法，以扩大文字的表现力。其三，打破旧体古文、骈文、八股文的体式格调的严格界限，做到"骈散一体"，把骈偶对仗、八股排比与奇句散行的古文句熔于一炉。其四，文章的结构布局更成熟合理。他在论及每一个议题时，常常列举一连串比喻和种种中西事例，广征博引，反复论证；行文起讫自由，洋洋洒洒，"纵笔所至不检束"，常为万言以上之长文。但由于他善于营运布局，精于分段论述，常常在题目之下，分列小目，小目之下，又分项说明，做到条理明晰，层次井然。其五，除了专论外，梁启超还常写

---

① 孙宝林：《近现代文体演变的历史鸟瞰》，《中国现代文学研究丛刊》1999年第4期。

② 梁启超：《小说史话》，《新小说》1903年第7号。

一些轻便灵活的短论，如随感、杂记、答读者问等。① 梁启超从政治角度立论的直抒胸臆、洋洋洒洒的文学理论批评，特别是小说理论批评，开启了社会上小说批评文章的开端。当时许多人不仅从立论上模仿梁启超，强调小说社会功用，提升小说地位，而且还专从文体上模仿梁启超，尤其是他的"新文体"。正如郑振铎在《梁任公先生》中对其评价的那样："他能以他的'平易畅达，时杂以俚语、韵语及外国语法'的作风，打倒奄奄无生气的桐城派的古文、六朝体的古文，使一般的少年都能肆笔自如，畅所欲言，而不再受已僵死的散文套式与格调的拘束"。② 梁启超以其"平易畅达，时杂以俚语、韵语及外国语法"等新的因素，实现了对传统文体的突破。

随着梁启超倡导的"诗界革命"开始，文体变革以诗歌与议论性散文为开端，主要演变方向是诗的散文化与散文的报章体化（即社会化和通俗化）。梁启超认为，要改革诗体，"第一要新意境，第二要新语句"，并且要求之于欧洲的意境和语句来改革。鲁迅写于1907年的《摩罗诗力说》，号召以19世纪西方浪漫主义诗歌为参照系改造中国传统诗歌。诗体变革主要体现在语言形态上以"俗语"代替文言，在结构模式和叙述方式上以自由化代替格律化。陈平原认为"就对中国文章体式的改造而言，显赫的'新名词'其实不如隐晦的'外国语法'更带根本性。前者扩大了文章的表现范围，后者则涉及中国人的思维方式与审美趣味。"③ 就是说，"新名词"是梁启超"新文体"文本结构中的一部分，同时也显示其背后的新的思维模式。此外，梁启超对游记体散文也别有洞见，"中国前此游记，多纪风景之佳奇，或陈宫室之

---

① 王群：《中国近代文学理论批评文体的演进》，《复旦学报》2005年第3期。
② 郑振铎：《中国文学论集》，开明书店1934年版，第167页。
③ 陈平原：《中国散文小说史》，上海人民出版社2004年版，第199页。

华丽，无关宏旨，徒灾枣梨。"①1903 年梁启超游历加拿大和美国，1904
年发表了《新大陆游记》，其内容"所记美国政治上、历史上、社会上
种种事实，时或加以论断。"②多写外国题材，篇幅比较长，内容充实，
作品描写成分明显增多，而且语言呈现出通俗化与自由化，并杂有许
多新名词。由此，梁启超对"新文体"的变革实践，如丁晓原所说"以
其为标志的'新民体'实为'五四'杂感文的先期实验，他又以《戊
戌政变记》等参与了近现代新闻文学新体式的开创，而《新大陆游记》
等则表示了散文在论说之外其他门类存在的价值。"③这一切都体现了此
时的游记散文与传统散文在表达形式和内容信息的丰富性方面都有了
很大的变化和影响力。

　　清末民初的小说文体变革，主要以 1902 年梁启超"小说界革命"
的号召以及翻译和创作小说的繁盛为主。在文体观念上，梁启超受严
复的影响较大，许多观点都有及其相似之处。严复以语言、语法、题
材和虚幻的角度论及稗史小说的价值，"比较梁启超所论与严复所论，
才能理解梁启超的论证逻辑的创新所在。从人性出发，他捕捉到小说
文体的超越性特质，因此重估小说价值、推崇小说到文学体系中心。
他把前人的对小说功能的期望、对小说文体特质的概括，提升到一个
新的高度。"④梁启超等人希望通过提高小说的文体地位和对政教功能的
宣传来达到改良群治目的。"它对改变轻视小说的传统观念，密切小说
与现实社会的关系，具有重要的理论价值"⑤。梁启超把人性启蒙观念贯
穿到文学理论之中。此外，他还以进化论的思想对小说进行评价："文

① 　梁启超：《〈欧洲心影录〉〈新大陆游记〉》，东方出版社 2006 年版，第 243 页。
② 　梁启超：《〈欧洲心影录〉〈新大陆游记〉》，东方出版社 2006 年版，第 243 页。
③ 　丁晓原：《梁启超与中国现代散文的发生》，《广东社会科学》2015 年第 1 期。
④ 　杨红旗：《梁启超小说界革命与现代文学理论》，《贵州师范大学学报》2002 年第 2 期。
⑤ 　孙宝林：《近现代文体演变的历史鸟瞰》，《中国现代文学研究丛刊》1999 年第 4 期。

学进化有一大关键，即由古语之文学变为俗语之文学是也。各国文学史之开展，靡不循此轨道。……宋后俗语文学有两大派，其一则儒家、禅家之语录，其二则小说也。小说者，决非以古语之文体而能工者也。"①同时，在文体变革实践上，主要是对不同于传统小说文体规范的外国小说的译介。据阿英统计，当时翻译小说总数占晚清小说总数的三分之二。同时，对外国小说的翻译介绍，使得传统小说文体规范开始解体与新型小说形态开始初建。因而，梁启超所追求的是经过中西交融、化合后的创新文体。"在语言体式上，初步形成了一种调入方言土语、文言韵话乃至新词语、新文法的崭新的白话文，作为小说的语体形态；在叙述模式上，开始产生对传统规范（顺时空叙述、全知视角、情节中心、叙述和言行描写为主等）的大幅度背离，出现了倒装叙事、限制视角、非情节化倾向和注重心理、细节描写等等"。②具体体现在对短篇小说的倡导，描写骈文化，文学的通俗化，小说创作与文学期刊之间存在一种互动关系等方面。但与此同时，文坛上也出现了不赞同梁启超视传统文学为"吾中国群治腐败之总根源"。黄人从中国文学发展的大局出发，连续发表了《小说小话》，盛赞《三国演义》、《水浒传》、《儒林外史》与《红楼梦》的创作手法。他又"不以'新'、'旧'为批评标准，对新小说也实事求是地肯定或批评。"③徐念慈在《余之小说观》中也全面讨论了小说创作的概括、发展的趋势及相关问题，阐明了当时的小说现状是"著作者十不得一二，翻译者十常居八九"④的现状，并且指出经济因素是非常重要的刺激因素。清末稿酬制的建立，使得

---

① 梁启超：《小说丛话》，《新小说》1903 年第 7 号。

② 孙宝林：《近现代文体演变的历史鸟瞰》，《中国现代文学研究丛刊》1999 年第 4 期。

③ 陈大康：《论"小说界革命"及其后之转向》，《文学评论》2013 年第 6 期。

④ 陈平原、夏晓虹编：《二十世纪中国小说理论资料（第一卷）》，北京大学出版社 1989 年版，第 311 页。

文学翻译和创作带有商业的性质，之后的小说创作有偏于侦探、艳情之类的趋向。因此，我们应该注意到梁启超以及与他同时代人在过渡时代所具有的过渡性质与现代性因素，他们都在不同程度上对小说的义体观念演变做出了最大限度的努力与探索。

由于文学文体的革新，文学批评文体理论也随之变化，文学的文体与文学批评的文体之间存在着较大的依存关系，也就是说，文学批评话语应该是文学理论内在精神的最重要和最精微的表征，那么，文学批评文体的发展是因文学文体的变化而导致。综观此时期的小说批评文体的变化，主要体现在对中国传统文论的扬弃，吸收西方的文艺思想和文学理论批评方法，从而为"五四"现代小说文体理论与批评的诞生奠定了基础。

（二）清末民初小说类型理论批评的诞生及其发展

晚清在出现大量各种小说类型创作的同时，也涌现出许多对小说类型及类型理论的探讨，这与提倡"小说界革命"后小说地位的提高有密切的关系。关于晚清小说的类型理论，正如陈平原在《论"新小说"类型理论》[1]中根据《二十世纪中国小说理论资料（第一卷）》[2]总结的那样，他把文学的第一级分类（抒情诗、小说、戏剧）称为"体裁"，而把第二级分类（如历史小说、侦探小说等）称为"类型"。之后的关于小说类型理论的研究多数都是以题材内容的划分为主，也就是说小说类型研究是晚清小说理论批评的热点与难点，以题材内容的划分最富有活力，而以叙事形式的划分则最有学理。从类型的角度去界定小说，是清末小说理论批评与古代传统批评的最重要区别。传统小说观视小说为"小道"文学，不可能对其进行分类加以研究，清末小说理论批

---

① 陈平原：《论"新小说"类型理论》，《中国现代文学研究丛刊》1991年第2期。
② 陈平原、夏晓虹编：《二十世纪中国小说理论资料（第一卷）》，北京大学出版社1989年版。

评开始了对小说类型的研究，给小说进行了分类，对小说的本体特征有了更深一层的认识，使得小说作为文学的一种文体，从而成为类型研究的对象。清末"新小说"中最受推崇的政治小说、历史小说、社会小说、写情小说、侦探小说、科学小说等，都是根据题材内容来划分的，侧重于创作和编辑实践。民初之时则开始对小说分类进行多侧面多角度的探讨，并且融进了与传统小说分类不同的现代性因素，理论说明和编创实践并重，呈现出异于前期的特征。

受域外小说的影响，梁启超等"新小说"作者对小说呈现出前所未有的分类热情，"政治小说"、"侦探小说"、"社会小说"、"科学小说"、"历史小说"等纷纷出现。据有人统计，晚清小说的标示有200种以上。"开始时，较多标示的是'政治小说'、'历史小说'、'科学小说'与'冒险小说'。这显然与梁启超希望借用小说配合其政治主张，并有意介绍西方文学有关。可是，后来标示渐渐变成较单纯的点名题材的手段"[①]。在这一背景的影响下清末民初的作家及读者迅速接受诸如政治小说、科学小说、侦探小说等一系列的类型划分。1897年，在严复、夏曾佑作《本馆附印说部缘起》和梁启超撰《变法通议·论幼学》中，只是提到了"小说"和"说部"。在1898年梁启超的《译印政治小说序》和1899年的《饮冰室自由书》中，开始提到了政治小说、历史小说等概念，并注重小说与政治改革的关系。最为完整也是最早体现小说家类型观念的是1902年刊登在《新民丛报》上的《中国唯一之文学报〈新小说〉》。在谈到《新小说》的栏目设置时提到对小说进行分类，有历史小说、政治小说、哲理科学小说、冒险小说、侦探小说、军事小说、写情小说、语怪小说、札记小说、传奇体小说等门类，并为每种小说

---

① 陈大康：《关于"晚清"小说的标示》，《明清小说研究》2004年第2期。

类型做了简单的界定，例如"政治小说者，著者欲借以吐露其所怀抱之政治思想也"；"历史小说者，专以历史上事实为材料，而用演义体叙述之"①。1905 年的《小说林》栏目则把小说重新划分为 12 类，有历史小说、地理小说、科学小说、军事小说、侦探小说、言情小说、国民小说、家庭小说、社会小说、冒险小说、神怪小说、滑稽小说。1906 年的《月月小说》发刊词宣称中国古代白话小说仅有写情（艳情、哀情）、侠勇二类，而该刊中的小说编辑栏目则设定为十一类小说：历史小说、哲理小说、理想小说、社会小说、侦探小说、侠情小说、国民小说、写情小说、滑稽小说、军事小说、传奇小说②。这种小说类型的划分，应该是首先面向读者，而当时的小说读者所尊崇的是传统叙事的类型规则，即按题材确立类型结构的规则。"它也反映了当时尊崇西方现代政治社会观念的时尚潮流，以大不同于中国传统小说分类的全新面目呈现于世人"③。仅从这三种期刊栏目对小说的分类情况来看，"新小说"以题材来划分类型的现象日趋明显，可以说，"新小说"的题材与类型有了同一性的趋向。

因受小说理论背景和创作实践的限制，清末时期对小说类型划分还显粗糙，甚至是一种随意性很强的个体行为，但对激活人们对小说类型的兴趣，对调节、引导当时的小说创作，都起到了相当积极的作用。他们借助于类型理论来推动整个小说创作发展，关于小说类型的讨论大概成了清末民初文坛上最为活跃而且最富有建设性的理论探讨。"'新小说'家并没有正式使用'小说类型'这个概念，但如《小说丛

---

① 新小说报社：《中国唯一之文学报〈新小说〉》，《新民丛报》1902 年第 14 号。

② 陆绍明：《月月小说发刊词》，《月月小说》1906 年第 3 号。

③ 陈萍：《论清末民初的小说类型理论》，《西南师范大学学报（人文社会科学版）》2001 年第 5 期。

话》中侠人提到的'小说分类'，吴趼人《〈中国侦探案〉弁言》中提到的'小说之种类'，黄小配（棣）《小说种类之区别实足移易社会之灵魂》中提到的'小说种类之区别'，俞明震（觚庵）《觚庵漫笔》中提到的小说'门类'，以及管达如《说小说》和吕思勉（成之）《小说丛话》中正式论述的'小说之分类'，讨论的都是小说类型问题"①。这在小说思想、内容、形式或叙事模式上都明显地表现出来，而"作品有标示，也是这种过渡形态的表现之一。它首先出现于翻译小说，又表明这是本土创作借鉴西方及日本文学创作思想、内容与形式的一种迹象。作品配标示配合了报刊刊载小说的新形式，在引起读者注意，争取他们认可接受与扩大新型小说的影响方面发挥了积极的作用"②。因而，晚清的小说创作起到了向"五四"新文化运动后"新小说"创作的过渡作用。

辛亥革命后，小说分类要比前期细致成熟得多。1912 年管达如写成了长篇论文《说小说》，明确宣称"小说之分类"可以有三种不同的标准：（甲）文学上之分类：文言体，白话体，韵文体；（乙）体制上之分类：笔记体，章回体；（丙）性质上之分类：武力的，写情的，神怪的，社会的，历史的，科学的，侦探的，冒险的，军事的③。1914 年，成之又发表了三万余字的长篇论文《小说丛话》，提出"小说之分类，可从种种方面观察之"④，同时把小说分为散文（文言、俗语）与韵文（传奇、弹词）、复杂小说与单独小说、自叙式与他叙式、写实主义（或纪实小说）与理想主义（又有介乎二者之间的）、悲情小说（绝对的与相

①　陈平原：《论"新小说"类型理论》，《中国现代文学研究丛刊》1991 年第 2 期。
②　陈大康：《关于"晚清"小说的标示》，《明清小说研究》2004 年第 2 期。
③　管达如：《说小说》，《小说月报》1912 年第三卷第 7 号。
④　成之：《小说丛话》，《中华小说界》1914 年第 3—8 期。

对的）与喜情小说（绝对的与相对的）、有主义小说与无主义小说、纯文学小说与不纯文学小说等多种，以上的分类，作者称之为理论上抽象的分类。与之相对应的则是具体的分类，分为武事小说、写情小说、神怪小说、传奇小说、社会小说、历史小说、科学小说、冒险小说、侦探小说九类[①]。就此时期的小说分类情况来看，与清末小说类型相比有了很大发展。民国以后，小说家、理论家们淡化了对政治的热情，开始从以文学为政治到以文学为文学，对小说的思考明显地有了很大的变化，与前一阶段的小说分类观念一起形成二者共存的局面。但此时的小说分类仍然没有统一的标准，"既体现为不同层次的标准在同一层次上交叉，也体现为标准的内涵和外延没有明确的边界"[②]。因此，清末民初的小说类型理论既有对传统小说分类的承继，又有与传统不同的分类，如按题材分类，中国传统小说目录学中就很少有先例，这只有在清末民初才出现，并且富有现代质素的小说分类特点，既有以小说题材内容的分类，也有借鉴西方小说分类的基本理论进行尝试性的分类。管达如和成之的小说类型理论就接近西方叙事学基本类型的理论。清末民初的小说类型理论"对中国古代小说的重新诠释，对小说创作规则的探讨，以及对中国小说总体布局的改造"[③]发挥了重要的作用，同时也为中国现代小说及理论批评的发生打下了基础。

---

① 成之：《小说丛话》，《中华小说界》1914 年第 3-8 期。
② 陈萍：《论清末民初的小说类型理论》，《西南师范大学学报（人文社会科学版）》2001 年第 5 期。
③ 陈平原：《论"新小说"类型理论》，《中国现代文学研究丛刊》1991 年第 2 期。

第三章
《甲寅》月刊:《新青年》
与中国新文学及理论形成的先声

第一节　公共话语空间:从《甲寅》月刊到《新青年》的创刊渊源

一、《甲寅》月刊与《新青年》:自由的文学办刊指向

《甲寅》月刊是章士钊于 1914 年 5 月 10 日在日本东京创刊的。它实际上是欧事研究会（1914 年 8 月）成立之前,在黄兴的发动和支持下创办的。欧事研究会是二次革命失败后流亡日本的多数同盟会成员,因第一次世界大战爆发,假借研究欧战问题,实际上是对孙中山再次成立中华革命党对入党人员必须打上手印的规定反对而成立。本来黄兴预计让章士钊主持中华革命党党报,章士钊不想参与,于是创办《甲寅》月刊。章士钊早年积极参加革命,并与黄兴相交默契,二次革命后流亡日本,继续探求改变国家前途命运的道路,开始苦学救国,不参加任何组织,之后留学英国等经历以及对西方政法的学习,加之在国内创办《苏报》、《国民日日报》、《民立报》、《独立周报》的经历,使他再次通过办报来宣传自己和同人的政治主张。章士钊大胆引介西方政制体系,融为自己新的政治理想。刊物封面在一类似青铜器并镶

有古雅文饰的木铎上竖写着大大的"甲寅"二字，文字上面是英语"The Tiger"，下面则画着一只奔跑的老虎。关于刊物命名，章士钊曾回忆当时与黄兴等人一起商议过的情景："愚违难东京，初为杂志时，与克强议名，连不得当。愚倡以其岁牒之，即曰《甲寅》。当时莫不骇诧，以愚实主此志，名终得立。"①1914 年是农历"甲寅"年，又因"寅"年属虎，所以章士钊就给刊物取名为《甲寅》。

《甲寅》月刊共出 10 期，从 1914 年 5 月 10 日到 1915 年 10 月 10 日，因袁世凯政府禁止而停刊。从 1914 年 8 月到 10 月，1914 年 12 月到 1915 年 4 月曾两次停刊。从第 1 期封底可以看出，刊物发行人是渐生；编辑人是章士钊；发行所：日本东京小石川区林町七十二番地；印刷所：日本东京小石川区久坚町百〇八番地，博文馆印刷所。有上海代派处和各埠代派处。第 5 期开始由上海亚东图书馆印刷出版发行，第 10 期又改为由"甲寅杂志社"出版发行。《甲寅》虽然出版时间不长，但影响却非常大。"清末民初迅速崛起的报刊，已经大致形成商业报刊、机关刊物、同人杂志三足鼎立的局面。"②《甲寅》月刊不属于某一机关或者团体、党派刊物，在创刊号《本志宣告》中表明："与曰主张，宁言商榷，既乏架空之论，尤无偏党之怀，唯以己之心，证天下人之心，确见心同理同，即本以立说。""本志非私人所能左右，亦非一派之议论所得垄断，所列论文，一体待遇，无社员与投稿者之分。若无本志主旨，皆得发表。"③《甲寅》月刊也不同于完全注重商业利益的《申报》、《东方杂志》等刊物，不以揣摩读者心理、迎合读者趣味和以营利为目的，完备的稿酬体系是编辑者以刊物招揽人才或投稿者的一个有效办法。

① 章士钊：《甲寅》周刊 1958 年第 1 卷第 10 号。
② 陈平原：《思想史视野中的文学》（上），《中国现代文学研究丛刊》2002 年第 3 期。
③ 《本志宣告》，《甲寅》月刊第一卷第 1 期，1914 年 5 月 10 日。

　　《甲寅》月刊属同人刊物，"不以同人为不肖，交相质证，俱一律款待，尽先登录。若夫问题过大，持理过精，非同人之力所及，同人当设法代请于东西洋学者，以解答之。"[①] 如陈独秀、李大钊、高一涵、易白沙、杨昌济等，既有乡友、同学，又有《民立报》、《独立周报》的读者与投稿者，也有通过投稿而成为编撰人员的留日学生。陈独秀、谢无量、易白沙、高一涵等都应邀参加编辑工作。"在原本就声威卓著的章士钊、陈独秀周围，汇集了一大批的思想者，他们或者是流亡的知识分子，或者就是留日或曾经留日的学生与学者。"[②] 从同人作者群的特点也能看出杂志所具有的开放空间和宽容的姿态。"《甲寅》的凝聚力量来自于反袁的共同政治立场与主编章士钊'有容'、'尚异'的调和主张。准确地说，《甲寅》是一个过渡的平台，在1914—1915年间为知识精英的重新整合和边缘知识分子的崛起提供了适合的空间。"[③] 随着杂志影响力的增大与新作者的不断加入，《甲寅》成为一份知识界的公共刊物。不断有读者来信，称赞《甲寅》是唯一不受政府或某一政党控制的论坛，体现了刊物作为公共舆论机关的性质与以"条陈时弊，朴实说理"[④] 为宗旨的公共话语平台，向世人传达编者与刊物的平等、开放、自由之风。《甲寅》月刊拥有广泛的受众和众多的撰稿者，并争取社会各界力量都参与进来。杂志既以政治思想理论为主，同时又登载文艺作品，凸显个人主体立场与新的文学理念。杂志以理性、科学的态度和精神，在思想文化领域里试图对封建主义进行批判，更大程度上对民主主义进行阐发，是一份以章士钊为核心的具有西方资产阶

---

　　① 《本志宣告》，《甲寅》月刊第一卷第1期，1914年5月10日。
　　② 李怡:《〈甲寅〉月刊:五四新文学运动的思想先声》，《中国现代文学研究丛刊》2003年第4期。
　　③ 杨早:《〈甲寅〉:过度者》，《中华读书报》2006年2月15日。
　　④ 《本志宣言》，《甲寅》月刊第一卷第1期，1914年5月10日。

级政治思想的精英刊物，成为民初流亡和留日知识分子的思想阵地。

陈独秀主编的《青年杂志》，于 1915 年 9 月 15 日创刊，每月发行 1 号，6 号辑成一卷，由上海群益书社印刷出版发行。第二卷改为《新青年》（以下一直称《新青年》），到 1922 年 7 月，共发行 54 号，辑成 9 卷。1915 年是风云际会的一年，也是辛亥革命后最为黑暗的一年。从 1 月 18 日日本向袁世凯政府提出 21 条开始，到 12 月 12 日袁世凯当皇帝。同时一批有影响的知识分子和辛亥革命的功臣骁将进行了政治转向，成为袁世凯称帝的奠基石。《新青年》继承了《甲寅》月刊开启的注重政治根本精神的做法，并将其启蒙重点放在青年身上，寄希望于青年，呼吁青年要有独立自主意识，并宣传民主主义理论，有意识地培养新一代的革命知识分子。在创刊号的《社告》中宣布："国势凌夷，道衰学弊，后来责任，端在青年"，并声称"欲与青年诸君商榷将来所以修身救国之道。"①《新青年》第一卷的出版发行，标志着新文化运动的启动。

陈独秀在创刊号中发表了被作为准宣言看待的《敬告青年》，从生物学的新陈代谢转入社会学意义上新陈代谢的探讨。"窃以少年老成，中国称人之语也；年长而勿衰（Keep young while growing old），英美人相勖之辞也。此亦东西民族涉想不同现象趋异之一端欤？青年如初春，如朝日，如百卉之萌动，如利刃之新发于硎。人生最可宝贵之时期也。青年之于社会犹新鲜活泼细胞之在人身新陈代谢，陈腐朽败这无时不在天然淘汰之途；与新鲜活泼者以空间之位置及时间之生命，人身遵新陈代谢之道则健康，陈腐朽败之充塞细胞人身则人身死；社会遵新陈代谢之道则隆盛，陈腐朽败之分子充塞社会则社会亡。"②面对内

---

① 《社告》，《青年杂志》第一卷第 1 号，1915 年 9 月 15 日。
② 陈独秀：《敬告青年》，《青年杂志》第一卷第 1 号，1995 年 9 月 15 日。

忧外患，复辟和反复辟的时势，陈独秀希望青年追求西方人的价值取向，以西方青年观来勉励中国青年，并提出六项人生倡议：自主的而非奴隶的，进步的而非保守的，进取的而非退隐的，世界的而非锁国的，实利的而非虚文的，科学的而非想象的。这成为《新青年》的办刊指向，竖起了科学与民主的大旗。第一卷主要是对西方文化的翻译、介绍，主张以西方自由主义为价值取向的思想革命，是以青年为对象的人格重塑运动。"如果重塑青年的人格，就必须向西方近代文明学习，西方近代文明的精华是民主和科学。在《新青年》看来，民主和科学完全具有重塑青年新人格的功能。这反映《新青年》对民主和科学有其独到的认识。""对于《新青年》而言，西方文化即是新文化，代表进步；中国儒家文化即是旧文化，代表落后。"①可见，《新青年》是把中国儒家文化传统视为一个单一的整体而与西方近代文明对立起来的。所谓对立就是认为这两种文化之间的关系只有矛盾和抵触，而不可能汇通融合。"所谓新者无他，即外来之西洋文化也；所谓旧者无他，即中国固有文化也。……二者根本相违，绝无调和折冲之余地。"②《新青年》初期就是用这种方式来解决传统与现代的紧张关系。《新青年》在1916年2月15日出版第一卷第六号后停刊，9月1日复刊。因陈独秀应蔡元培邀请，赴北大任文科学长，杂志编辑部也由上海迁往北京。

第二卷以后杂志面貌日渐清晰，复刊后的《新青年》第二卷转而多讨论儒家与孔教问题。第二卷第6期（1917年2月），陈独秀发表了《文学革命论》，此时已任北大文科学长。第三卷改在北京编辑，出版发行仍然由上海群益书社负责。1920年春，陈独秀因为从事实际政治活动的需要而南下，《新青年》也随之迁回上海，之后又迁到广州，

① 张涛：《新文化运动的兴起与〈青年杂志〉第一卷》，《史学月刊》1995年第5期。
② 汪叔潜：《新旧问题》，《青年杂志》第一卷第1号，1995年9月15日。

1922 年 7 月出满九卷后休刊。1923 年至 1926 年间出现的季刊或不定期出版物《新青年》，是中共中央的理论刊物，不再是新文化人的同人杂志。作为"五四"新文化重要经典文献的《新青年》，只是前九卷。第三卷开始，尽管已经在北京编辑，但封面上仍然标明是由"陈独秀先生主撰"。第四卷开始加入了北大的教授和学生，编辑也由陈独秀一人主编，到几个人轮流主编。各种新因素的加入，使《新青年》增添了新的血液和活力，"新文化倡导力量和新兴革新青年力量的结合，标志着《新青年》迈进了一个新的阶段"。[①] 表示该杂志已经在实践着初期的创刊宗旨，就是要唤醒青年，推动社会与文化文学的根本变革。

二、办刊宗旨及编辑策略的渊源探寻

通过对《甲寅》月刊 10 期和《新青年》前几卷的办刊宗旨进行梳理、分析，以此来考察两刊物之间的相承关系。辛亥革命成功以后，众多知识分子的专注力都集中到政治方面，对于思想文化无人注意。接着开始了袁世凯的反动压迫时代，全国国民慑服于专制淫威之下，丝毫不能动转，二次革命的被镇压，使得那些进步知识分子再次流亡日本，并借助日本这个相对自由空间来表达个人的思想和愿望，在思想和文化上探索民族新出路。"五四"新文化运动的种子就埋伏在这个时代。"培植这个新文化运动的种子的人是谁？陈独秀吗？不是，胡适吗？不是。那么究竟是谁呢？我的答案是章士钊。在民国四五年的时代，中国思想界的闭塞沉郁真是无以复加。梁启超办了一个《庸言报》，不久便停版，后来改办了《大中华》，更没有什么精彩。此外只有江苏省教育会一派人在《教育杂志》等刊物上所鼓吹的实利主义稍有点生气，但是只偏于教育一部分，且彼时亦尚未成熟。此外便再无在思想界发

---

① 陈万雄：《五四新文化的源流》，生活·读书·新知三联书店 1997 年版，第 18 页。

生影响的刊物了。到章士钊在日本办的《甲寅杂志》出版以后,思想界才另有开了一条新路。"①

《甲寅》月刊为当时的思想界打开了一条新路,这与其办刊宗旨紧密相关。在第1期《本志宣告》七项中的第一项就表明:"(一)本志以条陈时弊,朴实说理为主旨,欲下论断,先事考求。与曰主张,宁言商榷。既乏架空之论,尤无偏党之怀,唯以己之心,证天下人之心,确见心同理同,即本以立说,故本志一面为社会写实,一面为社会陈情而已。"② 由此可以看出,《甲寅》月刊"旨在讨衰",持论严正,颇为时论所重,"先生之文,词旨渊雅,思理缜密,凡有述作,咸有典则。所以《甲寅杂志》以出,风行海内,《甲寅》周刊印行,七日中接函二千三百件,大抵读其文而喜与来复者,何其盛也。"③ 作为主编人章士钊的文章在刊物中占有比重最大,他撰写的头条文章就占总体的大半部分,不包括他在"评论之评论"、"时评"、"论坛"、"通信"中作为记者的答复(以及小说)等栏目上发表的文章。

对于《新青年》的创刊缘起,是陈独秀通过亚东图书馆的汪孟邹引荐,认识了群益书社老板陈子沛、陈子寿两兄弟,通过商谈,群益书社同意出版《新青年》。《新青年》因陈独秀个人的职业变迁,所以《新青年》的编辑部也几经变迁。这里只对《新青年》前四卷的办刊宗旨进行考察,无论是编辑思路、撰稿人员,还是办刊宗旨等方面,都与《甲寅》月刊有着千丝万缕的联系。

陈独秀承继了清末民初的办报经验,实际上也吸取了他自己从前办《安徽白话报》、《国民日日报》等的经验教训,因此,他非常有办刊的

① 常乃德著,葛兆光导读:《中国思想小史》,上海古籍出版社2005年版,第136页。
② 《本志宣告》,《甲寅》月刊1914年第一卷第1期。
③ 王森然:《章士钊先生评传》,《近代二十家评传》书目文献出版社1987年版,第264—265页。

策略、方法，难怪他在 1913 年时就说过，想出一本杂志，只要十年八年的时间，一定会发生很大的影响。① 所以，陈独秀早就有此雄心壮志，在协助章士钊编辑《甲寅》月刊时就在酝酿此事，他在《甲寅》月刊创办红火之时创办了《新青年》，并以两刊编辑的身份向同人、朋友约稿，从陈独秀和吴虞的通信中可以看出。1916 年 12 月，吴虞第一次向《新青年》投稿，在给编者信中提到自己曾有文章在《甲寅》月刊上发表。陈独秀在回信中说："《甲寅》所录大作，即是仆所选载。""《甲寅》拟即续刊；尊著倘全数寄赐，分载《青年》、《甲寅》，嘉惠后学，诚盛事也。"②

《新青年》从第三卷开始，虽然已经在北京编辑，第四卷加入了北京大学的教授和学生，第六卷开始由原来的陈独秀一人主编变成几个人轮流主编，因此稿源丰富，不需要外稿。新一代的加入，使《新青年》增添了新的血液和活力，《新青年》迁到北京后，背靠北大，思想资源和学术资源都极为丰富，在办刊方针上会有些许的变化。只有从前几卷来考察，才能看出两刊物之间的办刊宗旨、编辑策略和直接的承继关系，两刊物的办刊宗旨一直是贯穿始终。

《新青年》的第一卷第 1 号刊登的《社告》宣称："一 国势陵夷，道衰学弊，后来责任，端在青年。本志之作，盖欲与青年诸君商榷将来所以修身治国之道。二 今后时会，一举一措，皆有世界关系。我国青年，虽处蛰伏研求之时，然不可不放眼以观世界。本志于各国事情，学术，思潮，尽心灌输，可备攻错。三 本志以平易之文，说高尚之理。凡学术事情足以发扬青年志趣者，竭力阐述。冀青年诸君于研习科学之余，得精神上之援助。……凡青年诸君对于物情学理，有所怀疑，或

---

① 汪原放：《回忆亚东图书馆》，学林出版社 1983 年版，第 32 页。
② 陈独秀：《答吴又陵》，《新青年》第二卷第 5 号，1917 年 1 月 1 日。

有所阐发,皆可直缄惠示。本志当尽其所知,用以奉答。庶可启发心思,增益神志。"①《甲寅》月刊和《新青年》的"发刊宗旨",思想脉络贯通。《甲寅》创刊伊始,强调用"条陈时弊,朴实说理"的办法来阐发"政治根本之精神",亦即通过一件件具体政治事件的分析,来宣传"多数政治"之根本精神。《新青年》继承了《甲寅》月刊开启的注重政治根本精神的做法,并将其启蒙重点放在青年身上,"欲与青年诸君商榷将来所以修身救国之道"。

陈独秀在其《敬告青年》中提出六项比较具体的政治理念,来告诫青年,激励他们"自觉"与"奋飞"。在继承《甲寅》月刊"政治的觉悟"的基础上,《新青年》进而提出了"伦理的觉悟"的问题。"《新青年》将《甲寅》月刊讨论的个人对国家的独立扩展到个人对于社会的独立上来。这是在创刊宗旨上对《甲寅》的继承和发展。"②《甲寅》月刊无论是哪期,在"宣告"、"通告"、"社告"等栏目中,都始终贯穿着"以条陈时弊,朴实说理为主旨"的办刊宗旨,从对这10期此栏目的考察中,可看出刊物编辑理路和印刷地点的变更。

《甲寅》月刊第3、4期上登载了《特别社告》,这是在前两期基础上,又有所说明:"一、本志三号,理应按期早出,唯以编辑主任秋桐君骤患时症,移居病院,以及蛰居调治,共有三周间之久,未能执笔,故而出版较迟,当世君子,请曲谅之。 一、同人创为此报社友无多,见闻尤隘,纯仗海内外鸿达,相与扶持,投稿一层,或通信体,或论文体,俱所企望,如有斐然作者,不以同人为不屑与,愿为担任长期著述,尤为感祷,纸笔之赀,从优相奉,聊证同心,非敢云酬也。 一、迩承

---

① 《青年杂志》第一卷第1期,1915年9月15日。
② 杨琥:《〈新青年〉与〈甲寅〉月刊之历史渊源——《新青年》创刊史研究之一》,《北京大学学报(哲学社会科学版)》2002年第6期。

读者诸君辱寄通信论坛诸件，美不胜收，感荷之余，益深奋勉，其中或有一二碍难登录，然佳作本期未能尽载，请俟后期，谅之为幸。 一、本志每页十七行，每行三十九字，稿纸能与相合最妙，字须明了，不可写两面，圈点须从本志格式，请特别注意，本社印有用纸，如或须此，邮所即寄。"① 在第5、6期上《甲寅》月刊又登载了《特别社告》，只是针对第3、4期的《特别社告》稍作一下改动，则由原来的每页十七行，每行三十九字，改为每页十六行，每行四十字。与此同时，《甲寅》月刊因印刷、销售事宜改由亚东图书馆执行，在本页同时刊有《秋桐启示》和《亚东图书馆启示》。《秋桐启示》："仆以羼弱之躯旅居海外去岁夏间同志数辈创作甲寅杂志属仆主任其事社务丛脞益以屡病出版愆期至用惭歉今为分工之计以印刷发行两事析与上海亚东图书馆代为理治仆只任编辑一部心一意专庶可期诸久远自后凡属印刷发行事项请向上海接洽其有关于文字者则直函日本东京小石川区林町七十番地甲寅杂志社编辑部交仆收可也。"② 《亚东图书馆启示》："甲寅杂志前此出版已经四号惟秋桐先生兼理数事过于劳剧每不免印刷迟延使读者有盼望之苦今为分任职司期诸久远特将印刷发行事物委属敝馆经理自后凡蒙爱读者诸君　惠购请直向敝馆接洽其一切收款发报等事皆由敝馆完全负责从前在日本上海两总社直接定购报费已经交足者敝馆必当按期续寄不致差误。"③ 《甲寅》月刊的第7、8、9期刊载了其宗旨与初期相同的《本社通告》，这三期皆在上海由亚东图书馆印刷发行。"…… 一 本志印刷体裁，每面为十六行，每行四十字，稿纸能与相合最妙，字须明了，不可写两面，圈点须从本志格式，请特别注意。 一 本志事物，印

---

① 《甲寅》月刊第一卷第3期，1914年7月10日。
② 《甲寅》月刊第一卷第5期，1915年5月10日。
③ 《甲寅》月刊第一卷第5期，1915年5月10日。

刷发行两项，归上海四马路福华里亚东图书馆经理，其有关于文字者，乃章秋桐君任之，须由日本东京小石川区林町七十番地甲寅杂志社直接收发也。 — 本志前由秋桐君一人经理，事物烦冗，不免延期，近顷以来，秋桐君只任编辑，文字如期撰就，自后按期出版，必不延误。"①第10期上的《本社通告》与第5、6期上登载的《特别社告》基本一致，无太大的变更。

此外，还登载了《紧要启事》，因为章士钊要在上海设立《甲寅》月刊出版发行事务所，编辑部仍在日本东京，原地址没变，投稿仍然可以投编辑部，但购买发行之事可到上海本志总发行所办理。"本志自发行以来谬蒙社会督奖在事同人理合努力进行以慰读者诸君之望前以事烦任重编辑发行分途董理以期专任不使愆期比日以来营业益臻发达上海亚东图书馆力难兼顾发行之事业由本志派人驻沪专理以期久远此后关于编辑事项仍祈直函日本东京小石川区林町七十番地本志编辑部关于发行事项则请向上海江西路五十六号本志总发行所接洽以前亚东图书馆所有代办之事一概移交本志总发行所继续办理完全负责特此声明。"②统揽《甲寅》月刊共10期的办刊宗旨，从中既可以看到杂志发展的脉络，也可看出它的编辑策略与投稿事宜。为了杂志能更好地发展下去，可以调整印刷、发行路径，并设许多代派处，坚持办刊宗旨持续始终如一的方针，一直坚守精英与自由主义的倾向，未投靠某一政府或其他团体，未成为商业化和机关的报刊，自始至终都是同人性质的刊物。

《新青年》在这方面也是走着同样的路子，正如陈平原先生所说："陈独秀之创办《新青年》，虽然背靠群益书社，有一定的财政支

---

① 《甲寅》月刊第一卷第7期，1915年7月10日。
② 《甲寅》月刊第一卷第10期，1915年10月10日。

持，但走的是同人杂志的路子，主要以文化理想而非丰厚稿酬来聚集作者。"《新青年》的成功，很大程度上得益于大批第一流知识者的积极参与。在吸纳人才方面，主编陈独秀有其独得之秘。前期的利用《甲寅》旧友，后期的依赖北大同事，都是显而易见的高招。以至日后谈论《新青年》，但是罗列作者名单，便足以让人心头一震。"《新青年》从来不是个人刊物，始终依赖众多同道的支持。1915 年 9 月 15 日创办的《青年杂志》草创之初，带有明显的《甲寅》印记，自家面目并不突出。经过短暂休刊，调整了编辑方针并改名为《新青年》，方才给人耳目一新的感觉。"① 陈独秀后来在谈到办杂志经验时也说："凡是一种杂志，必须是一个人一个团体有一种主张不得不发表，才有发行底必要；若是没有一定的个人或团体负责任，东拉人做文章，西请人投稿，像这种'百衲'杂志，实在是没有办的必要，不如拿这人力财力办别的急着要办的事。"② 在陈独秀看来，理想的杂志必须具备两大特征：一是"有一种主张不得不发表"，一是"有一定的个人或团体负责任"。第一种体现杂志的精神，第二种则体现了同人杂志的存在方式。

《新青年》创办以来，红红火火，轰轰烈烈，吸引了众多人不仅是青年人的眼光，关键是"有一种主张不得不发表"，其具体原因就是，"有大致的路向，而无具体的目标。可以这么说，作为民初乃至整个 20 世纪中国影响最大的思想文化杂志，《新青年》的发展路径不是预先设计好的，而是在运动中逐渐成形的。因此，与其追问哪篇文章更多地隐含着其理论主张与生存密码，不如考察几个至关重要的关节点。"③ 关于投稿，《新青年》只在前三卷单独列出来，这也是一种编辑策略使然。

---

① 陈平原：《思想史视野中的文学（上）》，《中国现代文学研究丛刊》2002 年第 3 期。
② 陈独秀：《随感录七十五·新出版物》，《新青年》1920 年第七卷第 2 号。
③ 陈平原：《思想史视野中的文学（上）》，《中国现代文学研究丛刊》2002 年第 3 期。

因为从第四卷开始，就有北大师生加入，就不用担心稿源了。《新青年》第一卷第1号至6号，第二卷第1号，第三卷第3、4、5号的《投稿简章》如下："一、来稿无论或撰或译，皆所欢迎。一经选登，奉酬现金，每千字自二元至五元。二、来稿译自东西文者，请将原文一并寄下。三、本志每面十六行，每行四十字。稿纸能与相合最妙，字以明显为佳。四、来稿以未经登载各处日报及他杂志者为限。五、来稿无论登载否，概不退还，声明必还，亦当照办。六、寄稿最好由邮局挂号掷下，本社即以该局回单盖戳为凭，不另作复。七、收稿处上海棋盘街群益书社。"①

《新青年》从第二卷伊始就更改了编辑策略，又增加了"读者论坛"栏目，先说明刊物得到当代名流的帮助，又重申关于青年的文字，并强调后面的文字比前面的还要精彩。不论其主张、体裁如何，只要所论有研究价值，就可登载，同时，读者都可以自由发表意见，此项措施，除了"通信"一栏与《甲寅》月刊相同外，新增加的这个栏目显然要比《甲寅》月刊更为活跃些。这是另一种广告语，在继承原有的办刊思想外，又添加新的色彩，确实能吸人眼球。从第二卷第1号，到第三卷第1号都登载了两个《通告》。《通告》一：本志自出版以来，颇蒙国人称许。第一卷六册已经完竣。自第二卷起，欲益加策励，勉副读者诸君属望，因更名为新青年。且得当代名流之助，如温宗尧、吴敬恒、张继、马君武、胡适、苏曼殊、诸君，允许关于青年文字，皆由本志发表。嗣后内容，当较前尤有精彩。此不独本志之私幸，亦读者诸君文字之缘也。""《通告》二：本志自第二卷第一号起，新辟'读者论坛'一栏，容纳社外文字。不问其'主张''体裁'是否与本志相合。但其所论确有研究之价值者，即皆一体登载。以便读者诸君自由

---

① 《青年杂志》第一卷第1号，1915年9月15日。

发表意见"。①

从第四卷的《本志编辑部启示》和《本志特别通告》能看出《新青年》编辑理路的变化和更新。取消投稿章程，并且完全开设外国文学专栏"易卜生专号"，可见把提倡新文学，翻译介绍欧洲近世文学为第一要位，并说在当时的文学界杂志界为一大创举，体现刊物的魄力所在。在四卷 3 号上登载了《本志编辑部启示》："本志自第四卷一号起，投稿章程，业已取消。所有撰译，悉由编辑部同人，公同担任，不另购稿。其前此寄稿尚未录载者，可否惠赠本志，尚希投稿者诸君，赐函声明，恕不一一奉询。此后有以大作见赐者，概不筹赏。录载与否，原稿恕不奉还，谨布。"②四卷 5 号《本志特别通告》："本卷现以第四卷第六号为"易卜生专号"，以为介绍欧洲近世第一文豪易卜生（Ibsen）入中国之纪念。内有易卜生之名剧《娜拉》，《国民公敌》，《小爱有夫》三种之译本——及胡适之君之《易卜生主义》长论一篇，——附以"易卜生"之论著。读者不但可由此得知"易卜生"之文学思想，且可于——一册之内——的三种世界名剧——此为中国文学界杂志界——一大创举，想亦海内外有心文学改良思想改良者所欢迎也。定六月十五日出版，特此预告。"③由于第 5 号已经登载了《本志特别通告》，因而本卷就登载了《易卜生主义》、《娜拉》。第 6 号又有了新举措，登出《本社特别启示》（一）、（二），继续前面的特色，准备下期登载"萧伯讷号"，但后来因故未能实行。可见，当时《新青年》的编辑人员寻找一切有利于刊物发展的时机和可行手段，使刊物红火有加，供不应求。第六卷第 5 号（1919 年 5 月）上登载《〈新青年〉自一至五卷再版预约》："提倡新文学，

① 《青年杂志》第二卷第 1 号，1916 年 9 月 1 日。
② 《青年杂志》第四卷第 3 号，1918 年 3 月 15 日。
③ 《青年杂志》第四卷第 5 号，1918 年 5 月 15 日。

鼓吹新思想,通前到后,一丝不苟,可算近来极有精彩的杂志"。①1919年年底,《青年杂志》又为重印前五卷刊登广告,其中这样说:"这《新青年》,仿佛可以算得'中国近五年的思想变迁史'了。不独社员的思想变迁在这里面表现。"②

从以上对《甲寅》月刊和《新青年》的《社告》、《通告》、《启示》等办刊举措的梳理中,可以看出两刊物在办刊宗旨和编辑理念,以及办刊理想等方面,注重文化理念的精英倾向等方面,都有着极深的渊源关系。尽管《新青年》在某些方面的编辑策略要不同于或超越《甲寅》月刊,但是没有《甲寅》月刊的存在,《新青年》就不会有初期办刊与《甲寅》月刊相一致的一系列举措,这是谁也更改不了的事实。

三、编撰队伍、栏目设置等的承继与发展

章士钊湖南长沙人,陈独秀安徽怀宁人。尽管由章士钊主撰《甲寅》月刊,陈独秀主撰《新青年》前三卷,但无论是《甲寅》月刊,还是《新青年》创办初期,撰稿人员基本上都是同一支队伍。这些撰稿人大多都围绕在章士钊和陈独秀周围,"圈子杂志"色彩非常明显。既有早年与章士钊一同参加革命组织、共办刊物的;也有与章士钊、陈独秀共同加入革命组织和各种团体的;再有和陈独秀一起在安徽参加革命组织团体的。与《新青年》第一卷的作者同时进行考察,可以发现有相当数量的皖籍知识分子,当然还有其他一些人,人缘、地缘关系极为明显,两刊物都属同人杂志。如高一涵、李大钊、胡适、易白沙、刘叔雅、杨昌济、苏曼殊、谢无量、吴虞、吴稚晖、陶履恭等,都在两刊物中出现,梳理一下他们之间的关系,更有利于进一步认清两刊物

---

① 《〈新青年〉自一至五卷再版预约》,《新青年》第六卷第5号,1919年5月。

② 《〈新青年〉第一、二、三、四、五卷合装本全五册再版》,《新青年》第七卷第1号,1919年12月。

之间的渊源关系。

从《甲寅》月刊和《新青年》首卷作者相重合的人当中，只有少数人不是安徽籍，但互相间都有共事革命的背景。谢无量虽然是四川籍，但其父历任安徽诸县县长，自己在安徽公学任教，与安徽知识分子熟稔。易白沙虽本籍湖南，却长期居皖从事教育和革命工作，与皖政界和文化界关系极密。在《新青年》创刊前，早与该刊主编陈独秀交谊甚深。高一涵和刘叔雅是安徽公学、安徽高等学堂的学生，与陈独秀曾有师生之谊。1914年两人一同协助章士钊和陈独秀在东京编辑《甲寅》月刊。陈独秀与苏曼殊关系更为密切，自1902年相识以来，往来不断。从表面上看，陈独秀性情勇猛、精进、激烈，苏曼殊则敏感、多情、浪漫、亦僧亦俗，大不相同。而事实上两人意气相投，性情相合。曾一起翻译嚣俄（雨果）的《惨世界》（《悲惨世界》），陈独秀也曾经为苏曼殊讲解诗歌作法并替他修改诗文，并且为苏曼殊的小说作序。这些人际上的因缘，使得《新青年》前几卷作者大都是《甲寅》月刊的编辑或作者，尽管有的是通过"通信"栏而成名。这说明《新青年》与《甲寅》月刊在人事和思想言论等方面有着不可忽视的渊源。下面简介一下这些人在两刊物发表文章的时间（其中未标记出生地的均为安徽人）。

高一涵于1913年留学日本明治大学。1914年7月在《甲寅》月刊第3期上登稿，之后协助章士钊办《甲寅》月刊，并在上面发表了诸多政论文章，后在《青年杂志》第一卷第1期上开始发表文章，1919年进北京大学任编译员。

李大钊是河北乐亭人，于1914年冬东渡日本留学，入早稻田大学政治经济科。李大钊于1914年7月在《甲寅》月刊第3期上登稿。因向《甲寅》月刊投稿而结识了章士钊、陈独秀等同人，受到章士钊的赏识。1916 年 9 月,在《新青年》第二卷第 1 号上发表文章。1917 年冬入北大任图书馆主任。

胡适于 1914 年 11 月在《甲寅》月刊第 4 期上发表翻译小说。1915 年开始在《新青年》上投稿。1917 年 1 月在《新青年》第二卷第 5 号上发表《文学改良刍议》,与陈独秀一起成为新文化运动的领军人物。1917 年回国任教北京大学。

易白沙在二次革命失败后流亡日本,协助章士钊办《甲寅》月刊,1914 年 6 月开始在《甲寅》月刊第 2 期上登稿,并发表了多篇文章。1915 年 10 月开始在《青年杂志》第一卷第 2 号上撰稿。

刘叔雅于 1915 年 9 月,在《甲寅》月刊第 9 期上登稿。1915 年 11 月,在《新青年》第一卷第 3 号开始发表文章。1917 年入北大任教。

杨昌济是湖南长沙人,与章士钊同乡。1914 年 7 月,在《甲寅》月刊第 3 期上登稿。1916 年 12 月,在《新青年》第二卷第 4 号上开始发表文章。1917 年入北大任教。

苏曼殊是广东中山县人。1907 年开始在东京与陈独秀、章士钊、刘师培等从事文学活动。1915 年 7、8 月,在《甲寅》月刊上第 7、8 期上发表了小说《绛纱记》和《焚剑记》。1916 年在《新青年》上发表小说《碎簪记》。

谢无量于 1914 年 5 月在《甲寅》月刊第 1 期上登稿。1915 年 11 月在《新青年》第一卷第 3 号上登稿。

吴虞是四川成都人,1915 年 7 月,开始在《甲寅》月刊第 7 期上发表诗歌。1917 年 2 月,开始在《新青年》第二卷第 6 号上发表文章。

吴稚晖,字敬恒,江苏常州人。1914 年 5 月,开始在《甲寅》月刊第 1 期上登稿。1916 年 10 月,在《新青年》第二卷第 2 号上开始发表文章。

程演生，字衍生，1915 年 8 月，开始在《甲寅》月刊第 8 期上发表诗歌，第 9、10 期发表小说《西泠异简记》。1917 年 2 月，在《新青年》第二卷第 6 号上发表文章。1918 年任教于北京大学。

陶履恭（孟和），天津人，1915 年 6 月在《甲寅》月刊第 6 期上登稿。1917 年 1 月，开始在《青年杂志》第二卷第 5 号上发表文章。

李寅恭，李张绍南的丈夫。1914 年 11 月在《甲寅》月刊第 4 期上登稿，1917 年 6 月，开始在《新青年》第三卷第 4 号上发表文章。

对《甲寅》月刊和《新青年》作者群发表文章时间的分析，为我们认识新文化运动形成和发展的轨迹，提供了另一视角。另外，有学者对《新青年》的发展阶段有不同的划分。陈万雄以第四、六卷为分界点把《新青年》前九卷分为三个时期："1915 年 9 月第一卷到 1918 年 6 月的第四卷是第一个时期。这个时期的首二卷，由主编陈独秀结合与他深有渊源的一辈知识分子为主力的时期。……自第二卷起，以陈独秀为主接连发表了反孔文章和胡适、陈独秀进而提出了文学革命的要求，新文化运动因为有这两个具体内容而引起了舆论的重视，也带来了强烈的反响。自三、四卷由于北大革新派加入《新青年》行列，一校一刊作基地的新文化运动倡导核心势力形成。杂志之由陈独秀个人独自主编，变成自第六卷起之由陈、胡适、钱玄同、高一涵、沈尹默、李大钊六人轮流主编，具体表现了核心势力的形成。"① 对这个核心的进一步分析，会更清晰显露五四前期新文化运动的一些性质。

陈平原则以"同人杂志"来衡量，在正式出版的第 9 卷 54 期《新青年》中，依其基本面貌，约略可分为三个阶段，"分别以主编陈独秀

---

① 陈万雄：《五四新文化的源流》，生活·读书·新知三联书店 1997 年版，第 19—20 页。

1917 年春的北上与 1920 年春的南下为界标。因编辑出版的相对滞后，体现在杂志面貌上的变化，稍有延宕。大致而言，在上海编辑的最初两卷，主要从事社会批评，已锋芒毕露，声名远扬。最后两卷着力宣传社会主义，倾向于世纪政治活动，与中国共产党的创建颇有关联。中间 5 卷在北京编辑，致力于思想改造与文学革命，更能代表北京大学诸同人的趣味与追求。"① 不论如何划分，都不影响本文对《新青年》最初编辑、撰稿人员的性质进行考察，进而梳理与《甲寅》月刊的承继关系。

关于章士钊与陈独秀的友谊，无论在《甲寅》月刊，还是在《新青年》的诸多撰稿人当中，二人可谓相识交往很早，吴稚晖曾表述过："章陈交谊不是很浅，似乎南京陆师学堂曾做同学？今日章先生视甲寅为彼唯一物产，然别人把人物与甲寅联想，章行严而外，必忘不了高一涵，亦忘不了陈独秀。"② 二刊物由于人际上的关联，使得《新青年》在创办初期，与《甲寅》月刊有着不可抹杀的渊源关系。在两个刊物中，相同的人都发表了不同的文章，对《甲寅》月刊第 10 期和《新青年》前三卷中发表文章的数量进行梳理和统计，这里作为主编人章士钊和陈独秀，他们在各自主编的刊物中发表文章最多，当然不包含他们作为"记者"，在"通信"栏里回答读者提问所写的文章，以及用其他笔名发表的文章。因此，从撰稿人员所发表的文章上来看，两刊物也有着不可忽略的传承关系。《新青年》早期的撰稿人基本上就是《甲寅》月刊时期的原班人马，他们分别是陈独秀、章士钊、李大钊、高一涵、胡适、杨昌济、易白沙、刘叔雅、吴虞、谢无量、吴稚晖、苏曼殊、陶孟和、程演生等。

关于《甲寅》月刊与《新青年》的栏目设置及发行。《甲寅》月刊

---

① 陈平原:《思想史视野中的文学（上）》，《中国现代文学研究丛刊》2002 年第 3 期。
② 王有立主编:《吴稚晖先生文粹》第一册，台北华文书店影印本，第 316 页。

的栏目有政论、时评、评论之评论、通信、文录、诗录、丛谈、小说等。尽管"政论"、"丛谈"、"小说"等栏目在目录中没有明确标出，但读者都能一目了然。《新青年》的栏目有政论、小说、英汉对译、名人传记、国外大事记、国内大事记、通信、世界说苑等。同《甲寅》月刊一样，"政论"、"小说"、"英汉对译"、"名人传记"等都是并行的，也没有明确标出栏目，并且登载翻译的外国小说、戏剧。从第2号起，开始关注妇女问题，并且登载翻译的剧本。如果说，《甲寅》月刊从第一卷1期开始，就登载诗录和小说等文学作品，那么，《新青年》从第一卷第4号开始才登载古体诗歌等文学作品。《新青年》则涉及社会问题领域极为广泛；论说文章有英汉对译；所登载的小说第一卷都是译作，直到第二卷第3、4号开始登载苏曼殊创作的小说《碎簪记》，第二卷第2号开始介绍国外诗人；有"国外大事记"（日本内阁改造、葡国政变、倭尔斯特变迁、华沙战役等），"国内大事记"（国体问题、青岛关税问题、宪法起草问题等）；"世界说苑"等栏目。很明显，《新青年》比《甲寅》月刊更具开放性，大量输入西方政治、经济、哲学、文化与文学知识。

《新青年》在第二卷第1号开始增设"读者论坛"栏目。第二卷第6号增设"女子问题"栏目。第三卷第2号增设"书报介绍"栏目。第四卷第4号增设"随感录"栏目。第五卷第4号增设"什么话？"栏目。第六卷第4号增设"讨论"、"附录"栏目。第八卷第1号增设"俄罗斯研究"、"社会调查"栏目。第八卷第4号增设"编辑室杂记"栏目。第九卷第5号增设"选录"栏目。另外，第四卷第6号，为"易卜生专号"。第六卷第5号，为"马克思专号"。第七卷第4号，"人口问题专号"。因此说，《新青年》不同时期所设置的栏目有所不同，但"通信"

一栏基本上贯穿始终，这一点与《甲寅》月刊相同。那些在二次革命失败后对国事极度失望和悲观郁闷的知识分子，是《甲寅》月刊为他们提供了表达自己思想和愿望的公共话语空间，也提供了前进的希望和方向。这份刊物共发行了 10 期，但对这些知识分子来说极为重要。到现在为止，已经无法确定《甲寅》月刊和《新青年》每期发行多少册。

从《甲寅》月刊的第 1、2 期封底列出的各地发行此刊物的书店名录来看，它流通的范围非常广。不仅有上海代派处和各埠代派处，每一个代派处下面都有各地的书局、山房、图书公司、书庄、会社、图书馆、编译部、学社、书林等。仅第 1、2 期上海代派处就分别有 19 家；各埠代派处就分别有 18 家。到了第 3、4 期上海代派处就增加到 21 家；各埠代派处就增加到 26 家。到了第 5 期由上海的亚东图书馆印刷销售后，又有很大幅度的增加。只是本埠分售处就有 10 家，外埠分售处有 46 家之多，其中含有各省的中华书局和商务印书馆。但在北京，由于袁世凯的专制势力，自始至终只有 2 家书店出售此杂志。从外埠代派处和分售处来看，全国各大城市都有销售，该杂志在全国绝大多数大城市都可以买到，在上海就可随处买到。亚东图书馆老板汪孟邹在日记里记载了《甲寅杂志》单行本和合刊在上海供不应求的情形。① 曾经在《甲寅》月刊第八期发表诗歌，后来又成为新文化运动中激烈抨击孔孟之道的吴虞，在日记中写道，在一些偏远城市，如他所在的成都，《甲寅杂志》单行本在读者中如接力棒一样，一个接一个地传阅。② 由此可以看出，《甲寅》月刊在当时的影响之大，许多知识分子都是读着这份杂志而走向《新青年》的。

《新青年》第一卷第 1 号，总发行所为上海中棋盘街群益书社，分

---

① 汪原放:《回忆亚东图书馆》，学林出版社 1983 年版，第 29 页。
② 吴虞:《吴虞日记》，四川人民出版社 1984 年版，第 149、151、197、206 页。

发行所为各埠各大书坊。此外，在第一卷第 1 号还登载了对书价、邮购地点、邮费、购书数量折扣等规定极为细致的八项重要的《通信购书章程》。群益书社在当时是一个大型综合而资金雄厚有资历的出版机构，从对发行购书这方面的细致规定就能看出。《新青年》在初期因规模较小，每期的发行量不超过千册，只限于上海地区。① 从第 2 号起，除了总发行所外，就登载了共有 76 家各埠代派处。大概初期登载的各埠代派处也是为了宣传，或者也是群益书社原有的售书网点也说不定。

然而，从第六卷第 5 号登载的《〈新青年〉自一卷至五卷再版预约》中，即可看出其发行量如何之大。"本志出版，前后五年，已经印行三十三号。提倡新文学，鼓吹新思想，通前到后，一丝不苟，可算近来极有精彩的杂志。识见高超的人，都承认本志有改造思想的能力，是中国最有价值的出版物。于是买的一天多一天。从前各号，大半卖缺。要求再版的，或亲来，或通信，每天总有几起。因此敝社发行前五卷再版的预约券。把前三卷先出，供读者的快览。后两卷因印刷来不及，到二次才能兑清。预约的时间，不能过久，若蒙光顾，还请从速。"② 可见，《新青年》在后来发行量之大，遍布全国各地。从第一卷第 2 号到第四卷第 4 号为止的各埠分售处可以看出，在北京的销售点也不多，只有 3 家，而成都等地方都有 4 家，另外，新加坡有 2 家，已经远销到国外。因此，《新青年》后来影响越来越大，远远超过《甲寅》月刊。

第二节　《甲寅》月刊的文学策略与文学观念变革

《甲寅》月刊由章士钊 1914 年 5 月 10 日创办于日本东京，共出版

---

① 王光远编：《陈独秀年谱》，重庆出版社 1987 年版，第 25 页。

② 《新青年》第六卷第 5 号，1919 年 5 月。

10 期，后因袁世凯政府查封而于 1915 年 10 月 10 日停刊。《甲寅》创刊之日，正值中国历史发生大转折之时。其时共和与帝制之间反复较量，新旧思想也在激烈地交锋，中西文化相互碰撞。《甲寅》正是在此特定历史语境中成为二次革命失败后流亡留学日本的先进知识分子探索民族出路与表达个人思想的公共话语空间。《甲寅》在内容上不仅对晚清和民初社会启蒙思潮进行了理性反思和扬弃，也对袁世凯专制统治进行了抵制，对西方政治体制、文化思想展开了积极的宣传与借鉴。政治观念和文学观念互动，文学创作也开始因新思想的注入而扩展了空间，融入了新的内容和新的创作机制。通过对《甲寅》月刊文学指向的研究，探讨《甲寅》月刊在崇尚自由之风的同时，彰显知识精英们对于近现代文学转型进行的大胆尝试与探索，进一步说明如何在文学创作与文学观念方面进行革新。《甲寅》月刊以个人的体验为本位，为"五四"新文学"人的文学"观的确立做了很好的铺垫，显示了《甲寅》月刊在当时历史境遇下存在的价值和意义。

一、文学栏目设置策略

《甲寅》月刊尽管是政论色彩极强的大型综合性刊物，但在登载文学作品方面，仍然讲求一定的策略。首先，在文学栏目的设置上，就不同于当时的其他刊物，丰富多样，畅所欲言，彰显刊物自由主义色彩的氛围。前 4 期分别有："文录"、"诗录"、"述闻"、"杂记"和"小说"（包括翻译小说）。第 5 期以后改为"文苑"和"漫记"、"余谈"、"述闻"、"小说"等。这 10 期中，"诗录"登载诗歌，而"文苑"登载的既有诗歌（近体诗），也有一些序、跋等散文之类。"漫记"、"杂记"、"余谈"，则是借历史人物、事件来阐发作者思想见解的散文，以历史与现实相对照，观照出作者在乱世中的困惑与不懈追求。"小说"除第

4 期同时登载胡适翻译小说《柏林之围》和烂柯山人（章士钊）小说《双枰记》外，其他各期都只登载或连载一篇小说。具体来说，第 1、2 期文学栏目是"文录"、"诗录"、"丛谈"和"小说"（有的栏目在目录中没有具体标明）。第 3 期增加了"论坛"则去掉了"文录"，只有"诗录"、"丛谈"和"小说"。第 4 期除了"诗录"、"小说"外，还增加了"啁啾漫记"一项。第 5 期文学栏目又有所变动，除"啁啾漫记"和"小说"外，原来的"诗录"和"文录"换成了"文苑"。第 6 期承续第 5 期，只把"啁啾漫记"改换了"知过轩随录"。第 7 期则是"文苑"、"丛谈"和"小说"。第 8 期除了"文苑"和"小说"外，又增加了"读史余谈"和"文芸阁批 李莼客日记"。第 9 期又变成了"文苑"、"读史余谈"、"啁啾漫记"和"小说"。第 10 期有"文苑"、"读史余谈"和"小说"。无论各期的文学栏目如何变换，都没脱离"诗歌"、"散文"、"小说"三项，没有戏剧作品。

其次，在登载作品的类型上，面广量多，处处体现对读者趣味的关照，同时，不失刊物重"有容"、"尚异"、"条陈时弊、朴实说理"的办刊宗旨。《甲寅》月刊主要有近体诗、散文及小说几种类型，其中近体诗占有很大篇幅，涵盖内容比较丰富，有记游诗、咏史诗、寄怀诗、怀古诗、山水诗等，有不少是同人之间唱和之作，但也不乏诗人对时事和世事的关注与洞察。"诗录"全部和"文苑"中部分登载了诗歌作品。小说方面，按每期登载先后顺序为：《女蜮记》、《白丝巾》、《柏林之围》、《双枰记》、《孝感记》、《绛纱记》、《焚剑记》、《西泠异简记》，篇幅较长者采用连载形式。其中《柏林之围》是翻译小说，《白丝巾》取材于国外，或由根据国外类似题材模仿写作抑或翻译而成。这些小说描写了社会转型时期人们物质生活与精神状态的冲突与改变，充分体现中国小说在创作技巧、主题立意、人物塑造等诸多方面从古典小说向现代小说的转换轨迹。散文方面，包括"文录"、"说元室述闻（即丛谈）"、"啁啾漫记"、"读史余谈""日记"、"知过轩随录"和"文苑"中部分篇章，大都叙述历史、追怀与评价历史和古人，以古喻今，警策世人。"文录"与"文苑"中既有文人与挚友之间书信往来，也有个人传记、别传和其他学术考证之类的文章。

二、文学主题、题材与创作、译介的多样化探索等观念变革

《甲寅》月刊中登载各类文学作品共360篇（连载小说只算成一篇），"说元室述闻"、"啁啾漫记"、"读史余谈"（各包含许多篇不同而又丰富的内容）三个栏目每期只算成1篇。其中诗歌占281首，散文大略占79篇，小说占8篇。当然不能仅从数量上判定哪类作品是否重要，而应从主题、题材、体裁等方面看其在当时历史语境下文学观念的变革，以及作者的探索心境和思想状况。将这些作品归结起来分析，它们明显呈现出整个时代趋势的不断演进和知识者的不懈追寻。

（一）诗歌方面。《甲寅》月刊登载诗歌的栏目为"诗录"与"文苑"。具体来说，从第1期至第4期为"诗录"，从第5期至第10期，为"文苑"，但"文苑"一栏，则包括诗歌和散文两种体裁。下面对这10期中的诗歌刊号、作者、篇名等进行梳理，借此对当时的时代风云际会、对国家、民族及个人、友人情感的表达与抒发，以不同的创作形式呈现出来，从不同层面彰显了作者们和刊物的诗歌观念。

栏目	刊号	作者	篇数	篇名
诗录	1期	王国维	1	《颐和园词》
		刘师培	1	《咏史》
		桂念祖	6	《偶于座客扇头见书长句—律词旨悱恻读之愀然末不署姓字意其人必有黍离麦秀之感者闵而和之》 《留都月余刘幼云相得甚欢惟予酷嗜释家言每以勖刘而刘以宋儒之说先入为主辄取拒不纳适屡以所绘介石山庄图属题行抵上海乃寄是作》 《舍弟遘疾自东返赣陶君伯苏以诗喑之语特凄楚因次其韵推本万法唯心之旨以两释之》 《题程撷华易庐集三叠前韵》 《酬胡苏存四叠前韵》 《汪友箕以闵乱之心次韵述怀予遂推论祸本以广其意六叠前韵》 《连日苦闷追念逝者不释于怀泣然赋此》
		谢无量	1	《西湖旅兴寄怀伯兄五十韵》
诗录	2期	黄节	3	《登六和塔望湖》 《初到杭州宿三潭印月晓起望月》 《寄曼殊耶婆提岛》
		金天翮	4	《寄怀洞庭冬末老人秦散之》 《寄怀毛仲可泰安》 《寄怀黄剑秋兰州》 《寄怀廖季平先生成都》
		吴之英	1	《寄井研廖平》
		诸宗元	4	《春初独游石钟山得伯严丈江舟见寄诗依韵奉报》 《同友人过味莼园》 《桂伯华师自日本来书云近与吾友通州范彦殊彦初相倡和既以书报赋寄长句云》 《曼殊来上海问讯故人奉投一首》
		汪兆铭	1	《狱中述怀》

栏目	刊号	作者	篇数	篇名
诗录	2期	桂念祖	10	《连日与友人叠哀字韵倡酬甚夥有欧汤仲涛者但闻其一句曰身死犹非算大哀偶契于心聊就鄙意为续成之》 《境无居士笃志学佛相处年余忽婴世务将为粤游予以地藏法占之遇第百十二条曰所向处可闻开化盖夙缘所在宜效天台大师损己利人矣念此行当过金陵与杨仁山先生相见因述鄙怀奉送其行并乞呈教》 《张奇田法部少与予善东游岁余复同受菩萨戒善哉未曾有也今深柳老人年七十余矣一镫慧命继续良难夫末世护法非专聪辩又资福德无张君者殆其人乎六度万行莫此为先敬为四生说偶劝请》 《梅伯鸾次范彦殊见赠长句依韵酬之》 《次韵范彦殊》 《与谭铁崖游江之岛遇风宿焉谭先有诗次其韵》 《舍弟病魔累年故母丧亦不之讣盖虑其迷惑增疾也今大祥矣势不得久秘因次癸卯见寄原韵示以报恩要道并坚其信意》 《次宗仰上人韵并叩法要》 《登关口台町最高处纳凉有作》 《镫下读楚辞有触于中适韵笛寄诗至亦有拟赋蕙兰招之句遂次韵述感》
		江聪	3	《箱根观枫简石醉六绝句三首》
		释敬安	8	《江北水灾》 《梦洞庭》 《八月初八日与陈子言夜坐小花园树下子言明日以诗见示次韵答之》 《近读孟东野诗辄不忍释手忆湘绮翁言余只可岛瘦不能郊寒心窃愧怍己酉七月登玲珑岩寻广头陀觉倾岩峭石古树幽花俱酷肖其诗因戏效一首》 《赠广头陀二首》 《夜吟》 《樊云门闻余掛锡清凉山扫叶楼次此韵一首赠之》 《自题冷香塔》
	3期	吴之英	2	《寄杜翰藩诗笈》 《寄张祥龄子馥》
		叶德辉	1	《买书行》

栏目	刊号	作者	篇数	篇名
诗录	3期	陈仲	7	《杭州酷暑寄怀刘三沈二》 《咏鹤》 《游韬光》 《游虎跑二首》 《灵隐寺前》 《雪中偕友人登吴山》
		桂念祖	6	《即席次季明韵》 《促织》 《见韵笛圆成倡和二作不觉兴动聊复效之次原韵》 《感旧用季明韵》 《次韵酬程展平》〈二首〉
		赵藩	4	《西巡发大理日作》 《据鞍》 《兰津渡谒诸葛忠武祠》 《越高黎贡山渡龙川江入腾冲再赠印泉》
		杨琼	1	《偕印泉游虚凝庵及铁锋即事有作》
		龚勤斋	8	《癸丑冬日感怀八章》
		海外虬髯	8	《甲寅春暮感事八首》
		杨守仁 (遗稿)	6	《北行杂诗之一》 《辛丑岁暮题俪鸿小影》 《步华生先生韵〈三首〉》 《原诗》(《城南携手日》)(附)(署名杨昌济) 《游利赤蒙公园 Richmond Park》(署名杨昌济)
		舒闰祥 (遗稿)	4	《奉和陈君兼呈许子》 《送杨君重浮沅湘》 《横塘口占》
		邓艺孙 (遗稿)	8	《访阮一衲墓》 《赠常季》 《得常季书》 《寄曼殊》 《寄赠蒋惠琴》 《展帖》
	4期	杨笃生 手写遗诗	1	前附有杨昌济撰《蹈海烈士杨君守仁事略》

栏目	刊号	作者	篇数	篇名
文苑	5期	章炳麟	1	《奂彬同学属题丽楼图》
		桂念祖	1	《梦中作》
		易培基	2	《登鹿山倦宿万寿寺夜半闻风雨作》 《赠王湘绮先生》
		蒋智由	3	《好山》 《浩浩太平洋》〈后附汪君原作〉 《朝鸟叹》
		张尔田	2	《癸丑九月十日感事》 《闰月五日梦后作》
		赵藩	2	《寄雪生》 《春感》
		黄节	2	《答曼殊赠风絮美人图》 《题某邸绣角梨花笺》
		苏元瑛	2	《简晦闻》 《无题》
		陈仲	1	《述哀》
	6期	戴世名	8	《送张敦复夫子致政还里八首》
		文廷式遗诗	28	《拟古宫词》 《为人题陈圆圆丽妆道妆优婆夷妆三小影》 《东华门内俗传有回妃楼未知其审聊赋二绝志之》 《海上绝句》 《莫愁湖和壁上璚华女士题句》 《雨中旅思》 《缥缈》 《题徐次舟徐二先生鬼趣图》
	6期	龙继栋遗诗	7	《泛元武湖》 《朝鲜金姬葆指书歌》 《九月六日宴集同人塔射山房》 《发宝庆》 《偶感》
		朱孔彰遗诗	3	《读陶集三首》

111

栏目	刊号	作者	篇数	篇名
文苑	6期	邓艺孙 遗诗	6	《忆人》 《与常季山行》 《与常季宿车心涧》 《同人步碧萝溪》 《送葛羲乾之任保康》 《和伦叔六十自寿》
	7期	龙继栋 遗诗	7	《闻琉球为日本所灭》 《碳秋见怀以诗次韵奉酬》 《寿谷怀内兄》 《书事四首》
		王闿运	3	《辞史馆还南隆福寺饯席》 《雨坐参政院一首》 《衡阳山中送客作》
		杨琼	2	《偕印泉登碧鸡山望昆海放歌》 《自华亭寺往游太华寺罗汉壁即景有作》
		易培基	4	《寄怀章太炎宛平》 《哀杨惺吾》 《饯花二首》
		陈仲	2	《远游》 《夜雨狂歌答沈二》
		吴虞	20	《辛亥杂诗》 《谒费此度祠》 《题宁梦兰画》 《寄吴伯竭先生》
	8期	姜实节 遗诗	10	《由木渎入崇祯桥》 《虎邱赠山阴戴南枝》 《题赵松雪平林秋远图》 《阳山白龙庙前老树内寄生槐树一枝绿阴如盖殊为可观予以春日过其下徘徊不能去为作诗纪之》 《扬州感旧》 《出黄山后寄黄虞道士》 《饮虎邱山下》 《赠女校书张忆嬢》 《虎邱》 《西湖寓楼毛奇洪昉思为予填词约歌者未至》
		朱孔彰	5	《癸丑秋纪金陵围城事五首》

栏目	刊号	作者	篇数	篇名
文苑	8期	王国维	4	《读史二绝句》 《送日本狩野博士奉使欧洲》 《蜀道难》
		蒋智由	6	《旧国》 《鹡鸰叹》 《镜里流光》 《观溪有忆治道书感》 《咏吴季子挂剑》 《梁甫吟》〈李白集中有此题作今仿之〉
		程演生	6	《赠马浮》
	9期	王闿运	4	《县人招饮岳云别墅焕彬吏部作歌见示奉和请正》 《空冷》 《重游泮水后四年再宿桂堂忆丁丑习乐于此又二十五年矣感作二律》
		王国维	13	《观红叶一绝句》 《壬子岁除即事》 《咏史》 《昔游》
		朱孔彰	3	《阅甲寅杂志言余癸丑之岁转徙老死于金陵口占二绝句告存》 《吊刘太史可毅》
		易培基	2	《三月十五夜月》 《风雨》
	10期	文廷式	8	《题陶渊明集后》 《答沈子培刑部寄赠五律一首》 《缪小山前辈张季直殿撰郑苏龛同年招饮吴园别后却寄》 《和杜写怀二首》〈此丁亥年作稿久失去八弟廷华为余录存因复钞于此〉
		康有为	1	《赠吴亚男》
		陈三立	1	《鹤柴承吴北山遗言以所藏黄瘿瓢画见寄别墅感怆赋此》
		章炳麟	1	《感旧》
		王国维	2	《孝定景皇后挽歌辞九十韵》 《癸丑三月三日京都兰亭会诗》
		易坤	7	《游诗》

　　从对表格的梳理中，足以看出诗歌在刊物登载的最多。《甲寅》月刊中的近体诗，从体裁上可分为律诗和绝句。律诗有五律、七律和排律（或称长律），绝句则有五绝和七绝。有的同一首诗歌中，既有五言也有七言，这是否属于古体诗的创作，还有待于商榷。如王国维的七言排律《颐和园词》[①]，讲述颐和园的辉煌历史以及被焚毁，皇家仓皇出逃的惨景。有的诗歌中还出现有叙事诗特点的重复句式，且有歌唱之意。如蒋智由的《梁甫吟》[②]，副标题写道："李白集中有此题作今仿之。"在正文之前又有小字解释："按诸葛亮父为梁甫尉亮幼从父任所好为梁甫吟起后陆机沈约陆琼李白皆作之或谓始曾子李勉琴说曰梁甫吟曾子撰蔡邕琴颂曰梁甫悲吟琴操曾子作梁山歌即此然世言梁甫吟者皆推始诸葛"。诗歌前两句是五言，接着就出现了"君不见"，之后则是七言。诗中还出现"又不见"，四次出现"梁甫吟"，结尾是"大旱千里待霖雨，长夜漫漫要明星。梁甫吟，莫悲辛"，既歌咏出梁甫吟的历史承传，也呼吁和希冀乱世中能出现拯救这混乱中国的英雄豪杰，表现出作者忧国忧民之心并希望国富民强的强烈愿望。释敬安的《江北水灾》[③]，也具有叙事诗特点，作者寄希望于自己如释迦牟尼一样甘愿化作一条大鱼，为民渡过难关，这个愿望不能实现，发誓不成菩提。

　　从主题和题材上区分，包括送别诗、记行诗或称记游诗和行旅诗、咏史诗、咏物诗、咏怀诗、怀古诗、山水诗、讽刺诗等。从上表中可看出，有主编和编辑的挚友和其他投稿者，也有名人遗诗。尽管文学创作在《甲寅》月刊凸显政论思想的办刊理念中不占据怎么重要和过多篇幅的位置，但把这些作品整合到一起，也就构成了《甲寅》月刊

①　《甲寅》月刊第一卷第 1 期，1914 年 5 月 10 日。
②　《甲寅》月刊第一卷第 8 期，1915 年 8 月 10 日。
③　《甲寅》月刊第一卷第 2 期，1914 年 6 月 10 日。

琳琅满目的文学大观园。与以往近体诗歌相比，10 期中登载的诗歌，尽展知识者对"二次革命"失败后中国前途的忧患与反思；对祖国大好河山的赞颂，熔铸其强烈爱国主义情思；对亲情、友情、离别之情的感叹；凭吊古迹，追怀古人；大胆反抗传统伦理，姿态开放，畅想未来。但有些诗歌也体现了对传统文学的留恋。尽管有的诗人后来与五四新文学运动立场相反，但他们将文学与国家命运相联系而谋求解决办法的思路相一致。

在《甲寅》月刊中，送别诗和记游诗、怀古诗、山水诗和咏怀诗占据很大篇幅，也有咏史诗、咏物诗和讽刺诗。

送别诗主要抒写离情别恨，或用以激励劝勉，或用以表达深情厚谊，或用以抒发别离之愁。如黄节《答曼殊赠风絮美人图》："东海遗书久未裁，殷勤函札几回开。三年为别兼春暮，一纸将愁与画来。入世峨眉宜众妒，向人风絮有沉哀。怜君未解幽忧疾，莫为调筝又怨猜"。[①]记述与好友苏曼殊的离别情谊，接到苏赠亲笔画后而作，感情极为真挚。邓艺孙《同人步碧萝溪》："异地逢良友，闲行感旧游。江声吞急濑，冥色上高楼。曲沼菱荷气，乡心送晚愁。呼茶重坐语，明日路悠悠"。[②]异地遇到好友，唤起思乡和明日即将分别的感慨之情。陈独秀《夜雨狂歌答沈二》[③]，抒发自己的壮志情怀。记行诗又称记游诗、行旅诗，"以记行抒情"为主，主要描述个人游历见闻感受或表现思亲怀乡之情，其内容描写离不开山水。如江聪写于日本的《箱根观枫简石醉六绝句三首》："远岭侧峰三十里，不知是树是斜阳"，"正忆吴江归未得，不

---

① 《甲寅》月刊第一卷第 5 期，1915 年 5 月 10 日。
② 《甲寅》月刊第一卷第 6 期，1915 年 6 月 10 日。
③ 《甲寅》月刊第一卷第 7 期，1915 年 7 月 10 日。

堪摇落又西风"。①歌咏日本箱根的美好秋色，枫叶似火，与夕阳相媲美，同时寄予了作者的思乡情结。邓艺孙《与常季山行》即景抒情写得很美："共入寒山路不分，崖枯木落鸟无闻。分明记得山幽处，无数白云输与君"。②

咏怀诗则是以吟咏个人抱负，感怀时光匆匆、人生如梦，反映或大胆反抗社会黑暗为题材的诗歌。如陈独秀《咏鹤》："本有冲天志，飘摇湖海间"，③借咏鹤来歌咏自己的志向。海外虬髯《甲寅春暮感事（第一首）》："江南草长乱莺飞，无限新愁付落晖。时不再来春又暮，树犹如此柳成围。天心翻覆悲棋局，海色苍茫入钓矶。莫上新亭揩泪眼，河山风景已全非"。④吴虞《辛亥杂诗》，则是大胆反抗旧礼教旧传统的诗篇："河伯犹能叹望洋，蟪蛄全不解炎凉。广从世界求知识，礼教何须限一方"。⑤寄怀诗是寄怀友情和思念之情，如金天翮《寄怀洞庭冬末老人秦散之》、《寄怀毛仲可泰安》⑥，黄节《寄曼殊耶婆提岛》⑦和吴之英《寄张祥龄子馥》⑧等。怀古诗则是通过凭吊古迹而产生联想和想象以引起感慨并抒发情怀抱负的诗作。如黄节《登六和塔望湖》⑨等。咏史诗以吟咏或评论历史人物和故事为题材来抒发情怀讽刺时事。先叙事后议论，或只叙事不议论，让读者自己思索。如刘师培《咏史》。⑩

怀古诗与咏史诗略有不同，怀古诗是身临旧地古迹而抒情言志，

---

① 《甲寅》月刊第一卷第 2 期，1914 年 6 月 10 日。
② 《甲寅》月刊第一卷第 6 期，1915 年 6 月 10 日。
③ 《甲寅》月刊第一卷第 3 期，1914 年 7 月 10 日。
④ 《甲寅》月刊第一卷第 3 期，1914 年 7 月 10 日。
⑤ 《甲寅》月刊第一卷第 7 期，1915 年 7 月 10 日。
⑥ 《甲寅》月刊第一卷第 2 期，1914 年 6 月 10 日。
⑦ 《甲寅》月刊第一卷第 2 期，1914 年 6 月 10 日。
⑧ 《甲寅》月刊第一卷第 3 期，1914 年 7 月 10 日。
⑨ 《甲寅》月刊第一卷第 2 期，1914 年 6 月 10 日。
⑩ 《甲寅》月刊第一卷第 1 期，1914 年 5 月 10 日。

而咏史诗则不必亲到历史遗址就可写作。如戆勤斋《癸丑冬日感怀（第一章）》:"数载共和竟若斯,九州铸错复何疑。暴秦称帝鲁连耻,竖子成名阮籍悲"。[1]通过感怀古人和历史来表现自己对时事的看法。咏物诗则借吟咏自然或社会事物来表达思想感情,如陈独秀《游韬光》,结尾以"月明远别碧天去,尘向丹台寂寞生"[2]点题,旷达、大气,托物以言志。

山水诗以自然风光为题材,通过描写山水草木等自然景物来寄寓情感。如杨昌济《游利赤蒙公园》就是典型的写景诗:"忽向西郊得胜游,湖山清寂望中收。时时驯鹿来争座,的的鸣禽与散愁。万木欺风都入定,一泓过雨欲生秋"。[3]蒋智由《浩浩太平洋》"浩浩太平洋,神州一发苍。风涛来四极,争战莽千场";"水入樱云暖,峰沉雪影凉"[4]等都是歌咏自然风光的诗篇。讽刺诗以嘲讽或劝喻手法,揭露社会黑暗与世态炎凉,表达人民或正直人士的呼声,如叶德辉《买书行》,形容买书如买妾、如买田,到买书胜买妾、胜买田,到"世乱人道灭,处富不如贫。买书亦何乐?聊以酬痴人",[5]表现作者对世道混乱和人心不古的讥讽与慨叹。

以上所列,并非每首诗类别都特别明确,如易白沙《游诗》[6],既是记游诗也是怀古诗。但无论哪种诗歌都体现了诗人的情怀,刻下了所在时代的印记。许多诗作中还出现了看破红尘,处处表露出"因果"、"法眼"、"坐定"、"禅意"等与佛教有关的宗教意识,同时体现诗人们

---

① 《甲寅》月刊第一卷第3期,1914年7月10日。
② 《甲寅》月刊第一卷第3期,1914年7月10日。
③ 《甲寅》月刊第一卷第3期,1914年7月10日。
④ 《甲寅》月刊第一卷第5期,1915年5月10日。
⑤ 《甲寅》月刊第一卷第3期,1914年7月10日。
⑥ 《甲寅》月刊第一卷第10期,1915年10月10日。

的美学追求。如桂念祖《题程撷华易庐集三叠前韵》①，谢无量《西湖旅兴寄怀伯兄五十韵》②等。释敬安《梦洞庭》，把洞庭比作仙境，描绘了"一鹤从受戒，群龙来听经。何人忽吹笛，烟碧天冥冥"，③似真似幻的缥缈境界。《近读孟东野诗辄不忍释手忆湘绮翁言余只可岛瘦不能郊寒心窃愧怍己酉七月登玲珑寻广头陀觉倾岩峭石古树幽花俱酷肖其诗因戏效一首》中，"偶攀瘦藤上，忽与枯禅逢；绽衣不用布，自剪云片缝"，④都含有很深的禅意。

此外，关于学术方面的诗篇虽不多，却表现出个人学术观点或对古今学派所作的梳理，如吴之英《寄井研廖平》⑤，叶德辉《吴山三妇人合评还魂记跋》⑥。还有悼念死去亲人和朋友的，如陈独秀《述哀》⑦，写自己对哥哥的敬重与手足之情，叙述自己长兄不幸去世，亲自到吉林来接取哥哥的棺椁护送回乡。易培基《哀杨惺吾》⑧，追念杨惺吾先生才高气重博学，日本士夫多人从君问学，令人尊敬和感念。

一些遗诗和遗作。在此遗诗登载中出现了一则趣事。第 8 期中登载了朱孔彰的诗作，并在所登载题目下面编者作了一番解释，因误听传言，以为先生已经去世，故前面登载的目录和正文中出现了"朱孔彰遗诗三首"⑨的字样。后来得到易君（应该是易培基）的来信，才知道先生仍健在并清健犹昔，年已七十有五。编者此间既表达对老先生的歉意，同时也诚恳说明先生的健在实在是后生笃学之士的大幸。接

---

① 《甲寅》月刊第一卷第 1 期，1914 年 5 月 10 日。
② 《甲寅》月刊第一卷第 1 期，1914 年 5 月 10 日。
③ 《甲寅》月刊第一卷第 2 期，1914 年 6 月 10 日。
④ 《甲寅》月刊第一卷第 2 期，1914 年 6 月 10 日。
⑤ 《甲寅》月刊第一卷第 2 期，1914 年 6 月 10 日。
⑥ 《甲寅》月刊第一卷第 6 期，1915 年 6 月 10 日。
⑦ 《甲寅》月刊第一卷第 5 期，1915 年 5 月 10 日。
⑧ 《甲寅》月刊第一卷第 7 期，1915 年 7 月 10 日。
⑨ 《甲寅》月刊第一卷第 6 期，1915 年 6 月 10 日。

着第9期目录中又登载"朱孔彰诗三首",其中前两首诗即写此内容,题目是《阅甲寅杂志言余癸丑之岁转徙老死于金陵口占二绝句告存》,其中第一首:"偶听东坡海外谣,此生本自混渔樵。而今再入红尘里,添得虚名慰寂寥"。第二首则是:"茶甘饭软酒香时,眠食犹能强自持。我似随园称老叟,今朝喜作告存诗"。[①]读来饶有兴味。

(二)散文方面。除了"文苑"里有散文和诗歌外,"丛谈(说元室述闻)"、"啁啾漫记"、"文苑"、"知过轩随录"、"读史余谈"、"文芸阁批"登载的都是散文。下面以栏目为类别对所登载的作品、栏目、作者、篇名、刊号等进行梳理、归纳,探讨其在主题和题材及文体上的突破。

栏目	刊号	作者	篇数	篇名
文录	1期	马一佛	1	《马一佛与王无生书二首》
		谢无量	1	《谢无量与马一佛书三首》
		刘申叔	1	《刘申叔与谢无量书二首》
		王无生	1	《王无生与陈伯弢书一首》
	2期	章太炎	1	《章太炎徐锡麟传》
		康有为	1	《康率群读汉学商兑书后》
		刘师培	1	《刘申叔中国文字问题序》

---

① 《甲寅》月刊第一卷第9期,1915年9月10日。

	期		数	篇目
说元室述闻(丛谈)	1期	兹	12	《邓嶰筠制府之善政》、《招宝山战事》、《纪吴县诸生狱》、《词臣自请为本县令》、《雍正间浙江修志之事》、《二百四十年前之孙文》、《纪张中丞靖变事》、《纪江南生》、《郭筠仙侍郎与左相凶终始末》、《叶相之奢汰》、《陈子鹤尚书轶事》、《僧亲王之服郭筠仙》
	2期	兹	14	《石达开轶事》、《周汉夫妇能诗》、《前清工部假印案》、《纪德国放专使案》、《纪韩登举事》、《苗霈霖遗诗》、《纪章嘉国师事》、《满洲大臣之纰缪》、《纪李合肥轶事》、《纪明地山人琴》、《赵瓯北之控袁子才》、《纪杨安城出塞事》、《清孝钦后那拉氏轶事》、《纪珍妃轶事及辨殉国异闻》
	3期	兹	7	《咸丰丁已英人广州入城始末记》、《明成祖登避异闻》、《康熙时秦民徭役之苦》、《乾隆废后异闻》、《纪湘潭湘赣两省人械斗案》、《方望溪之谬论》、《罗台山先生轶事》
	7期	兹	5	《纪靳禄》、《临潼三异人》、《让圃》、《地方官禁令琐纪》、《咸丰间合州冤案始末纪》
啁啾漫记	4期	匏夫	16	《毕秋帆制军轶事》、《金堡》、《纪周昌发窃出江忠源遗骸事》、《刘岘庄制军轶事》、《纪赵申乔父子》、《魏叔子轶事》、《王纲》、《钱牧斋轶事》、《纪陈侍御》、《江忠烈公遗事》、《毛西河轶事》、《记朱生》、《清德宗西狩琐闻》、《仇山邨遗诗》、《彭躬菴逸事》、《朝鲜越南文献一斑》
	5期	匏夫	15	《纪康熙己未博学宏词科》、《傅星岩相国逸事》、《大臣不跪见诸王之始》、《书任侍御》、《文字狱之一》、《允禵遗事》、《沈归愚轶事》、《海兰察遗事》、《书罗慎斋事》、《宣宗重视清语》、《书胡穆孟事》、《犬寄诗》、《纪鲍廷博擦藏书事》、《陈玉成遗事》、《纪石崙森狱事始末》
	9期	匏夫	14	《纪骆文忠公剔除漕弊事》、《张文敏公轶事》、《书陈鹿笙》、《杂闻》、《陆广霖谏禁鸭寮》、《书李有恒狱》、《书黄烈女事》、《大乔》、《罗念菴遗诗》、《程简敬公遗事》、《纪天和尚》、《骆文忠公之知人》、《述征君门定謷语》、《纪陈希祥计杀林自清事》

文苑	5期	魏源(遗稿)	1	《魏源拟进呈新元史自序》
		袁昶(遗稿)	9	《袁昶致龙松琴书九首》
	6期	叶德辉	1	《吴山三妇人合评还魂记跋》
		张尔田	1	《杨仁山居士别传》
	7期	袁昶(遗稿)	3	《袁昶之龙松岑书三首》
		唐景嵩(遗稿)	1	《唐景嵩之龙松岑书一首》
		魏源(遗稿)	3	《魏源之龚定庵书一首》《魏源覆邓守之书二首》
		龚自珍(遗稿)	3	《龚自珍之邓守之书三首》
	8期	王鹏运(遗稿)	4	《致龙松岑书四首》
		章太炎	1	《与苏子毅书》
	9期	曹佐熙	1	《原史》
		朱孔彰	1	《孙征君诒让事略》
		赵藩		《明永历皇帝赐鸡足山寂光寺敕书跋》
	10期	章太炎	1	《自题造像赠曼殊师》
		易培基	1	《王校水经注跋》
知过轩随录	6期	文廷式(遗稿)	1	《知过轩随录》
读史余谈	8期	无涯	4	《曹操与赵匡胤之智慧》、《子之与王莽之短长》、《王莽与董卓之异同》、《扬雄与蔡邕之优劣》
	9期	无涯	1	《残贼人民之政府与腐败人民之政府》(题目笔者所加)
	10期	无涯	3	《帝王之秽德》、《曹操之借口于骑虎难下》、《宋太祖之不取幽州》
文芸阁批	8期	李莼客(文廷式批录)	35	《李莼客日记》

　　需要说明的是：1、《说元室述闻》开篇有编者识，写道："本编作者，博通今古，于前清掌故，尤称淹洽，所记有散见于独立周报者，今请于作者，赓续为之，并杂取周报所登，合为全壁，阅者谅焉。"①2、《知过轩随录》结尾："按：文芸阁于简端题曰：此册杂录时事，字字从实，或偶有传闻之过，则不敢必，若有一毫私恩私怨于其间，则幽有鬼责，明有三光，所断断不敢出也。附录于兹，以见温公通鉴，不挠笔于黄衣。希文碑铭，及贵人之阴事，罔两铸于禹鼎，姦佞指于尧庭，敢僭仲尼获麟之笔。犹称卢奂记恶之碑。而国家之败，实由官邪，履霜之渐，至于坚冰，今日草木将移不通之野，戎狄思逞荐食之心。岂非昔之暴君污吏，堕散明德，遗此厉阶也耶？民国四年仲春白沙记于长沙听雨楼。"②这里《甲寅》编辑易白沙提到"文芸阁"，而目录中则署名"文廷式"。③3、《文芸阁批 李莼客日记》开篇写道："李莼客日记数十册，尚未刊。其中论时事、记掌故、考名物，皆有可采。匆匆阅过，未能甄录，颇觉可惜。兹就其荀学斋一种中，略采数条，以著梗概。其日记数年辄改一名，有越缦堂、孟学斋、桃花圣解斋诸目。其考据诗词等作，必将付刊。故余特略抄其记时事者，莼客以甲午秋卒，晚年多病，虽居言职，有所欲言，而精力每不逮矣，亦可惜也。文廷式识。"④

　　由以上《知过轩随录》结尾和《文芸阁批 李莼客日记》中副题提示推断出："文芸阁批"，即由文廷式批录李莼客日记。《甲寅》月刊散文内容极为丰富，题材广泛，文体类型多种多样。有朋友间叙情谈旧

---

　　①　《甲寅》月刊第一卷第 1 期，1914 年 5 月 10 日。

　　②　《甲寅》月刊第一卷第 6 期，1915 年 6 月 10 日。

　　③　张福裕、朱德顺等编著：《中国近代文学家》，北京科学技术出版社1995年版，第40—44页。文廷式（1856—1904），字道希，号芸阁，又号罗香山人，晚号纯常子，江西萍乡人。曾任翰林院编修，支持光绪帝掌权，与康有为一起参与变法图强而获罪。晚清词坛名家，对词的主张，是要重意，反以柔靡。著有《云起轩词钞》、《纯常子枝语》。

　　④　《甲寅》月刊第一卷第 8 期，1915 年 8 月 10 日。"识"，即"记"之意。

的信件往来及相互馈赠诗文;有对清代的前人旧事如"庚子五大臣"、林自清被杀、文字狱、太平天国人物轶事等诸多方面的书写;有对历史人物和历史事件进行评说、考证;同时,还分别登载了已故之人如魏源、袁昶、唐景崧、龚自珍、王鹏运、文廷式等人的遗稿;也不乏个人传记;有对中国文字问题的探讨等。从文体上可以看出,有书信、传记(包括别传)、笔记、日记、杂记、随录、序、跋等,都采用比较通俗的文言。即使叙述文体,除个别作者(尤其是遗稿部分)及学术考证文章用词有些古奥、晦涩之外,大多数文章的叙述都比较明白易懂,有日渐形成文白相杂的趋势。

综观这些散文,从题材上可分为轶事、遗诗、遗事、逸事、异闻、琐闻、事略、案件、战事、官场、记人(包括纪人)等。有论时事、记掌故、考名物,考证学术等,有对古人的评判与比较,也有对今人的记述。具体说来,有对人的记述。记述帝王及亲王、王后及王妃,大臣及各式官员、士兵、义士,文人、硕儒及出家之人、烈女事迹;有对事件的叙述。人物轶事,有遗事、逸事、战事、案事,有各种琐闻和文字狱。有对帝王秽德的评价;有友朋之间书信往还,且与杂志登载时间相去不远;有已逝文人的遗作;有对学术的考证和梳理,如《康率群读汉学商兑书后》、《刘申叔中国文字问题序》、《朝鲜越南文献一斑》、《魏源拟进呈新元史自序》、《吴山三妇人合评还魂记跋》、《原史》、《明永历皇帝赐鸡足山寂光寺敕书跋》、《王校水经注跋》、《纪康熙己未博学宏词科》等。这些作者博通今古,如实记录和辨证评价历史与古人,让读者重温和反思历史,以史为镜警醒世人,以图改变国家现有专制腐败之政局,以此可见刊物注重学理的精英倾向。

(三)小说登载上,在主题、题材、创作类型与叙事模式方面,都有不同程度地展现编者与作者对近现代小说观念转型因素的探索。小说共登载 8 篇。有老谈的《女蜮记》、《白丝巾》、《孝感记》,胡适的《柏林之围》,章士钊的《双枰记》,苏曼殊的《绛纱记》、《焚剑记》,程演生的《西泠异简记》(未续完)。章士钊在 1916 年出版《名家小说》(上、中、下)中登载了《甲寅》月刊中全部小说,把《西泠异简记》全篇收录进来,此外还增加了《孤云传》(白虚,即陈白虚)和《侠女记》(匏夫)。这本应登载《甲寅》月刊第 10 期以后,但因杂志被袁世凯政府查封而未能陆续刊登。汪原放回忆说:"《甲寅》杂志停刊以后,我们于1916 年印行了一部《名家小说》:选定者,章行严;出版者,甲寅杂志社;印行者,亚东图书馆。……这是一部四十八开的小本小说。全书是文言的。其中《说元室述闻》和《啁啾漫记》是笔记,余者都是创作的小说。全都是《甲寅》杂志里发表过的。不过这里所收,每一种都是完全的。如《西泠异简记》,在《甲寅》杂志只发表了六章,后面还有一半;《名家小说》则一齐印入,成为十二章的全本了。"①

这八篇小说内容都很丰富,在叙事模式和艺术建构方面有不少创新,小说与时事紧密相连,彰显了西方先进文化思想,以及开放的情感表达意识和进步的审美心理,从而体现了刊物的宗旨和对新文学理念的实践与尝试。小说叙述视角与叙述结构开始发生变化,尝试使用第一人称与第三人称限制叙事,以及运用倒叙写法,开始打破传统说书人全知全能的叙事手法,有意让情节缓慢发展,以此增强作品的抒情色彩。其原因固然受域外文学创作模式的影响,但与文学形式自身随时代的发展而演变有关,与创作者的情感投入有关。小说类型的变化也体现了这一时期的创作特色。其中主要类型有独创小说和翻译小

---

① 汪原放:《回忆亚东图书馆》,学林出版社 1983 年版,第 30—31 页。

说；有历史传奇小说和近世题材小说；有爱情与伦理孝道冲突关系的小说，也有爱情与革命、时事及个体人生关系的小说；还有侦探小说等。六类小说多数贯穿着对爱情的正面描写，某种程度上是对辛亥革命前政治小说、爱情小说、狎邪小说的一种抵制以及对新的创作主题和叙事模式所作的探索和尝试。这八篇小说中没有一个固定或同一的叙事模式，包括同一作者的几部作品。这种创作既打破了以往视小说为"小道"的文学观，也打破了才子佳人式的传统小说范式。陈独秀和章士钊对苏曼殊小说倍加推重，他们本人的文学片论都足以说明。陈独秀对生与死、爱情至上等永恒主题的评判，着重突出文学的人生况味和个人本位的新文学意识。因而对于个人命运的关注代替了高扬、明了的政治意识，作品的情调也由感伤、哀婉替代了悲壮。

辛亥革命前流行的政治小说、官场小说、狎邪小说，在民初之后已经无法吸引读者，而表现男女婚姻新旧交接时的小说构思模式则引起读者的兴趣，基本上占据小说创作的主体地位，一改晚清小说重"英雄"而轻"男女"的小说创作模式和主题。苏曼殊说："'天下无无妇人之小说'，此乃小说家之格言，然亦小说之公例也。"[①] 虽然此时西方婚姻自由思想已为许多男女青年所接受，但传统道德伦理观念仍然根深蒂固，在这新旧婚制交接的转折点上，青年男女们又出演了一幕幕的爱情悲剧。小说描写的爱情是只有思念之情而无肌肤之亲的精神恋爱，这样的爱情小说最适应那个半新不旧的时代和半新不旧读者的审美趣味，因而能够吸引众多读者。

章士钊在《双枰记》识语中就谈到："吾书所记，直吾国婚制新旧交接之一片影耳。至得为忠实之镜否，一任读者评之。"[②] 在恋爱模式上，

---

① 苏曼殊:《小说丛话》,《新小说》第 13 号, 1905 年。
② 章士钊:《双枰记》,《甲寅》月刊第一卷第 4 期, 1914 年 11 月 10 日。

章士钊和苏曼殊的小说改变了民初徐枕亚开创的简单三角恋爱模式，增加了恋爱的文化内涵并自成体系。章士钊、苏曼殊小说中都有一男择两女的三角恋爱模式，而两女又分为新、旧女性，从男主人公的择偶选择上足见作者的爱情观。苏曼殊小说中常是两个美丽痴情女子主动追求一个柔弱多情的男子，而男子则表现出在两种女人面前无所适从的痛苦。小说借对女性选择的困惑，来表达作者对于中西文化选择的困惑，从而反映了一代人的思想困惑。章士钊虽不以小说出名，但其小说《双枰记》却自有特色，强调婚制之新旧交接，必然突出处于这交接时代的男女之新旧，体现了一代人情感苦闷难以抉择的思想矛盾，其中蕴涵的悲哀已大大超过了感伤的时代情绪。作品通过这些抒写达到对人生、自我体验、生命自觉的形而上思考。程演生的小说则把多种叙事模式融汇在一起，通过对人物形象的精心刻画来表达作品至善至性的真情，收到极强的审美效果。老谈的三篇小说在题材选择和创作类型上进行探求，有近世题材和外国题材；有历史传奇，也有侦探小说和爱情小说。胡适对翻译小说文学地位和价值有所取舍，叙事模式及翻译方法有别于同时代其他翻译作品。以上小说还体现了作者对辛亥革命后国家前途命运的困惑、探索与反思。

上述通过对《甲寅》月刊中文学栏目作品的梳理和简要阐释，呈现出《甲寅》同人在创作机制与文学观念上不懈努力和演变过程。本来探索中国文学新路并非《甲寅》月刊的主要内容，但由思想变动而带动文学趣味的转变则显得自然而然。无论诗歌、散文，还是小说，此时期都沉潜在刊物开放的姿态下，开始由政治观念演变而引发对文学观念所作的探索与尝试。《甲寅》月刊不仅在文学变革方面，倡导新文学，而且在思想上与编辑、创作队伍方面，对于《新青年》和新文化运动都有很大影响,《新青年》的许多思想都可以在《甲寅》月刊中找到它的原型。《甲寅》月刊在《新青年》和新文学的发生发展过程中,起到其他刊物不可替代的过渡平台作用。因此,探讨《甲寅》月刊文学指向与文学观念的变革,正确评价其历史地位和作用,对于全面深入地认识新文学运动形成与发展的脉络和内因,拓展新文学发生期与近现代文学转型等方面的研究,具有重要的意义。

第三节 《甲寅》月刊与《新青年》:突出个人主体立场的新文学批评理念

一、对"自我意识"与"独立人格"观念的强调

《新青年》自 1915 年 9 月 15 日创刊之日起,就把刊物定位于青年,呼吁青年要具备世界眼光,宣传人权、民主与科学,拥有自我意识与独立人格观念,并把对于独立人格的提倡与批判封建纲常伦理紧密结合起来。

陈独秀在创刊号的《社告》中阐明以平易之文,说高尚之理,放眼世界,开拓进取。"今后时会,一举一措,皆有世界关系。我国青年,虽处蛰伏研求之时,然不可不放眼以观世界。本志于各国事情,学术,思潮,尽心灌输,可备攻错。本志以平易之文,说高尚之理。凡学术事情足以发扬青年志趣者,竭力阐述。冀青年诸君于研习科学之余,得精神上之援助。"[1]谈到办刊宗旨就是要"改造青年之思想,辅导青年之修养",[2]并且"欲与青年诸君商榷将来所以修身治国之道"。[3]其办刊

---

[1] 《社告》,《青年杂志》第一卷第 1 号, 1915 年 9 月 15 日。
[2] 陈独秀:《答王庸工信》,《青年杂志》第一卷 1 号 "通信" 栏, 1915 年 9 月 15 日。
[3] 《社告》,《青年杂志》第一卷第 1 号, 1915 年 9 月 15 日。

思想就是要把新的文化理念向中国青年进行影响和传播，通过改变青年一代的思想意识来建立一种新的思想文化。

陈独秀在《敬告青年》中对青年寄予希望："予所欲涕泣陈词者，惟属望于新鲜活泼之青年。有以自觉而奋斗耳。自觉者何，自觉其新鲜活泼之价值与责任。而自视不可卑也。奋斗者何，奋其智能，力排陈腐朽败者以去，视之若仇敌，若洪水猛兽，而不可与为邻，而不为其菌毒所传染也。"[①]并提出了"自主的而非奴隶的，进步的而非保守的，进取的而非退隐的，世界的而非锁国的，实力的而非虚文的，科学的而非想象的"六项人生倡议，表明刊物的宗旨与导向。他首先提出"自主的而非奴隶的"，向青年以及国人明确宣告："解放云者，脱离夫奴隶之羁绊，以完其自主自由之人格之谓也。我有手足，自谋温饱；我有口舌，自陈好恶；我有心思，自崇所信，绝不认他人之越俎，亦不应主我而奴他人。盖自认为独立自主之人格以上，一切操行，一切权利，一切信仰，唯有听命各自固有之智能，断无盲从隶属他人之理。"[②]实际上这是陈独秀在《甲寅》月刊时期所确定个人主体立场的延续。"独立人格说"与"人权说"一样，在《新青年》创刊伊始就明确阐明，同人们都强调自我独立性，尽其在我。高一涵认为"今之用才，权在自身。如果怀才于共和国家，而犹待人荐擢，是反主为仆，自侪于皂隶牛马之列，显然自丧其人格。"[③]易白沙在关于救国时也提到："非我之不足救国，实国人自丧其我也。"[④]新文化运动对于人的自我意识的追求，正是国家和民族的强烈责任感和使命感使然。

---

① 陈独秀：《敬告青年》，《青年杂志》第一卷第 1 号，1915 年 9 月 15 日。
② 陈独秀：《敬告青年》，《青年杂志》第一卷第 1 号，1915 年 9 月 15 日。
③ 高一涵：《共和国家与青年之自觉》，《青年杂志》第一卷第 2 号，1915 年 10 月 15 日。
④ 易白沙：《我》，《青年杂志》第一卷第 5 号，1916 年正月号。

"自我意识"和"独立人格"说输入于西方,因中国传统文化中没有作为"个人"、"自我"的存在。梁启超、严复最早从日文中引入这些词语。梁启超在翻译中有"个人主义"的概括,产生了具有西方思想的"个人"含义。严复则把日文中的"个人"译成"小己",都未能真正概括出"个人主义"的精髓。早有学者对西方"个人主义"发展脉络进行考证,"个人主义"已成为西方近代社会主导价值观念。从古希腊罗马的哲学政治经济到文艺复兴时期的人文主义思想和创作都包含了如自由主义、人权、民主、人道主义、个性与自我等诸多概念和思想。因"个人"概念涉及人的社会契约关系而被人们充分意识并加以维护。西方启蒙思想家卢梭、洛克、霍布豪斯等人的社会契约论和"天赋人权说",以个人独立和自由为基础建立了比较系统的民主政治理论。

辛亥革命失败后,许多进步知识分子基于对"国家主义"、"国权"论的反对,以及对袁世凯专制主义的反抗,他们开始倡导人权,主张独立人格,强调自我意识。以章士钊为代表的《甲寅》月刊开始倡导和捍卫"天赋人权说"。与黄远庸、张君劢一起因敢于批评时政而被称为"新中国三少年"之一的蓝公武,提出"独立人格"说:"有独立之人格,而后有自由之思想,而后有发展文化之能力,而后有平等受治之制度,此人格之观念,实今世文化之中核。""中国之礼教,亘古不重人格,君臣父子夫妇之间主与奴耳。……欲铲除此依赖之奴性,则唯有改革此阶厉之礼教。"[1]他把独立人格作为"平等受治之制度"的核心来强调。《甲寅》月刊同人也强调自我意识,宣扬人格独立。张东荪谈到近世文明,"发源于国民之有独立人格,故政治之美恶,犹属第二问题。其一问题,唯在使人民独立自强,自求福祉,而不托庇于大力

---

[1] 蓝公武:《辟近日复古之谬》,《大中华》第一卷第 1 期,1915 年 1 月 20 日。

者之下。国民之进步，不由伟人之率导，如牛之曳车，乃由人民之自动，如水之推磨。"① 他这"独立人格"的主张主要来源于格林的"自我实现说"。他认为："自我实现者，以小己之自觉，而求为合乎世界之发展也。其前提则为有发展之能力，与自觉之活动。于是凡有发展与自觉之能力，得为自我实现者，是为有人格。"② 他把这种人格称为自然人的人格，认为自然人的人格出于道德，是文艺复兴以来新人生观发展的结果。章士钊在分析了民初社会现象时指出："通国无一独立之人，到处无一敢言之报，人人皆失其我。"他认为国人都处于"无我"状态，由于生息在数千年专制政体之下，养成一种自甘暴弃的奴隶根性，不知天赋灵性于生民，不知自己对于国家究应负有何等责任，他主张"道在尽其在我也已矣。人人尽其在我斯其的达矣。"③

陈独秀在此基础上进一步提出了对人权、民主科学和独立人格的倡导。他曾于《甲寅》月刊第 4 期发表的《爱国心与自觉心》中，反复强调了人民权利对于国家的重要性。这些认识成为他在《新青年》上提出人权说的思想基础。其中"自主的而非奴隶的"，便含有突破专制奴役，追求民主的意味。他认为"人权"和"科学""若舟车之有两轮焉"，④ 共同构成近代欧洲文明要件，"国人而欲脱蒙昧时代，羞为浅化之民也，则急起直追，当以科学与人权并重"。⑤ 并且对东西民族思想上的差异进行了分析，认为西洋民族"举一切伦理道德、政治、法律、社会之所向往，国家之所祈求，拥护个人之自由权利与幸福而已。"⑥ 由

---

① 东荪：《行政与政治》，《甲寅》月刊第 ·卷第 6 期，1915 年 6 月 10 日。
② 东荪：《行政与政治》，《甲寅》月刊第一卷第 6 期，1915 年 6 月 10 日。
③ 章士钊：《国家与我》，《甲寅》月刊第一卷第 8 期，1915 年 8 月 10 日。
④ 陈独秀：《敬告青年》，《青年杂志》第一卷第 1 号，1915 年 9 月 15 日。
⑤ 陈独秀：《敬告青年》，《青年杂志》第一卷第 1 号，1915 年 9 月 15 日。
⑥ 陈独秀：《东西民族根本思想之差异》，《青年杂志》第一卷第 4 号，1915 年 12 月 15 日。

人权说出发,反对奴隶性,要求人格独立,谋求个性解放,鼓吹个人主义,尊重科学。"人权者,成人以往,自非奴隶悉享此权,无有差别,此纯粹个人主义之大精神也。"①汪叔潜在《新旧问题》中也谈到:"欧美现今一切之文化,无不根据于人权平等之说","乃自法兰西革命已还,人权说大唱,于是对于人生之观念,为之大变。人生之观念既变,于是对于国家之观念,亦不得不变。人生之观念变,于是乎尊重自由,而人类钜之理性,始得完全发展。……于是乎铲除专制,而宪政之精神,始得圆满表见。"②他们认为这样的西洋文化是与中国的旧文化截然对立的,主张用这种新文化来代替旧文化。

《新青年》宣传和呼唤的"民主",是中西文化相互碰撞与消长的产物,是对欧美林林总总的民主理念、纷繁多歧的民主制度有所选择和阐释的。高一涵作为《新青年》作者群中最懂西方民主制度的人,他倾力介绍的"民主"主要是西方的"社会契约论"。在个人与国家的关系上,也强调人民权利的重要性,他认为"国家权利,即以人民权利为根基。自由人格,全为薪求权利之梯阶,而权利又为谋达人生归宿之凭借。人生归宿还在人生,非一有国家,便为归宿之所。"③认为国家的目的在于保障人民权利,并进而提出人生归宿问题,认为人生归宿不在国家而在人生本身,与封建纲常伦理处于尖锐对立之中。《新青年》也宣传"科学"。从鸦片战争之后到清末民初,科学的观念已经深入人心,科学的权威地位已经十分牢固。胡适在《科学与人生观·序》中曾对此作过具体的描述:"这三十年来,有一个名词在国内几乎做到了无上尊严的地位:无论懂与不懂的人,无论守旧与维新的人,都

---

① 陈独秀:《东西民族根本思想之差异》,《青年杂志》第一卷第 4 号,1915 年 12 月 15 日。
② 汪叔潜:《新旧问题》,《青年杂志》第一卷第 1 号,1915 年 9 月 15 日。
③ 高一涵:《国家非人生之归宿》,《青年杂志》第一卷第 3 号,1915 年 11 月 15 日。

不敢公然对他表示轻视或戏侮的态度，那个名词就是‘科学’。这样几乎全国一致的崇信，究竟有无价值，那是另一问题。我们至少可以说，自从中国讲变法维新以来，没有一个自命为新人物的人敢公然毁谤‘科学’的。"①

《新青年》作者群中也有真正的科学家，如王星拱、任鸿隽等，他们在文章中对西方科学的发展及科学家的社会角色进行了较为专业化的介绍，使《新青年》在登载探讨"民主"与"科学"的文章时，出现了真正本色的科学文章。《新青年》对科学的兴趣来自于新文化人对社会、政治、经济及文化的关怀。对"民主"与"科学"的提倡，贯穿着一种求真务实的科学精神和反对专制独裁的民主诉求，因而《新青年》同人被复古势力冠以"覆孔孟，铲伦常"等罪名。"本志同人本来无罪，只因为拥护那德谟克拉西（Democracy）和赛因斯（Science）两位先生，才犯了这几条滔天的大罪。要拥护那德先生，便不得不反对孔教，礼法，贞节，旧伦理，旧政治。要拥护那赛先生，便不得不反对旧艺术，旧宗教。要拥护德先生，又要拥护赛先生，便不得不反对国粹和旧文学。"②这番气势宏伟的文字，彰显了新文化人将民主和科学视作近代文明的精髓，反对国粹和旧文学，就是要建设新文学。他们满怀信心地向论敌挑战，表明了新知识界对民主和科学拥护的决绝态度："若因为拥护这两位先生，一切政府的压迫，社会的攻击笑骂，就是断头流血，都不推辞。"③陈独秀认为欧美进化的根本原因在于"法律上之平等人权，伦理上之独立人格，学术上之破除迷信，思想自由。"④

---

① 张君劢等著：《科学与人生观》，山东人民出版社 1997 年版，第 10 页。
② 陈独秀：《本志罪案之答辩书》，《新青年》第六卷第 1 号，1919 年 1 月 15 日。
③ 陈独秀：《本志罪案之答辩书》，《新青年》第六卷第 1 号，1919 年 1 月 15 日。
④ 陈独秀：《袁世凯复活》，《新青年》第二卷第 4 号，1916 年 12 月 1 日。

他分析了国人从古到今都缺乏独立人格的原因是封建礼教和三纲五常的伦理束缚:"儒者三纲之说,为一切道德政治之大原。君为臣纲,则民于君为附属品,而无独立自主之人格矣;父为子纲,则子于父为附属品,而无独立自主之人格矣;夫为妻纲,则妻于夫为附属品,而无独立自主之人格矣。"①这种无自主的奴隶道德使人丧失自我人格而处于无自我的蒙昧状态,于是一切所为都不是出于自己的主见。

陈独秀主张要实现独立人格,就要打破这种"奴隶道德"的束缚。他在《新青年》中大力宣扬"个人独立主义",号召青年"皆以自我为中心","以恢复独立自主之人格"。②此外,吴虞抨击了传统礼教对人的损害,李亦民《人生唯一之目的》为"为我主义"正名,李大钊以《青春》、《"今"》、《新的! 旧的!》等文章激发新的创造精神。对于独立人格的宣传和要求,也成为新文化运动中对国民性改造的主要内容之一。

二、突出"个人为本位"的新文学人生观

曾在《甲寅》月刊上提出"致根本救济,当从新文学入手"的黄远庸,在文学创作上强调作家要有独立人格观念和人生观。他认为"名人之作,或刺触一世之思潮,或刺触一社会之思潮,或刺触一人之思潮,乃至刺触一动物一刹那之思潮,人世之深远复杂,惟文艺能写之,写之之道有二:一视其情之能感,一视其术之能达,故观其所感,而作者之人格见焉。"因能见其"人格",所以"文艺家之能有独立者,以其有人生观。"③这一思想对陈独秀等新文化人都有不同程度的影响。胡适在《五十年来中国之文学》中提到黄远庸给章士钊提倡新文学的信

① 陈独秀:《一九一六年》,《青年杂志》第一卷第 5 号,1916 年正月号。
② 陈独秀:《一九一六年》,《青年杂志》第一卷第 5 号,1916 年正月号。
③ 黄远庸:《朱芷青君身后征赙序》,《远生遗著》卷四,商务印书馆 1937 年版,第 180 页。

"究竟可算是中国文学革命的预言"。①

　　陈独秀在《甲寅》月刊时期的文学片论中就已突出以人为本的观念，他在给章士钊小说《双枰记》所作的序中说："国家社会过去未来之无限悲伤，一一涌现于脑里。""烂柯山人（指章士钊，笔者加）素恶专横政治与习惯，对国家主张人民之自由权利，对社会主张个人之自由权利。此亦予所极表同情者也。团体之成立，乃以维持及发达个体之权利已耳，个体之权利不存在，则团体遂无存在之必要，必欲存之，是曰盲动。烂柯山人之作此书，非标榜此义者也，而与此义有关系存焉。"②章士钊的小说《双枰记》强调"身历耳闻"的人生体验，不同于一般的、空洞的政治小说，间接地反映了章士钊、陈独秀、苏曼殊、何梅士（何靡施）等一代革命青年，反清拒俄，爱国启民，为争取个人和民众之自由权利，甘愿抛洒热血。

　　个体权利不存在，团体就没有存在的必要。何靡施的死，表明当时激进爱国青年最初理想的破灭和黑暗传统势力的根深蒂固，也是他们对人生、真爱、民主自由的苦苦追问和探寻。陈独秀认为"其出于高尚之牺牲精神，非卑劣弱虫者所可议其是非，可断言也。"③"夫自杀者非必为至高无上之行，唯求之吾贪劣庸懦之民，实属难能而可贵，即靡施之死，纯为殉情，亦足以励薄俗，罢民之用情者即寡，而殉情者绝无，此实民族衰弱之征。予读《双枰记》，固不独为亡友悲也。"④主人公用死来报以真爱，给社会尤其是青年人所关注的恋爱自由、婚姻自主的问题以思考和启迪。陈独秀充分认识到这一点，他在给苏曼

① 姜义华主编：《胡适学术文集·新文学运动》，北京中华书局1993年版，第134页。
② 陈独秀：《〈双枰记〉·叙一》，《甲寅》月刊第一卷第4期，1914年11月10日。
③ 陈独秀：《〈双枰记〉·叙一》，《甲寅》月刊第一卷第4期，1914年11月10日。
④ 陈独秀：《〈双枰记〉·叙一》，《甲寅》月刊第一卷第4期，1914年11月10日。

殊小说《绛纱记》所作的序中说:"人生最难解之问题有二:曰死曰爱。死与爱皆有生必然之事。""……然则人生之真果如何耶?予盖以为尔时人智尚浅,与其强信而自蔽,不若怀疑以俟明。昙鸾此书,殆弁怀疑之义欤?昙鸾与其友梦珠行事绝相类,庄周梦蝴蝶,蝴蝶化庄周。予亦不暇别其名实。昙鸾存而五姑殁,梦珠殁而秋云存,一殁一存,而肉薄夫死与爱也各造其极。五姑临终,且有他生之约,梦珠方了彻生死大事,宜脱然无所顾恋。然半角绛纱,犹见于灰烬,死也爱也。果熟为究竟也耶?"[①]真爱存在于世间,但难以实现眷属之愿望,唯有殉情,才能坚守住所坚信的一切。

很明显,这里陈独秀也着重突出了文学的人生况味,这与前一代知识分子的政治功利主义文学观划开了界限。他所作的序,已经彰显了基于个人主体立场的新的文学意识,发现了苏曼殊的文学价值,并从中看出由传统的政治功利主义文学观向注重个人主体意识文学观的转化轨迹。因此,章士钊小说《双枰记》与其说是婚制新旧交接之一片影,不如说是新旧思想观念之交接与冲突,开始注重个人主体地位的警笛鸣响。《甲寅》月刊中登载的苏曼殊小说《绛纱记》、《焚剑记》均表此意,这为"五四"新学运动倡导"以人为本",作了很结实的铺垫。这是忠实的人生之镜,真实的人生写实和奋斗的缩影,为知识分子重新思索、判定个人与国家、民族相互关系提供了自由畅谈的场域。

苏曼殊的第三篇小说《碎簪记》,陈独秀将其发表在为思想革命开路的《新青年》二卷4号,并应作者之请写了"后序"。小说以第一人称叙述"我"之友庄湜与两女子的爱情悲剧,弥漫于小说中的戚惨哀怨的氛围,主人公缠绵惆怅的矛盾心态以及三人俱死的结局。陈独秀

---

① 陈独秀:《绛纱记·序二》,《甲寅》月刊第一卷第7期,1915年7月10日。

在后序谈到："余恒觉人间世，凡一事发生，无论善恶，必有其发生之理由，况为数见不鲜之事。其理由必更充足，无论善恶，均不当谓其不应该发生也。食色，性也。况夫终身配偶，笃爱之情耶？人类未出黑暗野蛮时代，个人意志之自由，迫压于社会恶习者又何仅此。而此则其最痛切者，古今中外之说部，多为此而说也。前者吾友曼殊，造《绛纱记》，秋桐造《双枰记》，都是说明此义。余皆叙之，今曼殊造《碎簪记》，复命余叙。余复作如是观。"① 这一简短的"后序"大大提升了《碎簪记》的思想意义，他从人类情感普遍性角度所作的引申与概括扩展了作品的内涵，从而使这篇作品在当时有了突出的地位。他还对社会恶习严重压迫个人情感自由问题作了深入的批判和剖析，也是对苏曼殊作品的理解无疑加上了一层注解。个人意志自由的被压制，意在告诫人们要注重个人的生命体验，追求自主独立的人格与权利。言情、漂流与迷惑，使苏曼殊作品中包含着传统文学中所没有的"个人本位"立场，体现了一个充满自我意识的个体对现实人生意义的探寻和求证，因此可以说他的作品既有对人生的探寻和形而上的思索，也有着超越时代的色彩，为"五四"新文学的发生产生了很大的影响。郁达夫曾说苏曼殊的小说具有"一脉清新的近代味。"② 钱玄同也对苏曼殊的作品给予了极高的评价："曼殊上人思想高洁，所为小说，描写人生真处，足为新文学之始基乎？"③ 他那浪漫感伤而又空灵曼妙的创作风格，注重自我个人体验及对生命本身意义的探寻，也为"五四"浪漫感伤小说的创作起到了先锋作用。

综上，从《甲寅》月刊到《新青年》都体现了具有开放活跃而自

---

① 《碎簪记》，《新青年》第二卷第 4 号，1916 年 12 月 1 日，第 7 页。
② 郁达夫：《杂评曼殊的作品》，《郁达夫文集》（第五卷），花城出版社 1982 年版，第 256 页。
③ 水如编：《陈独秀书信集》，新华出版社 1987 年版，第 97 页。

由的话语空间。陈独秀在《新青年》第二卷第 1 号登载的《通告》中说:
"自第二卷起,欲益加策励,勉副读者诸君属望,因更名为新青年。且
得当代名流之助,如温宗尧、吴敬恒、张继、马君武、胡适、苏曼殊、
诸君,允许关于青年文字,皆由本志发表。嗣后内容,当较前尤有精
彩。此不独本志之私幸,亦读者诸君文字之缘也。"[①] 指出有当代名流相
助,这些名流都是留日与留学欧美之人,鼓励青年人踊跃投稿,自由
发表见解。《新青年》在现代与传统的对峙中,以传播现代文明为己任,
"新"被定义为"西洋文化"。它感应时代的召唤,对新思潮的输入与
新文学的宣传,再现了《新青年》全面开展新文化运动势不可挡的阵
容。《新青年》大范围、大规模、声势浩大地译介外国文学作品,打开
国人与外国文学沟通的通道,以新的生命活力,来撞击被传统文化禁
锢的国人愚蒙的灵魂,在文坛尚无新的文学作品之时,刊载这些译作,
无疑助推了新文学的诞生和发展,为新文学向现代化转型起到了筚路
蓝缕的先锋作用。

作为主编的陈独秀把"个人主义"、"独立自主意识"等新理念,由
《甲寅》月刊带入了《新青年》及新文学运动中,其他作者也共同阐发
着以"个人"为基础的新文化追求。新文化人借助思想的力量打破了
过去关于人的社会定位,使得独立个性的价值魅力得以呈现,并确立
了中国作家重新解读人生的姿态。陈独秀及同人对人权、民主和科学
积极宣传和勇敢捍卫,并从民族精神、民族政治心理和人们的基本价
值观念来认识。他们认为民主即是"自主的而非奴隶的"人格,是个
性自由,是国民自觉参与政治。他们认为科学则是一种思想方法与生
活方式,是根治想象、武断、迷信的思想方法和愚昧的生活方式的最

---

① 《通告》,《新青年》第二卷第 1 号,1916 年 9 月 1 日。

根本途径。在缺乏民主传统的中国作民主观念的进一步启蒙，培养科学的实事求是精神，从而使新文学从政治到思想再到文化现代性的开展打开了通道，也打开了文学通达个人人生世界的可能。这种深具世界眼光和个人主体意识的办刊宗旨，使得《新青年》倾向于文学、文化改革的目标而向前发展，努力与世界接轨，新文化人把对于独立人格的提倡与批判封建纲常伦理紧密结合起来，为"五四"文学革命的发生发展疏通脉络，理清思路，奠定了思想和舆论基础，从而确立了新文学改革的方向。

第四章

《甲寅》月刊与中国新文学发生期
文学理论批评的建构

第一节　开放的文学姿态与对新文学的倡导实践

《甲寅》月刊不是以文学为主，而是一份政论性极强的刊物，政治文化是它要讨论的目标。在《甲寅》月刊周围，聚集着当时众多精英知识分子，他们探索国家民族出路，重新认识个人与国家的关系，倡导人权、民主、自由，强调自我意识与独立人格观念，从政治、思想到文学观念，章士钊及同人不断进行探索，为确立"五四"新文学的个人主体立场和"人的文学观"，从现实政治思想的意义上为新文学疏浚了通道，为新文学运动扫除了国家观念上的障碍，提供了思想转变的理论契机。

一、开放的文学姿态与对新文学的呼唤

《甲寅》月刊与《新青年》及"五四"新文学有着极深的渊源关系，并且《甲寅》月刊与《新青年》都具备开放的文学姿态与自由畅达之风。《甲寅》月刊在"二次革命"失败后，"有一贯的主张，而且是理

想的主张，而且是用严格的理性态度去鼓吹的"。①《甲寅》月刊在第 1 期的《本志宣告》中宣布，刊物不仅是"以条陈时弊，朴实说理为主旨"，而且是具有开放、自由的公共舆论空间，"既乏架空之论，尤无偏党之怀，唯以己之心，证天下人之心，确见心同理同，即本以立说，故本志一面为社会写实，一面为社会陈情而已。"②此外，谈到刊物的性质，非个人所能左右，也非一派之议论所垄断，所列论文也一体待遇，没有社员与投稿者的区别，只要不悖于杂志的主旨，都能得以发表，真名别号，都可随意使用。而且，对小说创作的要求更为自由，"本社募集小说，或为自撰，或为欧文译本，均可，名手为之，酬格从渥。"③

随着刊物的不断发展壮大，影响更加广泛，杂志对文学的功能表述得更为清晰，对创作也寄予了更大的希望，这不能只说是对政论文章的学理性强、枯燥的一种调剂，随着清末民初文学观念的不断更新，也体现了编者开始重视文学，广开言路，文体不限。"小说为美术文学之一，怡情悦性，感人最深，杂志新闻，无不刊载，本志未能外斯成例，亦置是栏，倘有撰著译本，表情高尚者，本志皆愿收购，名手为之，酬格从渥。"④章士钊在当时主张政治上的"有容"、"尚异"思想，这种思想也延伸到他的办刊宗旨，因此也就不难理解《甲寅》月刊可以登载各类政见、观点不同的政论文章，也可刊载各种题材、体裁的文学作品。这样确实鼓励了像陈独秀等一批比较激进的捍卫个人自由权利等思想主张的知识分子，可以任意地发表自己的言论和见解。

"人的文学"呼唤"人的觉醒"是中国现代启蒙文学的统一主题。

---

① 常乃德著，葛兆光导读：《中国思想小史》，上海古籍出版社 2005 年版，第 136 页。
② 《本志宣告》，《甲寅》月刊第一卷第 1 期，1914 年 5 月 10 日。
③ 《本志宣告》，《甲寅》月刊第一卷第 1 期，1914 年 5 月 10 日。
④ 《本社通告》，《甲寅》月刊第一卷第 7 期，1915 年 7 月 10 日。

辛亥革命时期，"国民"属于"国家"而不属于自己，"人的觉醒"所注重的是作为国民的责任，而不是作为国民的自由权利。随着启蒙的不断深入，"人"的思想内涵有了很大的变化，突出个人主体性。李大钊说："我们应该承认爱人的运动远比爱国的运动更重"，[①]代表着五四时期的思想主流，是五四人放眼世界后努力争做世界人的呼唤。在《青年杂志》第一卷第1号刊登的《社告》上，尽管没有具体谈到关于文学创作的问题，但谈到与世界有关系，以平易之文，说高尚之理，放眼世界，开拓进取。"今后时会，一举一措，皆有世界关系。我国青年，虽处蛰伏研求之时，然不可不放眼以观世界。本志于各国事情，学术，思潮，尽心灌输，可备攻错。本志以平易之文，说高尚之理。凡学术事情足以发扬青年志趣者，竭力阐述。冀青年诸君于研习科学之余，得精神上之援助。"并且对社外投稿，非常欢迎，"本志执笔诸君，皆一时名彦，然不自拘限，社外撰述，尤极欢迎。海内鸿硕，倘有佳作，见惠无任期祷。"[②]同时，陈独秀在《敬告青年》中，更进一步地高举个人主义的旗帜，对青年大胆地提出六项人生倡议，这代表了《新青年》的发展方向，不同于以往和同时期的其他报刊。所有这些，都体现了刊物同样具有开放的、活跃而自由的话语空间。在第二卷第1号登载的《通告》中说："自第二卷起，欲益加策励，勉副读者诸君属望，因更名为新青年。且得当代名流之助，如温宗尧、吴敬恒、张继、马君武、胡适、苏曼殊、诸君，允许关于青年文字，皆由本志发表。嗣后内容，当较前尤有精彩。此不独本志之私幸，亦读者诸君文字之缘也。"[③]指出有当代名流相助，都是留日和留学欧美的人，鼓励青年人踊跃投稿，

---

① 李大钊：《李大钊选集》，人民出版社 1981 年版，第 238 页。
② 《社告》，《青年杂志》第一卷第 1 号，1915 年 9 月 15 日。
③ 《通告》，《新青年》第二卷第 1 号，1916 年 9 月 1 日。

自由发表见解。正是因为有这样的办刊宗旨，才使得《新青年》倾向于文学、文化改革的目标而向前发展，努力与世界接轨。

1915 年 10 月 10 日出版的《甲寅》月刊最后一期的"通讯"栏中，黄远庸作为记者给《甲寅》月刊记者写了两封信。谈及改革国内的社会现实最根本的办法，他主张应从倡导新文学入手的高远预见，并身体力行。有人曾说《甲寅》月刊是《新青年》的滥觞。① 文学性的内蕴提升，"人的文学观的确立"，对新文学运动有很大的影响。可以说，《甲寅》月刊的开放姿态和无意识中对新文学改革的提倡与实践，影响着新文学运动的政治思想与文学理念的发展变化。

在第一封信《释言·其一》中，前半部为忏悔，后半部为觉悟。黄远庸以非常自谦的口吻，写给《甲寅》杂志记者实际上就是写给章士钊的信中谈到："远本无术学，滥厕士流，虽自问生平并无表见，然即其奔随士夫之后，雷同而附和，所作种种政谈，今无一不为忏悔之材料。盖由见事未明，修省未到，轻谈大事，自命不凡；亡国罪人，亦不能不自居一分也。此后将努力求学，专求自立为人之道，如足下之所谓存其在我者，即得为末等人，亦胜于今之一等角色矣。……至根本救济，远意当从提倡新文学入手，综之，当使吾辈思潮如何能与现代思潮相接触，而促其猛醒。而其要义，须与一般之人生出交涉。法须以浅近文艺普遍四周。史家以文艺复兴为中世改革之根本，足下当能语其消息盈虚之理也。"② 黄远庸先对自己从前写过的政论文章进行自我批评，其中当然包括曾经被袁世凯授命所写的一些报道，大都违背自己的意愿和做人的宗旨，不能不为自己的所为而感到忏悔。否则，他也不会因袁世凯欲称帝让他写宣传文章，他为了划清界限而跑到上海且等一

---

① 杨早：《〈甲寅〉：过渡者》，《中华读书报》，2006 年 2 月 15 日。
② 黄远庸：《释言》，《甲寅》月刊第一卷第 10 期，1915 年 10 月 10 日，"通讯"栏第 2 页。

个月后去美国了。他立誓今后将努力求学,寻求自立为人之道。接着,似以商量的口吻,与章士钊探讨时政,改革社会现实的最根本方法,他认为应当从提倡新文学入手,并且思考我辈的思潮如何能与现代思潮相接轨。这里所说的"现代思潮",显然就是指西方先进、发达的现代文化与文明成果,就是要借鉴国外先进的经验,要广泛介绍,促使国人尽快猛醒,不能总是陶醉于泱泱大国,唯我独尊的自我保守意识。这种改革新文学,不应该只从上层进行改革、认知,最根本的是要和一般人生出交涉,要用浅近的文艺来普遍四周,即普及大众,提高全民的素质。这种主张具有强烈的现代意识和平民主义精神,且与之后的"五四"新文化运动倡导的"人的文学"、"平民文学"观念相一致。当时章士钊也承认这是根本救济之法,但认为于欧洲相比中国国情尚不允许,"提倡新文学,自是根本救济之法。然必其国政治差良,其度不在水平线下,而后有社会之事可言,文艺其一端也。欧洲文事之兴,无不与政事并进。"[1]对于外患日逼、内乱频仍、社会黑暗、时局险恶的国势,认为"政治"才是民族生活的中心一环。只有等国家政治差良,其度在水平线以上,才有改革文艺的可能,并且文艺也只是其中一个方面而已。他认为欧洲文艺复兴,只能与政事齐头并进。

胡适在1922年3月3日写的《五十年来中国之文学》中,曾回溯了民国初年政论大家的发展去向,指出与章士钊同时的政论家有黄远庸,张东荪,李大钊,李剑农,高一涵等,都朝着"逻辑文学"的方向去做了。大家不知不觉的造成一种修饰的,谨严的,逻辑的,有时不免掉书袋的政论文学。胡适还说到了民国五年(1916年)以后,国中几乎没有一个政论机关,也没有一个政论家;连那些日报上的时评

---

[1] 章士钊:《记者裁答》,《甲寅》月刊第一卷第10期,1915年10月10日,"通讯"栏第5页。

也都退到纸角上去了，或者竟完全取消了。尽管如此，"但《甲寅》最后一期里有黄远庸写给章士钊的两封信，至少可以代表一个政论大家的最后忏悔。"胡适还评价说：当日的政论家苦心婆口，确有很可佩服的地方。但他们的大缺点只在不能"与一般之人生出交涉"。这一句话不但可以批评他们的"白芝浩——戴雪——哈蒲浩——蒲来士"的内容，也可以批评他们的精心结构的政论古文。黄远庸的聪明已先见到这一点了，所以他悬想将来的根本救济当从提倡新文学下手，要用浅近文艺普遍四周，要与一般的人生出交涉来。章士钊答书还不赞成这种话。……但他这封信究竟可算是中国文学革命的预言。"①胡适充分肯定了黄远庸对新文学先知先觉的贡献。因此说，《甲寅》月刊无意中呼唤了新文学，事实上，这完全与章士钊、陈独秀文学观念的不断更新以及刊物的开放自由的风格息息相关。

二、文学观念的更新与新文学质素的形成

《甲寅》月刊的创刊，正值中国历史发生大转折之时。二次革命失败，袁世凯日趋专制独裁，中国的国民都慑服于黑暗的专制淫威之下，丝毫不能动转，"五四"新文化运动的种子就埋伏在这个时代了。"培植这个新文化运动的种子是谁？陈独秀吗？不是。胡适吗？不是。那么究竟是谁呢？我的答案是章士钊"。②《甲寅》月刊因而成为二次革命失败后流亡和留学日本的先进知识分子探索民族出路与表达个人思想的公共话语空间，它是《新青年》问世前欧洲进步思想的主要传播阵地。《新青年》的诞生以及新文学的发生皆非偶然，也非从清末的思想启蒙和文学改革一下子跨越到"五四"，中间必要经历一个过渡阶段，《甲寅》月刊就是《新青年》与新文学发生的过渡平台。《甲寅》月刊

---

① 姜义华主编：《胡适学术文集·新文学运动》，北京中华书局 1993 年版，第 133—134 页。
② 常乃德著，葛兆光导读：《中国思想小史》，上海古籍出版社 2005 年版，第 136 页。

的文学创作也因新思想注入而扩展了空间，融入了新内容和新创作模式的尝试，注重以个人体验为本位，为五四新文学"人的文学"观确立做了很好的铺垫。《甲寅》月刊在组织上、思想上对于《新青年》和新文化运动有着很大影响，《新青年》的许多思想都可以在《甲寅》月刊中找到其原型。

《甲寅》月刊不同于当时的其他政论性刊物，在宣传自己政治主张的同时，为"五四"新文学的发生及新文学理论的建构方面作了坚实的铺垫。对于这些，常乃德曾经作了细致的总结："民四，民五，正是政治上极黑暗的时代，梁启超在《大中华》上已主张抛弃政治，专从社会改造入手，章士钊在《甲寅》上驳他的议论，仍主张应注意政治。后来的文化运动是跟着梁启超的主张走的，章士钊的主张似乎失败，但梁启超虽然主张从社会入手，他却并没有给后来的文化运动指出新路，章士钊虽然也并不知道新文化运动是什么，但他无意间却替后来的运动预备下几个基础。他所预备到第一是理想的鼓吹，第二是逻辑式的文章，第三是注意文学小说，第四是正确的翻译，第五是通信式的讨论。这五点——除了第二点后来的新文化运动尚未能充分注意外——其余都是由《甲寅》引申其绪而到《新青年》出版以后才发挥光大的，故我们认《甲寅》为新文化运动的鼻祖，并不算过甚之辞。"①这是常乃德在1928年所作的对《甲寅》月刊与新文学很中肯的梳理与评价。但他认为新文化运动唯独没有继承章士钊以及《甲寅》月刊预备的逻辑式的文章的说法，现今看来，好像并不全面。学术界已经有人论述了逻辑文为现代学术论文提供了很好的范例，而短评之类则与《新青年》上的随感录一脉相连，后经鲁迅等作家发展，建设成为文艺性的政论

---

① 常乃德著，葛兆光导读：《中国思想小史》，上海古籍出版社2005年版，第137页。

即杂文了。因此，这不能不从《甲寅》月刊开放的文学姿态和章士钊、陈独秀的早期文学观谈起。

从《甲寅》月刊登载的文章，以及章士钊和陈独秀的言论中，可以看出他们的文学观念已经与辛亥革命之前有着很大的变化，由政治上调整了个人与国家的基本关系架构，政治思想观念与文学观念的互动，使得新的思想为文学的感悟场域开辟了空间。最明显的就是陈独秀发表在《甲寅》月刊第 4 期上的那篇《爱国心与自觉心》，他激进地高举个人权利的大旗，与曾经盛行一时的国家主义思想形成尖锐的对抗。章士钊面对读者的斥责，在《甲寅》月刊第一卷第 8 期上发表了一篇《国家与我》，站在一定的政治思想高度，为陈独秀的观点辩护，并认为陈独秀的文章表现了"解散国家"和"重建国家"的爱国意识，是对于"伪国家主义"的自觉，同时，他也主张发扬人格独立精神，建立可爱的新的国家。

章士钊早年对文学的认识是笼统的，模糊的，他认为文学是包括学术和创作活动，其中包含他留学期间给各大报刊投稿，以及后来发表的政论文章，都属于治文学。他一方面赞同章太炎先生说的"凡文理、文字、文辞皆称文"[①]的观点，因此也很看重自己的政论文章。另一方面，在留学期间对于西方科学文化的涉猎，使他产生了"分业"观，即把政论文和文学区别开来，文学有广义和狭义之分，文学观也逐渐清晰起来。他认为文学"大之有裨于世道人心，而小之文人所当满意踌躇之胜事。"[②]他充分认识到文学自身存在的个性和独立性，也很注重文学的形式，"盖文学者，形式之事多，精神之事少"，"有内无外，又安足

---

① 刘梦溪主编：《中国现代学术经典·章太炎卷》，河北教育出版社 1996 年版，第 45 页。
② 章士钊、白吉庵主编：《章士钊全集》第五卷，文汇出版社 2000 年版，第 365 页。

当文学二字耶？"①《甲寅》月刊上设有"诗录"、"文录"、小说等栏目，但只是附属于政论文章之后，他认为："夫文武之道，一张一弛，儒者之义，有藏有息，读本刊而为政论学篇所腻，偶以小诗短记疏之，恍若后饔之余，佐以姜豉，未始不为一适。"②这是他20年代回答读者建议他削去"文录"等栏目而专登政论文章时，他的回答，这种观点同样适用于《甲寅》月刊。

　　除此之外，个人办报和留学、革命流亡的生活经历，也使他们对自身命运的个体体验有着相当深刻的感受。章士钊后来回忆他和陈独秀编辑《国民日日报》的情景时说："吾两人蛰居昌寿里之偏楼，对掌辞笔，足不出户。兴居无节，头面不洗，衣敝无以易，并亦不澣。一日晨起，愚见其黑色袷衣，白物星星，密不可计。愚骇然曰：'仲甫，是为何耶？'独秀徐徐自视，平然答曰：'虱耳。'其苦行类如此。"③这种个体生存的体验，使得他们在办《甲寅》月刊的比较自由的话语空间里，可以充分展现自己的思想观点，并且这种新思想本身就是对现实人生体验后的经验总结。

　　《甲寅》月刊中，章士钊发表了一篇小说《双枰记》，陈独秀和苏曼殊作了序，苏曼殊创作了小说《绛纱记》，他和陈独秀也都作了序。从他们的序言和作品中，足见他们都极为注重个人生存体验及对文学的新路进行探索的文学观。章士钊谈到自己写作《双枰记》的目的是："仅于身历耳闻而止。"强调"身历耳闻"的人生体验，接着又说："然小说者，人生之镜也，使其镜忠于写照，则留人间一片影。此片影要

---

① 章士钊、白吉庵主编：《章士钊全集》第六卷，文汇出版社2000年版，第294页。
② 章士钊、白吉庵主编：《章士钊全集》第六卷，文汇出版社2000年版，第468—469页。
③ 章士钊、白吉庵主编：《甲寅》周刊第一卷第30号，1927年1月。

有真价。"① 陈独秀在《双枰记·叙一》中，对章士钊的小说及其政治主张进行了申说和评价，强调个体的重要性，先有个体而后才有团体。"书中人之怀抱境遇，既如上文所陈。而作书者之怀抱与境遇，亦欲以略告读者。烂柯山人尝以纯白书生自励，予亦以此许之。烂柯山人素恶专横政治与习惯，对国家主张人民之自由权利，对社会主张个人之自由权利。此亦予所表同情者也。团体之成立，乃以维持及发达个体之权利已耳。个体之权利不存在，则团体遂无存在之必要，必欲存之，是曰盲动。"② 章士钊在苏曼殊的小说《绛纱记·序一》中谈到："人生有真，世人苦不知。彼自谓知之，仍不知耳。苟其知之，未有一日能生其生者也。何也？知者行也。一知人生真处，必且起而即之。方今世道虽有进，而其虚伪罪恶，尚不容真人生者存。即之而不得，处豚笠而梦游天国，非有情者所堪也，是宜死矣。"③ 宣扬人生有真，世道却不允许存在，有情人不能终成眷属，只能以死抗争。章士钊最后说："彼已知人生之真，使不得即，不死何待？是固不论不得即者之为何境也。吾友何靡施之死，死于是。昙鸾之友薛梦珠之坐化，化于是。罗霏玉之自裁，裁于是。昙鸾曰：为情之正，诚哉正也。"④ 宣扬人生真义，为情为爱而死，面对世道的黑暗，世人的不理解，使不得即，不死何待？并说自己创作的《双枰记》就是宣传此义，与苏曼殊作品所表现的情爱主题相一致，体现了章士钊的文学观。

陈独秀在《绛纱记·序二》中也表现了这方面内容，更着重地突出文学的人生况味。"人生最难解之问题有二：曰死曰爱。死与爱皆有

---

① 章士钊：《双枰记》，《甲寅》月刊第一卷第4期，1914年11月10日。
② 陈独秀：《双枰记·叙一》，《甲寅》月刊第一卷第4期，1914年11月10日。
③ 章士钊：《绛纱记·序一》，《甲寅》月刊第一卷第7期，1915年7月10日。
④ 章士钊：《绛纱记·序一》，《甲寅》月刊第一卷第7期，1915年7月10日。

生必然之事。……然则人生之真果如何耶？予盖以为尔时人智尚浅，与其强信而自蔽，不若怀疑以俟明。昙鸾此书，殆弁怀疑之义欤？昙鸾与其友梦珠行事绝相类，庄周梦蝴蝶，蝴蝶化庄周。予亦不暇别其名实。昙鸾存而五姑殁，梦珠殁而秋云存，一殁一存，而肉薄夫死与爱也各造其极。五姑临终，且有他生之约，梦珠方了彻生死大事，宜脱然无所顾恋。然半角绛纱，犹见于灰烬，死也爱也。果熟为究竟也耶？"①这里表现了陈独秀对情爱生死主题的理解及对爱情至上观念的赞赏。苏曼殊小说中那种对自觉生命的描写，与反传统的情爱追求，包含了中国传统文学中所没有的"个人本位"的立场，这一切不能不说是新文学观形成的本源所在。

早在辛亥革命时期，面对成为民族精神生活主潮的群体意识，鲁迅就呼唤个性解放。鲁迅在1907年就写下了那闪烁着真知灼见的《文化偏至论》、《破恶声论》、《摩罗诗力说》，作品体现着他个人的经历体验，他那对"精神界战士贵矣"的判断和希望，对国民性的探讨和批判，尊崇个性主义，主张"剖物质而张灵明，任个人而排众数"，②同时更多地接受了西方现代科学文化精神，因此，注重"人"的个性解放，提倡人的自觉精神。郁达夫在《中国新文学大系·散文二集·导言》中谈到："五四运动的最大的成功，第一要算'个人'的发见。从前的人，是为君而存在，为道而存在，为父母而存在的，现在的人才晓得为自我而存在了。"③为个人而存在，对"人"的呼唤，"人的文学观"也随之真正地确立。

章士钊由激进革命到理性平和，创办《甲寅》月刊。对民初社会

---

① 陈独秀：《绛纱记·序二》，《甲寅》月刊第一卷第7期，1915年7月10日。
② 鲁迅：《鲁迅全集》第一卷，人民文学出版社1981年版，第46页。
③ 赵家璧主编：《中国新文学大系·散文二集》，上海良友图书印刷公司1935年版，第5页。

现实做出深刻清醒判断的陈独秀，参与《甲寅》月刊编辑，创办《新青年》。从办刊宗旨、编辑思路、编纂队伍、刊物栏目以及所登载注重学理的广告中，都可看出《甲寅》月刊是《新青年》的思想先声。"通信"栏的自由讨论，逻辑文章和政治理想的鼓吹，赞成直译手法的翻译理念。从文学方面，《甲寅》月刊同人包括对栏目及分类，文学主题、题材、类型、叙事模式等方面进行了多样化的尝试。虽然探讨中国文学的新路并非《甲寅》月刊的主旨，然而由思想的更新而带来的文学趣味的变迁又是理所当然。政治观念与文学观念的互动。《甲寅》月刊无意识中对新文学的呼唤，影响着《新青年》，进而催生了新文学，确立了"人的文学观"，文学作为载体，注重学理的精英倾向。民初以后的知识精英肩负着启蒙与革命的双重使命，拓展了文学视域。由政治到思想再到文学，他们不断地探索，不断地实践，最终进行了思想和文化文学领域里的一场大革命，使得诸如小说这样传统观念中的小道文学获得了正宗的地位。

第二节　章士钊的逻辑文体与"五四"新文学

在 20 世纪 20 年代，章士钊曾经自我评价说："章士钊者，一笃于个性，不存机心，情理交战，迭为胜负之人也。惟笃于个性也，故其行动，不肯受党派之羁绊，而一生无党。惟不存机心也，视天下之事，无不可为。胜负之数，懵然不知。有时为人暗算，肝胆胡越，彼乃不信，一旦势异，负尽天下之谤而亦无悔。不论何事，是非荣辱，均自当之，生平未尝发言尤人，此考之二十年来之言论而可知也。情与理者，如车两轮，皆为钊所讬命，不可得兼。迷惑立生，轻重相权，恒见乖牾。

大抵三十五岁以前，理恒胜情，三十五岁以后，情恒胜理。说者谓于血气之盛衰有关，事或然也。"①章士钊主编的《甲寅》月刊，是以政论性为主以文学为辅的刊物，政治文化是它讨论的主要目标。但无意中它却呼唤和催萌了新文学，与"五四"新文学的诞生有着千丝万缕的联系，对民初社会和文坛都产生了不可低估的影响。正是这一刊物，彰显了章士钊的文学观与他创建的"逻辑文体"的特有魅力，为现代学术论文提供了很好的范例，《新青年》上的"随感录"等短评之类都受其影响，后经鲁迅等作家的不懈努力使之成为文艺性的政论即杂文。情与理，如车两轮。文武之道，张弛有序。文学是记录人生真实的一面镜子。

一、"逻辑"的界定与逻辑文体的创建

关于《甲寅》月刊与"五四"新文学的关系，前面已经阐述，常乃德认为《甲寅》月刊为新文学运动的鼻祖。梁启超虽然主张从社会入手，他却并没有给后来的文化运动指出新路，章士钊的主张似乎失败，但他无意间却替后来的运动预备下几个基础：第一是理想的鼓吹，第二是逻辑式的文章，第三是注意文学小说，第四是正确的翻译，第五是通信式的讨论。他所预备到这五点——除了第二点后来的新文化运动尚未能充分注意外——其余都是由《甲寅》引申其绪而到《新青年》出版以后才发挥光大的。关于理想的鼓吹，注意文学小说，正确的翻译，通信式的讨论，都体现在《甲寅》月刊与《新青年》开放的文学姿态与二者的渊源关系中。常乃德认为新文化运动唯独没有继承章士钊以及《甲寅》月刊预备的逻辑式的文章的说法，现今看来并不全面。逻辑文为现代学术论文提供了很好的范例，而短评之类则与《新青年》

---

① 章士钊：《答稚晖先生》，《甲寅》周刊第一卷第 22 号，1925 年 12 月。

上的随感录一脉相连，已为学术界所论证。

关于"逻辑文学"，是"五四"时期由罗家伦提出来的。然而，关于"逻辑"一词，却是由章士钊所界定。关于"逻辑"，即西方的"Logic"，它来自于希腊词 Logos，所以有时也译成"逻各斯"。在我国，从春秋战国到近代，被称为"名辩之学"、"名学"、"辩学"、"名辩学"、"论理学"等。我国近代的逻辑学理论译自于西方，始于明末，清末严复翻译了多部，如《名学》（译自约翰·穆勒的《逻辑体系》前四卷）、《名学浅说》等，最后，由在英国师从戴维逊教授习逻辑学的章士钊给予定名为"逻辑"。章士钊是继严复之后的又一逻辑大家，他在《论翻译名义》等文章中，多次讨论义译和音译的差别，认为那种舍音而取意的翻译都不恰当，还是以音直译为好，即取 logic 音译最佳，于是定名为"逻辑"，一直延续至今。西方的"逻各斯"基本词义是言辞、理性、秩序、规律，其中最基本的含义是"秩序"和"规律"，普通的逻辑学是关于推理和论证的科学。《现代汉语词典》中对"逻辑"的解释是："①思维的规律：合乎～。②客观的规律性：革命的～。③逻辑学，研究思维的形式和规律的科学。"钱基博在《现代中国文学史》中把这样的文章统称为"逻辑文"。民初以后，章士钊的政论文章在文坛上可谓独树一帜，其文体影响了一批政论作家，是继梁启超等人所创的"新民体"之后的又一种文体，它以文言的形式出现。"所谓逻辑文，就是章士钊在民国初年创立的以文言形式写作的政论文体式，他糅合中西政论的优长，具有显著的现代理性色彩，对散文变革有一定的作用和影响，继'新文体'之后，逻辑文丰富并完善了政论文体式，可以说，它把中国散文论说文这一支发展到了完备的境界。"[①] 可以说，章士钊是

---

① 徐鹏绪、周逢琴：《论章士钊的逻辑文》，《东方论坛》2002 年第 5 期。

真正地具有明确逻辑文体意识而进行逻辑文创作的作家，并且这一独特文体在民初曾经产生了广泛的影响，享誉当时文坛十余年。

章士钊对凡文理、文字、文辞皆称为文的认识，代表了民初文坛上的观点，在文学现代性还尚不明显的情况下，"逻辑文"也是属于文学的一种，所以罗家伦后来称章士钊的政论文章为"逻辑文学"，并认为他是"集'逻辑文学'的大成"："民国元二年议政的潮流，制宪的背景，所以《甲寅》杂志出来，可谓集'逻辑文学'的大成了！平心而论，《甲寅》在民国三四年的时候，实在是一种代表时代精神的杂志。政论的文章，到那个时候趋于最完备的境界。即以文体而论，则其论调既无'华夷文学'的自大心，又无'策士文学'的浮泛气；而且文字的组织上又无形中受了西洋文法的影响，所以格外觉得精密。"①

对于章士钊自成体系的政论文章，胡适认识的比较深刻，他把章士钊和严复、梁启超、章太炎放在一起作比较，他认为从 1905 年到 1915 年，文坛的政论大家应该是章士钊，胡适对他的文章特点分析的细致、全面，认为章士钊吸收了这几个人的文章的优点和长处，加上西学基础，形成自己卓具特色的逻辑文体："自 1905 年到 1915 年（民国四年），这十年是政论文章的发达时期。这一个时期的代表作家是章士钊。章士钊曾著有一部中国文法书，又曾研究伦理学；他的文章的长处在于文法谨严，论理完足。他从桐城派出来，又受了严复的影响不少；他又很崇拜他家太炎，大概也逃不了他的影响。他的文章有章炳麟的谨严与修饰，而没有他的古僻；条理可比梁启超，而没有他的堆砌。他的文章与严复最接近；但他自己译西洋政论家法理学家的书，故不须模仿严复。严复还是用古文译书，章士钊就有点倾向'欧化'的古

---

① 罗家伦：《近代中国文学思想的变迁》，《新潮》第二卷第 5 号。

文了；但他的欧化，只在把古文变精密了；变繁复了；使古文能勉强直接译西洋书而不消愿意来重做古文；使古文能曲折表达繁复的思想而不必生吞活剥的外国文法。"①胡适提到梁启超，这就应该了解近代文体的演变过程。当代学者研究认为晚清的"新文体"，是从冯桂芬、薛福成式的散文、王韬式的"报章文"和戊戌期间的"时务文"，到经过梁启超改造的"新民体"发展而成的。②洋务运动期间，中国早期一批由封建士大夫转化而来的资产阶级知识分子，仿效西方来华的传教士，在国内创办一批近代报纸，并且学写政治时事评论性文章。这类文章，大都文字浅显，语言流畅，说理透彻，也富有鼓动性，就是所谓的"报章文"，其中以王韬主编的《循环日报》（1874年，香港）上发表的政论文为代表。戊戌维新运动期间，许多人纷纷办报，亲自撰稿，宣传维新变法。最为突出的是众人（包括梁启超本人）在梁启超主办的《强学报》（1896年，上海）、《时务报》（1896年，上海）上发表的文章，宣传维新，抨击守旧态度坚决，气势宏大，慷慨激昂汪洋恣肆，明快有力，当时被称为"时务文"，影响非常大。戊戌变法失败后，梁启超流亡日本，在横滨先后创办《清议报》（1898年）和《新民丛报》（1902年）。他受日本文化的影响，仿效日本明治散文中盛行的"欧文直译体"，对"时务文"进行了革新，形成了被时人所称颂的"新民体"。钱基博也说梁启超的"新民体"是因为他创办《新民丛报》的缘故。

因"新民体"最适合做宣传鼓动的工具，在武昌首义前一直影响着众多文章作者，包括革命者。陈子展从中国文学史的角度考察"新文体"的历史作用并作以评价："这种文体正从桐城派八股文以及其他古体文解放而来，比桐城派古文更为有用，更为合适于时代的需要。而且，

---

① 姜义华主编：《胡适学术文集·新文学运动》，中华书局1993年版，第130页。
② 朱文华：《简论晚清"新文体"散文》，《复旦学报（社会科学版）》，1995年第3期。

这种解放是'文学革命'的第一步，是近代文学发展上必经的途径。"①待同盟会成立，《民报》出版以后，以章炳麟为代表的革命派与康有为、梁启超为代表的立宪派，借助于《民报》和《新民丛报》展开论战。"这一次论战实在是中国政治思想史上极为光荣的论战，因为两派都是以学理为根据，堂堂正正旗鼓相当，在训练中国人的系统的政治思想上，影响是非常之好的。"②然而，时代的发展，总会有新的质素增加，淘汰固有的事物，正如胡适所说："谭嗣同梁启超一派的文章，应用的程度要算很高了，在社会上的影响也要算很大了，但这一派的末流，不免有肤浅的铺张，无谓的堆砌，往往惹人生厌。章士钊一派是从严复章炳麟两派变化出来的，他们注重论理，注重文法，既能谨严，又颇能委婉，颇可以补救梁派的缺点。甲寅派的政论文在民国初年几乎成一个重要文派。"③因此，"逻辑文"的出现，是对这股文风进行有力的扭转和矫正，改变了"新文体"称霸论坛的局面。

二、逻辑文学与"五四"新文学散文的变革

"逻辑文"自身具有概念和定义准确，文风朴实简练，学理性强，文字半文半白，通俗易懂，有明白晓畅的特色。陈子展这样概括章士钊的政论文章："他的文章既有学理做底子，有论理做骨骼，有文法做准绳，故读他的文章，总觉得它极为谨严莹洁。""又严正，又幽默，又深刻，又公允，真有趣味"。④从前述的《甲寅》月刊创刊宗旨中即可看出，章士钊的态度就是促使政论文向着条理严谨和朴实说理的方向发展，因而使民国初年的论坛大大改观，使得那些互相攻击谩骂，好

---

① 陈子展：《中国近代文学之变迁》，中华书局1931年版，第122页。
② 常乃德著，葛兆光导读：《中国思想小史》，上海古籍出版社2005年版，第133—134页。
③ 姜义华主编：《胡适学术文集·新文学运动》，中华书局1993年版，第96页。
④ 陈子展：《中国近代文学之变迁》，中华书局1931年版，第74—75页。

持极端绝对之论者，也不再受到舆论的重视。

章士钊的政论文章多是长篇，文章虽长，但多用短句，一般句子长不过十个字，短的有四五个字，错落有致、节奏铿锵。章士钊晚年，回顾清末民初的文坛，也曾提到自己所创的文体及文风："从晚清以至民初，二三十年间，以文字摊写政治，跳荡于文坛，力掣天下而趋者，唯严几道与梁任公二人，吾稍后起，论者颇谓可得骏靳而行。吾当时并不省识此一形势，由今思之，几道规模桐城，字枻句比，略带泰西文律，形成一种中西合参文格，面生可疑，使人望而生畏。任公有陶渊明之风，于政于学，皆不求甚解而止，行文信笔所之，以情感人，使读者喜而易近，因之天下从风而靡。吾则人婉言之，曰桐城变种，毒言之，曰桐城余孽，实则桐城与吾绝不近，吾之所长，特不知者不敢言能言者差能自信，文不乖乎逻辑，出笔即差明其所以然，不以言欺人而已。"[1] 章士钊把自己与严复、梁启超作比较，认为自己是起于严梁之后。同时不承认自己属于桐城一派，与桐城绝不相近，并且出笔知晓要说的什么，朴实说理，不以文章欺世盗名，体现了他的文风确实不同于桐城派。

陈万雄曾说过初期《新青年》与《甲寅》月刊有一定人事和思想渊源，是由于《新青年》早期作者和栏目，是从《甲寅》月刊承继过来，可见两刊物和同人队伍的渊源关系，陈独秀、李大钊、高一涵、张东荪、易白沙发表过政论文章，尤其是李大钊和高一涵受章士钊的"逻辑文"风格影响极为明显，并且《新青年》初期，陈独秀、李大钊、李剑农等人同时为这两份杂志撰稿。他们都各自保持着自己的独立性，具有比同时代其他作家更为强烈的精英独立意识，但他们真的几乎形成一

---

① 　章士钊、白吉庵主编：《章士钊全集》第十卷，文汇出版社 2000 年版，第 1651—1652 页。

个甲寅派。而《甲寅》月刊也只是"以其温和的政治态度提供了一种希望和保证，以及一个研讨论坛"，"作为一个很受尊敬的政论作家，章士钊成为一个松散的思想言论群体的中心。"①

他们当中，只有章士钊创立了这种逻辑文的规范，即他自己所说的"剥蕉式"文体。罗家伦在《近代中国文学思想的变迁》中提到，"剥蕉式"文体的说法源于章士钊《政本》开篇的一句话："爬罗而剔抉之，如剥蕉然，剥至终层，将有现也。"②当代学者研究指出《新青年》早期的作者大都受到这种"剥蕉"文体的影响，这种影响与后面的新文学运动也是有着一定渊源关系的。"1905 至 1907 年革命派与维新派论战中出现的文章，首次引进西方的形式逻辑，使论述方式具有了现代科学的色彩。此后，章士钊将这种论述方式进一步作了发展，创立了所谓'剥蕉'式文体，即运用归纳和演绎等推理方法，围绕论点层层深入，使论述具有严密的逻辑性和思辨力。……对实现'五四'议论性散文向现代转变，却有十分重要的意义。"③《甲寅》月刊的文字以其重学理的精英意识风行一时，按胡适的话说，"逻辑文"既不容易做，又不能通俗，所以白话文运动风起云涌的时候，它就"归于失败"了。"民国五年（一九一六年）以后，国中几乎没有一个政论机关，也没有一个政论家；连那些日报上的时评也都退到纸角去了，或者竟完全取消了。这种政论文学的忽然消灭，我至今还说不出一个所以然来。"④现在看来，从 1915 年始，袁世凯称帝、张勋复辟等一系列政治事件，使国人对政治的信念开始动摇，政论也渐渐失去影响。黄远庸提前认识到这一点，

---

① 魏定熙：《北京大学与中国政治文化（1898—1920）》，北京大学出版社 1998 年版，第 117 页。
② 章士钊：《政本》，《甲寅》月刊第一卷第 1 期，1914 年 5 月 10 日。
③ 孙宝林：《近现代文体演变的历史鸟瞰》，《中国现代文学研究丛刊》1999 年第 4 期。
④ 姜义华主编：《胡适学术文集·新文学运动》，中华书局 1993 年 9 月版，第 132—133 页。

才给章士钊写信，主张从提倡新文学入手。陈独秀等人也意识到抽象的论政是徒劳的，于是便通过《新青年》来唤醒青年读者群。

"逻辑文"以其逻辑严密、语言严谨、文调平实的特点给当时的文坛吹进了一股清新的空气。逻辑文体在客观上促成了论说文与狭义文学散文的相互剥离。作为近代议论性的散文，在文体功能、语言体式和论述方式等方面的变革，已完全不同于"新文体"散文，具有了现代性。而到了"五四"新文学运动时期，散文却失去了原有的繁华景象，由中心退居到边缘。逻辑文是中国散文文体革新中有着重大贡献的一种文体，新文学的散文既得益于它对散文概念的分化作用，也直接汲取了它的营养，这一切只是被它的文言的外壳掩盖了而已。"逻辑文"在五四新文学运动时期，由《新青年》上的"随感录"中产生的篇幅短小、论理充分的杂文，可以说是它的分支。"逻辑文学"或政论文学，在文学由古典形态向现代形态的转变之时，完成了自己的裂变与更新，章士钊的"逻辑文体"与《甲寅》月刊一起，实现了在特定历史时期所起的指正纠偏和过渡链接的作用。

第三节　黄远庸的新文学变革观与文学批评

黄远庸（又名黄远生）不仅是我国民初社会的著名记者，现代新闻通讯写作第一人，著名律师，而且是我国新文化运动的一位预言家和变革的先行者。他曾被戈公振称为"盖报界之奇才也"。[①]先后主编过《少年中国》周刊和《庸言》月刊，并担任《申报》、《时报》、《东方日报》驻北京特约记者，同时为《东方杂志》、《论衡》、《国民公报》

---

① 戈公振：《中国报学史》，生活·读书·新知三联书店1955年版，第184页。

等报刊撰稿。他从事新闻活动之时，正值袁世凯专权、中国文化觉醒前最混沌和迷茫之时，报人的角色赋予了他以敏锐的洞察力、深刻的批判力以及调查的坚韧力。由于处于新旧交替、新旧思想冲突的时代，使他对中国文化的本质、中国文人和国人的根性认识极为深刻并进行深入的剖析，他是一位清醒又能内省的文化孤独者。他认识到要彻底改变中国社会面貌须先改革个人，认为无论何等方面自以改革为第一要义，并主张用文学进行改造。他在致甲寅杂志记者（即章士钊）的信中提出了"至根本救济，当从提倡新文学入手"①的文艺变革观，并亲自进行理论实践与探索，其变革主张和文学观念极具超前意识。他不仅提出这样的论断，而且身体力行地实践着他的新文学改良观，提出相应改革措施。"其文学观念和主张都较梁启超、黄遵宪、周氏兄弟、王国维等明显的超前"。②他尝试用白话翻译小说，同时又是一位近代中国戏剧发展的实践参与者和理论探索者。他的文章和思想对"五四"新文化运动倡导者扬起文学革命大旗的陈独秀③和筹划文学改良的胡适④都产生了很大影响。他的文学改革理论与实践对"五四"新文化运动有着筚路蓝缕的作用，真正成为"五四"新文学变革的先行者。

一、"五四"新文学变革的先行者

早在 1914 年 2 月，黄远庸接编《庸言》时，在开篇《本报之新生命》中，就已经预示改革中国要从文学入手，他认为："夫理论之根据，在于事实，而人群之激发，实造端于感情。今有一物最足激励感情发抒

---

① 黄远庸:《释言·其一》,《甲寅》月刊第一卷第10期,1915年10月10日,"通讯"栏第2页。

② 沈卫威:《传统与现代之间——寻找胡适》,河南大学出版社1994年版，第185页。

③ 沈永宝:《陈独秀与黄远生〈文学革命论〉来源考》,《复旦学报（社会科学版）》1992年第3期。

④ 沈永宝:《〈文学改良刍议〉探源——胡适与黄远生》,《上海社会科学院学术季刊》1995年第2期。

自然之美者，莫如文学。窃谓今日中国乃文艺复兴时期，拓大汉之天声，振人群之和气，表著民德鼓舞国魂者，莫不在此。吾国号称文字之国，而文学为物其义云何，或多未喻。"① 章士钊于 1914 年 5 月，在日本东京创办《甲寅》月刊（第 4 期移到上海），与陈独秀一起倡导民主共和，个人意识为本位，成为精英知识分子以"条陈时弊，朴实说理"② 为宗旨的公共话语空间。同为报人，黄远庸自然了解与认识曾任《苏报》、《民立报》主笔，因"苏报案"及在《民立报》上倡导两党制引起舆论大哗而大名鼎鼎的章士钊。且章士钊在 1914 年 7 月的《甲寅》月刊第 3 期"评论之评论"栏的《自然》一篇中就四次提到黄远庸的文章，对其治国治法观点与受限于周围环境未能广言发抒给予精准的评价。"黄君远庸在庸言报二十九期，作论衡一段，想全篇必为体大思精之作，兹特其发端耳。惜其为现时政象所局，行文未能尽如其意。然已有精深罕经时人道及之语，见诸行间。"③ 同时，章士钊受黄远庸思想观点的启发，也发表了自己的看法，"愚尝论中国治法，本尚自然，于此以通中西治术之邮，乃为大要，惟惜吾之自然法。乃天降下民，作之君师。由此一人之君师，自为诠释，谓之'经分'，适命之使然。非必其固有之序也。坐是人民自由之力，无自发展，独夫僭天之训。日肆淫威，同法自然。而吾之收效，乃大异于西国，此则因黄君一语，而不能不太息痛恨者也。"④ 关于中国的汉文改革，章士钊曾在 1911 年的《曼殊牛津》一文中谈到，"汉文劣于欧文之处甚多，予识虽浅，亦颇能从经验上道出一二。颇以为汉文不速改良，行成废料不复可用，其说又断

---

① 黄远庸：《本报之新生命》，《庸言》第二卷第 1、2 号合刊，1914 年 2 月 15 日。
② 《甲寅·本志宣告》，《甲寅》月刊第一卷第 1 期，1915 年 9 月 10 日。
③ 章士钊：《自然》，《甲寅》月刊第一卷第 3 期"评论之评论"栏，1914 年 7 月 10 日。
④ 章士钊：《自然》，《甲寅》月刊一卷 3 期"评论之评论"栏，1914 年 7 月 10 日。

非浮妄少年鄙夷国文者之所持也。他日有暇，当以专稿论之，切并愿先闻曼殊之说也。"① 章士钊不仅在自己创作的小说《双枰记》中"对国家主张人民之自由权利，对社会主张个人之自由权利"，而且与陈独秀分别对于《甲寅》月刊中登载苏曼殊的小说，都做了关于爱与死的主题解读，透露出了基于个人主体立场的新的文学意识。

基于此，黄远庸在 1915 年 9、10 月间，给章士钊写了两封信，刊登在《甲寅》第 10 期。在第一封信中，黄远庸以商量的口吻与章士钊探讨时政，提出了自己的文艺变革观。"愚见以为居今论政，实不知从何处说起。洪范九畴，亦只能明夷待访。果尔，则其选事立词，当与寻常批评家专就见象为言者有别。至根本救济，远意当从提倡新文学入手，综之，当使吾辈思潮如何能与现代思潮相接触，而促其猛醒。而其要义，须与一般之人生出交涉。法须以浅近文艺普遍四周。史家以文艺复兴为中世改革之根本，足下当能语其消息盈虚之理也。"② 他认为改革社会现实最根本的方法，应当从提倡新文学入手，并且思考我辈的思潮如何能与现代思潮相接轨，即如何广泛译介和吸收借鉴西方先进发达的现代文化与文明成果，并与本土相融合。他认为这种文学改革，最根本的是要和一般人生出交涉，要普及大众。这种平民主义思想观念，具有强烈的现代意识，且与之后的"五四"新文化运动宗旨相一致。但章士钊的答复是："提倡新文学，自是根本救济之法。然必其国政治差良，其度不在水平线下，而后有社会之事可言，文艺其一端也。欧洲文事之兴，无不与政事并进。"③ 一心以政治救国的章士钊，

---

① 章含之、白吉庵主编：《章士钊全集（1903.5.3—1911.10.3）》第一卷，上海文汇出版社2000年，第590页。

② 黄远庸：《释言·其一》，《甲寅》月刊第一卷第10期，"通讯"栏，1915年10月10日。

③ 章士钊：《释言·记者裁答》，《甲寅》月刊第一卷第10期，"通讯"栏，1915年10月10日。

对于外患日逼、内乱频仍、社会黑暗、时局险恶的国势，认为"政治"才是挽救民族生活的中心一环。

黄远庸倡导文学改革的根本原因是建立在他对中国传统文化和社会腐败黑暗，以及国人落后根性深刻认识基础上的。他在政论文章中曾预言过，中国的命运将要瓦解于前清而鱼烂于袁世凯手中。袁世凯由于"新知识与道德之不备"，"思想终未蜕化"，"不能利用其长于极善之域，而反以济恶"，"将终为亡国之罪魁"。旧的体制与规范已不能适应时代的发展，因而他能开风气之先，在民国三、四年间，针对当时全国出版界黑压压地充满了几千年文艺的暮气，主张进行文艺改革，提出中国文艺复兴之说，认为"文艺是一切文化之母"①。确如他的好友林志钧所说，假如他还活着，一定是"五四"文艺革命阵头的一位健将。

黄远庸在《本报之新生命》、《新旧思想之冲突》、《朱芷青君身后征赙序》、《新剧杂论》等文章中，提出了一系列倡导文艺变革的思想观点。这种超前意识因述之于《甲寅》月刊的"通讯"栏中，从而使得《甲寅》月刊成为了新文学改革最早的舆论阵地。他的文章和思想对协助章士钊编辑《甲寅》月刊并继承《甲寅》月刊办刊风格的《新青年》主编陈独秀，与在国外留学并帮助推销《甲寅》月刊的胡适，以至于后来胡适探讨文学改良与陈独秀大胆提出且不容置疑的"文学革命论"，都产生不容忽视的影响。胡适在1922年3月3日的《五十年来中国之文学》中谈到黄远庸给章士钊的信时说："他这封信究竟可算是中国文学革命的预言"②。作为"五四"一代的文化人当时大都处于困惑、迷茫、探索或沉寂之时，黄远庸率先对中国文化的反思自省与倡导新文学改革的理论和实践，使他成为"五四"新文化运动和新文学变革的先知

---

① 黄远庸：《远生遗著》卷一，商务印书馆1937年版，第9—10页。
② 胡适：《胡适学术文集·新文学运动》，中华书局1993年，第134页。

先觉者。

二、独特的文学观和戏剧论

黄远庸对文学特质及其创作有着自己独到的感悟和认识。他认为："若夫文学，在今日则为艺术之一部，艺术之简单定义，曰：以人类之想象，举自然而理想化之美术也。凡建筑、园艺、雕塑、绘画、舞蹈、诗歌之类，皆属之。其要素有三：（一）曰自然，（二）曰想化，（三）曰美之述作。故文学者，乃以辞藻而想化自然之美术也。其范畴不属于情感，不属于事实，其主旨在导人于最高意识"[①] 又说"文学者，以热烈而有生命之思想，为其实质者也。亦有一义曰：文学者，心灵所演第二之自然。二义语异而实相同。"[②] 他看重作家的灵魂与精神实质，强调作品能够真实地反映自然，道出"人生真味"，进而"导人于最高意识"，以获得永久的生命力。

在文学创作上，他最注重写实与内照精神，强调表达自己的感想，哪怕粗糙也无关大碍。他最反对虚假、造作，或者以劝化的口吻来叙述。"吾人皆自述其感想，且以最诚实单纯之感想为限，而决不假于造作与劝化的口吻。以吾人今日之思想界，乃最重写实及内照之精神，虽甚粗糙而无伤也。"[③] 他还认为文艺家应该有独立自主精神，必须有自己的人生观。他在《朱芷青君身后征赙序》中谈到："名人之作，或刺触一世之思潮，或刺触一社会之思潮，或刺触一人之思潮，乃至刺触一动物一刹那之思潮，人世之深远复杂，惟文艺能写之，写之之道有二：一视其情之能感，一视其术之能达，故观其所感，而作者之人格见焉。"

---

① 黄远庸：《远生遗著》卷四，商务印书馆 1937 年版，第 183—184 页。
② 《民国丛书》编辑委员会编：《民国丛书》第二编（99），上海书店，据上海科学公司 1938 年版影印，第 370 页。
③ 黄远庸：《远生遗著》卷一，商务印书馆 1937 年版，第 123 页。

因能见其"人格",所以"文艺家之能有独立者,以其有人生观。"① 同时他还强调,文学的职能又在于"写象":"象如是现,写工不能不如是写,写工之自写亦复如是。故文艺家第一义在大胆,第二义在诚实不欺"。② 他认为作家的"灵魂"和创造之"自然"都离不开"真"与"诚",要突出作家独特的创作个性。他的文艺思想具有西方美学理论的色彩,充分体现了他注重文艺启蒙的变革观和关心政局的个性特征。"远庸文艺的信仰,是和自然主义,和写实主义为一的。"③ 由此可看出他在文艺上的不懈探索与追求。

黄远庸在谈到《庸言》日后计划和刊物的要旨时,表明了自己今后努力的目标和对文学发展方向的预言:"夫理论之根据,在于事实,而人群之激发,实造端于感情。今有一物最足激励感情发抒自然之美者,莫如文学,窃谓今日中国,乃文艺复兴时期,拓大汉之天声,振人群之和气,表著民德,鼓舞国魂者,莫不在此。吾国号称文字之国,而文学为物,其义云何,或多未喻,自今以往,将纂述西洋文学之概要,天才伟著,所以影响于思想文化者何如,冀以筚路蓝缕,开此先路,此在吾曹实为创举,虽自知其驽钝,而不敢丧其驰骋之志也"。④ 他指出,今日的中国也是文艺复兴时期。他主张通过翻译介绍西洋文学,以影响中国文学文化的变革。他尝试用白话翻译了近万字的法国梅利曼小说《鞑蛮哥小传》。"他不很喜欢作诗,大概是落笔痛快惯了,怕受格律韵脚的拘束";"远庸文艺的信仰,是和自然主义,和写实主义为一的。"⑤ 由此可看出他在文艺上的追求。

---

① 黄远庸:《远生遗著》卷四,商务印书馆 1937 年版,第 180 页。
② 黄远庸:《朱芷青君身后征赙序》,《远生遗著》卷四,商务印书馆 1937 年版,第 180 页。
③ 黄远庸:《远生遗著》卷一,商务印书馆 1937 年版,第 9—10 页。
④ 黄远庸:《本报之新生命》,《庸言》第二卷,1914 年 2 月 15 日。
⑤ 黄远庸:《远生遗著》卷一,商务印书馆 1937 年版,第 11 页。

在戏剧艺术变革方面，黄远庸率先提出了"戏剧乃复合艺术之圣品"的观点，明确表示剧本应该表现出"为剧场"与"为文学"的双重属性，论述了戏剧创作的"经济原则"，并由此提出了与之紧密相关的性格描写方法原则、情节建构原则（剧的危机中心之意志之争斗的配置）、脚本用语（语言）原则，提出了与西方"危机说"、"冲突说"等戏剧概念相近的观念，这足以奠定他在中国新剧理论建构史上的卓越地位。他的"脚本如船"观点更是新颖生动，在当时可谓是一种先锋意识。他针对当时中国新剧的种种弊端，结合欧美近代戏剧理论及创作的实际，写出了极具现代意识和超前色彩的《新剧杂论》，及《小叫天小传》、《新茶花一瞥》等，其中有诸多独到的见解，并体现了戏剧的平民主义色彩。

黄远庸对戏剧的性质有着科学的理解，认为戏剧是一种复合的艺术，文学则是其生命的本质，是心灵所演的第二自然；强调戏剧文学性与舞台性的高度统一。"盖戏剧者，复合之艺术也，以文学为其生命。而盖以特别的技巧及其表现方法者也。……故戏剧者，实以思想及声容或律节或其他种种以表现第二之自然者也。然吾国戏剧，与此义更无关系。故综言之，外国戏剧，有实质，而吾国戏剧无实质。有实质者较易以技术的形式发现之，无实质者，则全恃此艺术家（即俳优）以一种幻想，及其特别之声调姿势演出一种非社会的非理想的幻象，以愉悦观者，其事更难。"[1] 他认为外国戏剧把文学的实质放在首位，而我国戏剧则只重个人的演艺技能，不注重剧本的文学性。"在外国观戏在印取戏剧中所含焦点的印象（即文学之实质），而艺术之技能，实为之副。而在吾国观戏，则剧中情节，了无关系。而专听取艺术家之声调，

---

① 《民国丛书》编辑委员会编：《民国丛书》第二编（99），上海书店，据上海科学公司1938年版影印，第370页。

或看取其姿势，综言之，专注重此艺术家之艺术而已。故其所须于个人能力之卓越之点，乃远倍于外国戏剧，故此界名人，虽了无意识与思想，而其为社会珍重，超越恒畴也。"① 黄远庸对旧剧、新剧的看法是旧剧重在抒情，新剧重在叙事；认为旧戏仍为旧戏，新戏为新戏，反对半新半旧混杂之戏，以此引到政治，反对新旧调和之说。他赞赏汪笑侬的剧本，抽取古事编为新本，可以发挥国光，鼓舞情志。在《新剧杂论》中认为戏剧的脚本如船，必须有两个不可或缺的根本要件："第一必为剧场的，第二必为文学的。"② "脚本之本来性质，既必须上之舞台，因此乃于文学中占特殊之位置。故凡为脚本者，最初须以此点置之心坎中也。"③ 他的观点是凡戏曲必剧场的，但剧场的未必即是戏曲；剧本必须要表现出"为剧场"和"为文学"的双重属性。所谓剧场的，是指必须上之舞台时令观众愉悦并有所感悟。所谓文学的，就是脚本必须以文学为中心，否则绝非有生命的脚本。有永久生命的脚本，实际上是以文学为中心的缘故。他还把"脚本"与"小说"进行区分，认为是两种不同的艺术样式，"这是对中国传统'说部'观念的反拨，标志着中国戏剧理论开始正式摆脱了小说理论的纠结而有了自己独立的'家园'"。④ 这充分表明他对戏剧改革的极度重视。他还郑重告诫剧作者和剧场负责人要以极慎重的态度，促使新戏文学性与舞台性并重："新戏之事业重大，余既已郑重言之。作者决不可游戏出之，又决不可归咎于社会程度不足，而自懈其神圣之职业也。抑第一舞台以营业之不振，

① 《民国丛书》编辑委员会编：《民国丛书》第二编（99），上海书店，据上海科学公司1938年版影印，第371页。

② 黄远庸：《远生遗著》卷四，商务印书馆1937年版，第364页。原连载于1914年1月至2月的《小说月报》。

③ 黄远庸：《远生遗著》卷四，商务印书馆1937年版，第366页。原连载于1914年1月至2月的《小说月报》。

④ 季玢：《脚本如船——解读黄远生的〈新剧杂论〉》，《艺术百家》2005年第6期。

欲从事于新剧，余愿彼益扩充资本，聘请名家，精究此道，而后出之。"①

在提倡借鉴西方戏剧理论的同时，黄远庸并没有简单地一概否定传统戏剧理论，而是将东西方戏剧的优点相糅合，把传统戏剧理论中强调的戏剧剧场性与传统西方戏剧理论中注重的戏剧文学性融合在一起，即将剧本的文学性与舞台的效应性结合起来，使戏剧具有"娱乐"和"教育"功能，从而确定了戏剧发展的正确方向。与此同时，也是对以梁启超为代表的戏剧社会功能观和以王国维为代表的戏剧审美功能观的有效综合，充分体现了他对戏剧价值本源的现代性探索。他认为新剧也是文学革新的一种，不是满口新名词就称之为新剧，要进行真正的革新，并非易事，要有牺牲精神。"如此尚何文学艺术之足言？人生做事大难，必先自知其所作事业之神圣，而以牺牲之精神为之，乃能成事。若先不自了了，便求使人了了，则吾见其愈也。况新戏乃文学革新之一种，国命民魂所系，谈何容易，谈何容易！"②

黄远庸在《国人之公毒》中，对于旧戏剧和旧小说进行了评论，"吾人既不喜谈政治，则谈唱戏，亦一笼统主义也。任是何种武戏，何种文戏，其节目排场，必系千剧一律。夫戏剧与小说，盖今日欧美人文艺之大宗，认为时代思潮之产物者也。以吾国戏剧言之演一神仙，则其排场作法开腔道白，犹之演官场也。演一妖怪，则其排场作法开腔道白，亦犹之演官场也。乃至演其他各剧，无一不同一形式。故神仙妖怪等等，在吾国思想界，皆同一物，盖以为一笼统，则无不可笼统也。因此以例小说，十有八九，必讲妖怪，讲状元宰相，讲大团圆"。③

---

① 黄远庸：《远生遗著》卷四，商务印书馆 1937 年版，第 380 页。原连载于 1914 年 1 月至 2 月的《小说月报》。
② 黄远庸：《远生遗著》卷四，商务印书馆 1937 年版，第 200 页。
③ 黄远庸：《远生遗著》卷一，商务印书馆 1937 年版，第 148 页。

黄远庸认为传统戏曲都是一个笼统主义，无论演神仙还是妖怪，都与演官场一样。旧小说也都是讲妖怪、状元宰相和大团圆，都缺乏独特的艺术个性。他在《朱芷青君身后征赙序》中说："文艺家之能独立者，以其有人生观，人生观之结果，乃至无解决，无理想，乃至破坏一切秩序法律，及俗世之所谓道德纲常，而文艺家无罪焉。"① 所以强调文艺家应该大胆、诚实而不自欺、直率而不加修饰。这正是他不懈追求的艺术家人格目标。

三、吸纳创新　建构新的话语系统

黄远庸不仅对小说、戏剧等改革提出自己的看法，对语言文字也有自己的观点，特别注重从话语系统方面进行改革。他认为考察一个国家的文化状况，首先从语言文字上就能知晓。他认为古文字的繁琐和歧义，已经不适应现时社会形势的发展，应该以最简练的语言方式"理而董之"，并能利于社会而传之久远。"观一国之文化，验于其语言文字而知之矣，以中国文字之复杂，其意义又歧出而简薄。不足以周今日繁赜之事物之用，则理而董之，使力避此繁赜，言之以文，而传之于远者，实吾侪不可贷之责任。即不然，就此繁赜之事理，使能以最简之方式，理而董之，纵不必言之以文，而国之社会，得因其董理之结果，利用之以传于远，是亦有志者之所有事也，是二者求之于古，盖无闻焉。"② 因此，改革中国古文字，是时人责无旁贷的责任。他指出，近数十年中国的教育家在努力寻求对名词的编制和审定，审定成功，那些繁赜之事理就不会被文字所阻碍。"夫由前之说，则近数十年吾国教育家，方汲汲于名词之编制审定矣。夫名词之立，含义动数十言，

---

① 黄远庸：《远生遗著》卷四，商务印书馆 1937 年版，第 180 页。
② 《民国丛书》编辑委员会编：《黄远生遗著》卷二，《民国丛书》第二编（99），上海书店，据上海科学公司 1938 年版影印，第 380 页。

迨既予人以共喻，则一举其词，无异声数十言之意蕴而告之矣。如是而后繁赜之事理，不致为文字之障碍。"[1]文字愈进化，就愈能用最简练的文字甚至用最简洁的符号来代替纷繁的语义，对于近代物质发明和科学发展也能节省时间和劳务费用，不至于被文字所阻碍："文字乃益进化，惟蒙其利者独在儒生，由后之说，则虽有数十言之意蕴，不能以最简之文字表见之者，犹可以最简之符号条贯之，使得因近代物质上之发明，以至促之时间，至省之劳费，利用之以传于远。然后繁赜之文字，不至为传达之障碍，被其泽者方且溥于一切之人。"[2]像简易新字，像电报成语新编，都属此类，不仅知识者获益，所有人都能从中得到益处，可谓相传久远，功在千秋。

关于语言方面的变革，他的文论不多，但仅从上面的文字中就足以看出他对变革语言系统方面的责任感和独到见解。从他用白话对《鞑蛮哥小传》的翻译中同样能够看出他的语言变革观。用白话代替文言，尽管清末民初梁启超、裘廷梁等人已有尝试，但黄远庸的革新言论更具系统性。

黄远庸自始至终都注重对西方文化与文学的研究与借鉴。他认为西洋文化渊源有两种，一种是继承希腊艺术科学而进一步发挥的文艺复兴文化，一种是基督教文化。他尤为看重前者："文艺复兴，继承希腊艺术科学而发挥之。……所谓希腊艺术科学之精神者，不拘泥于习惯，凡百事物，以实验为主，从实验所得之推论，以发见事物之真理是也。……希腊之思想特色，在认一切为自然之迳路，非其终极，凡人

---

[1] 《民国丛书》编辑委员会编：《黄远生遗著》卷二，《民国丛书》第二编（99），上海书店，据上海科学公司1938年版影印，第380页。

[2] 《民国丛书》编辑委员会编：《黄远生遗著》卷二，《民国丛书》第二编（99），上海书店，据上海科学公司1938年版影印，第381页。

当以忠实之心，研究此途路所存，故其精神，在实证不在虚定，在研究不在武断。"① 不拘泥于固定模式，勇于实践和以实验、实证为主，倡导写实主义，重理性和自由，是对希腊时代科学精神的概括。黄远庸认为自西方文化输入以来，新旧的冲突，莫甚于今日，并予以实证的比较："第一则旧者崇尚一尊，拘牵故习；新者则必欲怀疑，必欲研究。第二新者所遇敢对于数千年神圣不可侵犯之道德习惯社会制度而批评研究者，即以确认人类各有其自由意思，非其心之所安，则虽冒举世之所不韪，而不敢从同；而旧者则不认人类有此自由。第三新者所以确认人类有此自由，因以有个人之自觉，因以求个人之解放者，即以认人类各有其独立之人格；旧者则视人类皆同机械，仅供役使之用。第四新者所以必为个人求其自由，且必为国群求其自由者，即由对于社会不能断绝其爱情，对于国家不能断绝其爱情；而旧者则束缚桎梏于旧日习惯形式之下，不复知爱情为何物。"② 黄远庸最先感受到新科学对文艺界和思想界的影响巨大，并指出，新者因敢于对一切事物怀疑和研究，有个人之自觉，追求个人的解放和独立的人格，对社会和国家前途命运极为关注却不被世人所理解。他对这种现象的议论，深为时人所钦佩："然远庸对于新文艺思潮，已完全脱离我国自有文字有历史以来之因袭的思想。并且他发表这种议论，早在好几年以前，他的勇敢，和他的创造力，真可令人佩服了。"③ 黄远庸的文艺思想浸透着欧洲文艺复兴运动的精神，他说："欲发挥感情，沟通社会潮流，则必提倡新文学。"④ 他还对文明作了解释："然今日世界，何谓文明？曰科学之分科，

---

① 黄远庸：《远生遗著》卷一，商务印书馆 1937 年版，第 155—157 页。
② 黄远庸：《远生遗著》卷一，商务印书馆 1937 年版，第 159—160 页。
③ 黄远庸：《远生遗著》卷一，商务印书馆 1937 年版，第 12 页。
④ 黄远庸：《远生遗著》卷四，商务印书馆 1937 年版，第 184 页。

曰社会之分科，曰个性之解放，曰人格之独立，重伦理、重界限、重分化、重独立自尊，一言蔽之，皆与笼统主义为公敌而已。"①认为要建构现代文明的社会，必从提倡新文学入手，必须与西方现代思潮相衔接，必须做到人格独立和个性的解放，重伦理、界限和独立自尊，这样整个中国社会进步才有可能。"余既有此直觉之思想，则不能不以直觉之文字发表之。余既不能修饰其思想，则亦不能修饰其文字，若真有见之发怒而冷笑者，则即余文之价值也。"②黄远庸希望自己的文艺思想对国人能产生一定的作用，既体现自己文字的价值，也达到促进改革文艺的最终目的。

黄远庸不仅以其新闻报道唤醒民众的民族忧患意识，而且他那种种与现代思潮相接轨的文学改革方案，对中国新文学运动产生了重要而深刻的影响。陈独秀正是在黄远庸的影响下组成了"新青年"团体，并在《新青年》和《新潮》上多次提到黄远庸（提到黄远庸的文章超过 30 篇之多）。黄远庸的好友蓝公武致信给胡适（发表于《新青年》），指出《新青年》所提出的文学革命和思想革命正是黄远庸的未竟事业。罗家伦在《近代中国文学思想的变迁》中谈到："黄远生于民国三四年之际，颇有新文艺思想发现"。③40 年代之前的文学史都提到黄远庸，认同胡适对他的评价。陈子展的《中国近代文学之变迁》，钱基博的《现代中国文学史》，周扬在延安鲁艺的讲义《新文学运动史讲义提纲》中都有谈及。"我闲时常想着，若使远庸没有死，今日必变为新浪漫派的文学，他本是个极富于感情思想的人，又是观察力最强不过的人，自然

---

① 黄远庸：《远生遗著》卷一，商务印书馆 1937 年版，第 152 页。
② 黄远庸：《远生遗著》卷一，商务印书馆 1937 年版，第 154 页。
③ 罗家伦：《近代中国文学思想的变迁》，《新潮》第二卷第 5 号，1920 年 9 月。

会与现代最新文艺的潮流相接近了。"①对于黄远庸的卓识远见和他的文学才能，早已有人指出，只不过后来被某一历史阶段遮蔽和埋没而已。"黄远生的思想甚高，学识甚博，于中国近代社会转型时期的思想、文化、法律、政治、经济，新闻，多有涉猎，时有惊世之论提出。他当时关于文化革命的思想，不在以后五四运动中出现的各种学说之下。"②黄远庸的博学多才、勤于思考、思想高深、勇于变革，使他成为既是关注国家政治、民生的爱国者，又是一个思考中国文化与文学并对其进行革新的先行者。他是在旧文化生态系统将要崩溃之时，提出新文学的主张的。他主张吸纳西方先进文学与文化的精华，建构新的话语和文化生态系统，对新文学改革做出不懈努力和探索，意义非凡。他倡导的"以浅近文艺普遍四周"的思想，他的戏剧论和新文学观，正是要突出以人为本的新文学主题，与后来《新青年》提倡"人的文学"、"平民文学"的文学观相一致。他对未来始终充满着无限的希望和进化的观念："吾敢断言最后之光辉，必灿烂而无极！""一切所为，无非进步！"③黄远庸犹如一颗流星，在"五四"新文学运动洪流汹涌澎湃的前夕，为那中国沉郁而黑暗的夜空划过一道耀眼的光芒。

---

① 黄远庸：《远生遗著》卷一，商务印书馆 1937 年版，第 11 页。
② 沈永宝：《陈独秀与黄远生：〈文学革命论〉来源考》，《复旦学报（社会科学版）》1992 年第 3 期。
③ 黄远庸：《消极之乐观》，《庸言》第二卷，1920 年 9 月。

第五章
新文学发生期文学批评理论
的多元变革与发展

第一节 "文学改良"、"文学革命"与"人的文学观"的确立

历史运行到"五四"时期，真正拉开了中国新文学理论批评的序幕。中国新文学理论批评是在清末民初中国近代文学理论批评的基础上发展起来的。它包括两个同步进行的过程，一是大力引进西方的新思潮，一是对传统文学观的批判。对传统文学观的批判，主要是对"文以载道"等文学观的批判。对西方新思潮的引进，既包括民主、科学等社会与文化思潮，也包括千姿百态的文学思潮。在社会与文化思潮方面，民主与科学是影响最大的两种思潮。在文学思潮中，19世纪的批判现实主义与18世纪的浪漫主义又是最引人注目的思潮。这些现代性新思潮的引进，推动着中国文学真正地实现了现代化的转型，从根本上改变了中国文学理论批评的思路，为"五四"新文学运动先驱们批判传统的文学观，建设新文学观，进行文学批评，提供了新的思想理论武器。在此方面做出开拓性工作的代表人物有胡适、陈独秀、李大钊、周作人、刘半农、钱玄同等，他们从不同的角度提出了各种不

同的文学主张，为新文学理论体系的建构做出了不可磨灭的贡献。

一、传播现代文明，揭新文学革命的大旗

《新青年》在现代与传统的对峙中，以传播现代文明为己任，输入新思潮与广泛传播新文学。"新"被定义为"西洋文化"，再现了《新青年》全面开展新文化运动势不可挡的阵容。如果说，严复、梁启超等人的"新民说"展开的主要是近代政治救亡启蒙生长空间的话，《甲寅》月刊则通过对政制改革来实现民主政治，从创新、融合西化的理念上对《新青年》产生了重要的直接影响，那么《新青年》对个人独立自尊，"民主"和"科学"的标举与阐发则打开了文学通达个人人生世界的可能，从政治思想领域里为新文学打开了通道，拓展了空间，从而为五四新文化运动中的思想启蒙、文艺复兴、反传统等多元化格局的形成，疏通脉络，理清思路，奠定了思想和舆论基础。拥有自我意识和独立人格，为《新青年》确立了文学改革的方向。陈独秀在创刊号上发表的《敬告青年》，表明了杂志的宗旨与导向。他希望青年追求西方人的价值取向，以西方青年观来勉励中国青年，提出了"自主的而非奴隶的，进步的而非保守的，进取的而非退隐的，世界的而非锁国的，实力的而非虚文的，科学的而非想象的"六项人生倡议。从生物学新陈代谢到人身新陈代谢又转入社会学意义上的新陈代谢，论证了进步与进化及青年乃国家希望之理，竖起了"民主"与"科学"的大旗。他后来明确指出："要拥护那德先生，便不得不反对孔教，礼法，贞节，旧伦理，旧政治；要拥护那赛先生，便不得不反对旧艺术，旧宗教；要拥护德先生又要拥护赛先生，便不得不反对国粹和旧文学。"[①]胡适认为陈独秀简单而准确的回答就是新思潮。他说："据我个人的观察，新思潮的根

---

① 陈独秀：《本志罪案之答辩书》，《新青年》第六卷第 1 号，1919 年 1 月 15 日。

本意义只是一种新态度。这种新态度可叫做'评判的态度'。""这种评判的态度，在实际上表现时有两种趋势。一方面是讨论社会上，政治上，宗教上，文学上种种问题。一方面是介绍西洋的新思想，学术，新文学，新信仰。"① 《新青年》登载的启示、通告、宣告和专号等广告，体现了杂志的编辑策略和宗旨理念的实施，使杂志向着文学与文化改革的目标迅速向前发展，并努力与世界接轨，确定新文学的崭新内容。

陈独秀早期对文学的评论文字，着重突出的是文学的人生况味，提倡个人自主和独立人格意识，并且与前一代知识分子的政治功利主义文学观划开了界限。陈独秀对生与死、爱情至上的观念已经透露出了基于个人主体立场的新的文学意识。陈独秀重视对西方文学的借鉴，大力倡导，并亲自翻译、宣传。在"五四"新文学运动之前，胡适就独自探讨了语言形式和语体变革方面的事情，并提出"文学革命"一词。胡适的文学批评首先体现在他对外国短篇小说的翻译上，虽然没有鲁迅和周作人翻译时间早，但也确实从翻译实践上对民初风行的创作翻译不分的泛滥情况，起到了匡衡作用。《文学改良刍议》发表的态度温和，到陈独秀大力倡导不容匡正的《文学革命论》，冲破了旧有的传统载道文学观。钱玄同、刘半农的文学改良观，不同程度上弥补了文学革命初期理论上的不足。对翻译文学的注重与强调，宣告了早期新文学批评理论的初建。

《新青年》第二卷第5号，胡适发表了《文学改良刍议》，成为"文学革命发难之作"，阐明了新文学要求与推行白话语体文的立场，提出要确认白话文学在中国文学史上的正宗地位，宣称"白话文取替文言文以建设新文学是历史发展的必然趋势"。② 接着陈独秀在第6号发表

---

① 胡适：《新思潮的意义》，《新青年》第七卷第1号，1919年12月1日。
② 钱理群等：《中国现代文学三十年》，北京大学出版社1998年版，第6页。

了措辞强烈的《文学革命论》，"表明了更坚定的文学革命的立场""主张以'革新文学'作为革新政治、改造社会之途。"① 提出建设三种文学作为建设新文学的目标，即以"平易的抒情的国民文学"来代替"雕琢的阿谀的贵族文学"，以"新鲜的立诚的写实文学"来代替"陈腐的铺张的古典文学"，以"明了的通俗的社会文学"来代替"迂晦的艰涩的山林文学"。陈独秀和胡适分别代表和吸纳了两类不同经历与不同倾向的知识分子群体，这两篇文章的发表表明《新青年》开始向整合新文化阵营的同人杂志转型，开创了文学革命的全新格局。

胡适在《文学改良刍议》中，明确地提出"以今世历史进化的眼光观之，则白话文学之为中国文学之正宗，又为将来文学必用之器，可断言也"。② 胡适在《五十年来中国之文学》谈到他对文学的态度，"始终只是一个历史进化的态度"。这种"历史的进化态度"决定了他对中国文学传统与现状的清醒认识。这是他向西方学习的收获和在实践上获得的理性知识。《文学改良刍议》虽然是一场革命的分界线，但他也清醒地看到并身历了清末的白话文运动。正如胡适自己所说的："白话并不单是'开通民智'的工具，白话乃是创造中国文学的唯一工具，白话不是只配抛给狗吃的一块骨头，乃是我们全国人都该赏识的一件好宝贝。"③ "胡适把白话文原来只在文人笔下作为个别、局部的装点，扩大到文学创作的一般、全部，并作为内在创造精神上的自觉；将白话的适用对象从下层社会或部分文人（主要是民间艺人），扩大到整个社会阶层，成为一种书面的工具性语言，并为大学教授和文学的创造者所接受。而且这种接受不单单是工具、形式上的应用，更重要的是精神、

---

① 钱理群等：《中国现代文学三十年》，北京大学出版社 1998 年版，第 6—7 页。

② 胡适：《文学改良刍议》，《新青年》第二卷第 5 号，1917 年 1 月 1 日。

③ 姜义华主编：《胡适学术文集、新文化运动》，中华书局 1993 年第 1 版，第 136 页。

心理上的承受"。① 胡适对中国新文学的最大贡献，在于他抓住了历史的机遇，认清了清末白话文运动的流向及其优长、缺陷，并对其加以正确的引导。他是在这种已经蓬勃发展的白话文运动基础上，重新调整了行进的步伐和性质，并给予果断的定位。

胡适曾受亚东图书馆老板汪孟邹（学名炼，正名邦伊，亦名梦舟）的催稿，在《甲寅》月刊上刊载了翻译小说《柏林之围》（第 4 期）和"通信"栏里的《非留学》（第 10 期），因为汪孟邹在海外替章士钊推销《甲寅》月刊。1915 年 10 月 6 日，汪孟邹将刚出版的《青年杂志》创刊号寄给在美国留学的胡适，并写信告诉胡适，此杂志"乃炼友人皖城陈独秀主撰，与秋桐亦是深交，曾为文载于《甲寅》者也。拟请吾兄于校课之暇，担任《青年》撰述，或论文，或小说戏曲，均受欢迎。"② 此时，汪孟邹又受陈独秀之托，向胡适约稿。胡适当时正忙于哲学博士论文，未能及时寄来作品，直到 1916 年 2 月初，赶译出俄国作家库普林的短篇小说名著《决斗》，寄给了陈独秀，登载在《新青年》第二卷第 1 号上，从此两人开始书信往来。胡适在给陈独秀寄译稿并附信件中谈到为自己对造新文学的意见及翻译的要求："今日欲为祖国造新文学，宜从输入欧西名著入手，使国中人士有所取法，有所观摩，然后乃有自己创造之新文学可言也。……译事正未易言。倘不经意为之，将令奇文瑰宝化为粪壤，岂徒唐突西施而已乎？与其译而失真，不如不译。此适所以自律，而亦颇以人者也。"③ 同时，胡适针对第 2 号中翻译作品提出自己的看法，坦率地批评了薛琪瑛翻译的英国作家王尔德

① 沈卫威：《传统与现代之间—寻找胡适》，河南大学出版社 1994 年版，第 188 页。
② 汪孟邹：《寄胡适》，转见耿云志的《胡适新论》，湖南出版社 1996 年版，第 137 页。
③ 胡适：《寄陈独秀》（1916 年 2 月 3 日），《胡适书信集（上）》，北京大学出版社 1996 年版，第 69 页。

的《意中人》。"即译此书者尚未能领会是书佳处，况其他乎！而遽译，岂非冤枉王尔德。"① 用西方文学名著作为中国文学改良的药方，使陈独秀和胡适达成了共识。陈独秀回信说："尊论改造新文学意见，甚佩甚佩。足下功课之暇，尚求为《青年》多译短篇名著若《决斗》者，以为改良文学之先导。弟意此时华人之著述，宜多译不宜创作，文学且如此，他何待言。"② 以此也明了陈独秀在《新青年》创刊初期几乎不登载国人作品的原因。

关于新文学的改良，胡适于 1915 年夏到 1916 年春经过反复思考，又与留美同学辩论，认为今日欲言文学革命，须从八事入手：一曰不用典。二曰不用陈言套语。三曰不讲对仗，文当废骈，诗当废律。四曰不避俗字俗语，不嫌以白话作诗词。五曰须讲求文法之结构。此皆形式上之革命也。六曰不作无病之呻吟。七曰不模仿古人，语语须有个我在。八曰须言之有物。胡认为这样改良都是精神上的革命。陈独秀于 1916 年 1 月给胡适回信，认为胡适的文学革命八事，除了第五和第八项外，其他各项无不合十赞叹。陈独秀将与胡适切磋"文学革命"的来往信件，都刊登在《新青年》第二卷第 2 号（1916 年 10 月 1 日）上。此间陈胡的通信，讨论文学改革之事，可谓文学革命的序幕已被揭开。胡适接陈独秀信不久，就写了一篇《文学改良刍议》，用复写纸抄了两份，一份给《留美学生季刊》发表，一份寄给了陈独秀。陈独秀收到后，立即刊登在《新青年》第二卷第 5 号上。"胡适作为学者，他的思想主张和文学观念都具有学术性，这是他与陈独秀的不同和日后与陈产生分歧的原因之一。但胡适远在大洋彼岸的美国，因在《新青年》上发表文章而'暴得大名'，其原因一方面是恰逢其时——语言

---

① 胡适：《寄陈独秀》，《胡适书信集（上）》，北京大学出版社 1996 年版，第 69 页。
② 胡明编选：《陈独秀选集》，天津人民出版社 1990 年版，第 47 页。

载体的变革不仅在文学界蕴蓄已久，张弓待发，而且已成为思想革命发展亟待解决的问题。他的《文学改良刍议》又是一种学理性的探讨，易为学术界的新派所接受。"①胡适于"刍议"中仍倡言文学改良须从八事入手，但这八事的次序有大改变。为"文学革命"的第一篇公开宣言，其最重要的观点被置于"不模仿古人"与"不避俗字俗语"两事之中。"胡适的《文学改良刍议》发表于民国六年一月，最初只是和平的讨论，但自陈独秀、钱玄同等参加了这个讨论以后，态度遂由和平而趋于急激，陈独秀发表了《文学革命论》，才明白举起文学革命的旗子，主张白话的写实文学。以后的文学运动跟着这条路走，发展得很快。"②同时，胡适也表明了"白话文学之为中国文学之正宗，又为将来文学必用之利器，可断言也"③的态度，可以说成为引爆"文学革命"的"导火索"。其实在前述两人的通信中就已露端倪。

　　陈独秀在胡适《文学改良刍议》后，以极其欢欣的笔调加了"独秀识"即"编者按"："余恒谓中国近代文学史，施、曹价值远在归、姚之上。闻者咸大惊疑。今得胡君之论，窃喜所见不孤。白话文学，将为中国文学之正宗。余亦笃信而渴望之。吾生倘亲见其成，则大幸也。"④从陈独秀这篇文章中，就已经显示出了刊物越来越清晰的办刊指向，那就是要进行文学改革，同时，胡适公开地声称：白话文学，将为中国文学之正宗。这样为下一期登载的《文学革命论》打下铺垫。接着，1917年2月，陈独秀就发表了《文学革命论》，真正地高举起"文学革命"的大旗，而且以决绝的态度，不容商量和质疑。尽管有铺垫，但还

---

① 陈方竞、刘中树：《对五四新文学发生及源流的再认识》，《文艺研究》1999年第2期。
② 常乃德著，葛兆光导读：《中国思想小史》，上海古籍出版社2005年版，第138页。
③ 胡适：《文学改良刍议》，《新青年》第二卷第5号，1917年1月1日。
④ 陈独秀：《文学改良刍议·独秀识》，《新青年》第二卷第5号，1917年1月1日。

是如一颗炮弹，震惊了学界和文坛。陈独秀提出的"三大主义"，既是革命口号，也是革命的实质内容及思想内涵："文学革命之气运，酝酿已非一日，其首举义旗之急先锋，则为吾友胡适。余甘冒全国学究之敌，高张"文学革命军"大旗，以为吾友之声援。旗上大书特书吾革命军三大主义：曰，推倒雕琢的阿谀的贵族文学，建设平易的抒情的国民文学：曰，推倒陈腐的铺张的古典文学，建设新鲜的立诚的写实文学：曰，推倒迂晦的艰涩的山林文学，建设明了的通俗的社会文学。"①

陈独秀始终表明要以法兰西为主体的欧洲文明做榜样，从而确定了新文学的方向，在《文学革命论》结尾，用欧洲文学经典锻造的"四十二生的大炮"来轰击中国的传统文学："欧洲文化，受赐于政治科学者固多，受赐于文学者亦不少。予爱卢梭、巴士特之法兰西，予尤爱虞哥、左喇之法兰西；予爱康德、赫克尔之德意志，予尤爱桂特郝、卜特曼之德意志；予爱培根、达尔文之英吉利，予尤爱狄铿士、王尔德之英吉利。吾国文学界豪杰之士，有自负为中国之虞哥、左喇、桂特郝、卜特曼、狄铿士、王尔德者乎？有不顾迂腐之毁誉，明目张胆以与十八妖魔宣战者乎？予愿拖四十二生的大炮，为之前驱"。②

《新青年》的编者们非常注意杂志的编辑策略，寻找新的讨论话题，最为成功的还应该是关于"白话文"的讨论，声势浩大，具有理论意义，又将理想与现实巧妙地结合在一起，以至扩展到整个思想观念和文化传统的论争。接着，新文化人纷纷表态，大谈自己的白话文学改良观。"我总要上下四方寻求，得到一种最黑，最黑，最黑的咒文，先来诅咒一切反对白话，妨害白话者。即使人死了真有灵魂，因这最恶的心，应该堕入地域，也将绝不改悔，总要先来诅咒一切反对白话，妨害白

---

① 陈独秀：《文学革命论》，《新青年》第二卷第 6 号，1917 年 2 月 1 日。
② 陈独秀：《文学革命论》，《新青年》第二卷第 6 号，1917 年 2 月 1 日。

话者"。①鲁迅的这段话，表达的正是新文化人思想态度的一致性，是《新青年》同人精神上的大团结与集体意识的凝结。

傅斯年对此也有发现，虽然不喜欢章士钊的逻辑文章，但肯定了他有一种特长，为几百年的文家所没有，那就是采用西洋词法。"我们读中国文常觉得一览无余，读西洋文常觉得层层叠叠的：这不特是思想上的分别，就句法的构造而论，浅深已不同了。《甲寅》杂志里章行严先生的文章，我一向不十分崇拜，他仍然用严几道的腔调，古典的润色，不过他有一种特长，几百年的文家所未有，——就是能学西洋词法，层次极深，一句话里的意思，一层一层的剥进，一层一层的露出，精密的思想，非这样复杂的文句组织，不能表现；绝不是一个主词，一个谓词，结连上狠少的用言，能够圆满传达的。"②章士钊文章的"剥蕉"文法，为"五四"人所注重和学习。

刘半农在《我之文学改良观》中，第一次提出"文学散文"的概念："前此独秀君撰论，每以'文学之文'与'应用之文'相对待，其说似是，然就论理学之理论言之，文学的既与应用的对待。则文学之文不能应用，应用之文不能视为文学，不按以'不贵苟同'之义，不敢逮以此说为然也。西人之规定文学之用处者，恒谓 Literature's often embrace all composition except those upon the positive science. 其说似较独秀君稍有着落。然欲举实质科学以外一切文字，悉数归纳诸文学范围之中，亦万难视为定论。就不按之意，凡科学上应用之文字，无论其为实质与否，皆当归入文字范围，此后专论文学，不论文字。所

---

① 鲁迅：《鲁迅全集》第二卷，人民文学出版社 1981 年版，第 251 页。
② 赵家璧主编，胡适选编：《中国新文学大系·建设理论集》，上海良友图书印刷公司 1935 年版，第 224 页。

谓散文，亦文学的散文而非文字的散文。"① 这是对文学独立最明白的宣告，刘半农事实上已经将人文科学里的政论归入文字，只是再强调一下真正的文学作品并非是无用的而已，陈独秀对他的意见当然赞同，在"附识"中，他说，"文字"与"应用之文"名词虽不同，而实质似无差异，从此新文学运动轰轰烈烈地开展起来。"这时候思想改革的新机一动，就不是仅仅改良文学和反对孔教两件运动所能限制的了。因为反对孔教，故在消极的方面有彻底反对旧日礼教的运动；因为主张白话文学，故在积极的方面有接近平民的种种运动，新文化运动的机会遂渐渐成熟了。"② 由文学的形式改良为突破口，进而是进行整个思想文化领域里的革命。与其说陈独秀的文学革命体现了彻底的反传统，不如说是他过分强调了文学启蒙的社会作用，而忽视文学自身的独立性和美学价值。但是，正如许多人论述的那样，如果没有陈独秀等人这种果决的态度和手段，就不能达到最终的从文学到语言改革的成功。倡导白话文，进行文学革命，使得与"逻辑文"或"政论文学"首先在语言上就划清了界限，为后面的"随感录"杂文打下了基础。

二、新的文学批评范式："人的文学观"的确立

中国现代文学批评作为一种新型的批评范式，与中国古代及近代文学批评的不同之处，那就是"人的文学观"的确立。从王国维、梁启超的批评开始，就已经显示了由近代向现代转型的明显迹象。然而，"王国维和梁启超的批评只构成中国近代批评的结束与现代批评的开始，是二十世纪中国文学批评的前史。因为王国维、梁启超虽然远比近代批评家更多地试用了西方的文学思想资源，特别是王国维引进叔本华、尼采的思想观点，已经超前地接触到了西方人学思想的最新成

---

① 刘半农：《我之文学改良观》，《新青年》第三卷第 3 号，1917 年 5 月 1 日。

② 常乃德著，葛兆光导读：《中国思想小史》，上海古籍出版社 2005 年版，第 138 页。

果及发展趋势，但在对于人的本质的理解上，毋宁说，他们仍是近代型的。"①

正是"五四"时期"民主""科学"的思想传播，使先驱们接纳新潮不仅有了可能，而且启迪了他们以"平等"的态度对待各种文化、文学思潮，为建设新文学及其理论服务。在被引进的西方文化和文学思潮中，"人"与文学关系的讨论与观念的确立，是一个最有意义的发现，它代表了几代人对于一种新的文学批评的理想诉求，也成为"五四"时期以至于二十世纪中国文学批评的整体诉求对象和母题。

"人的文学"由周作人首倡，他在一九一八年到一九一九年间相继发表了《人的文学》、《平民的文学》、《思想革命》等文章，并讨论了"人"与"人的文学"。郁达夫在《中国新文学大系·散文二集·导言》中谈到："五四运动的最大的成功，第一要算'个人'的发见。从前的人，是为君而存在，为道而存在，为父母而存在的，现在的人才晓得为自我而存在了。"② 为个人而存在，对"人"的呼唤，建立个人本位主义的人学理想，主张个人主义，成为建构中国现代人学的核心，"人的文学观"才得以真正的确立。周作人在《新青年》第五卷第6号上发表了《人的文学》，从理论上对"人的文学"作了明确的阐释。他首先表明态度，"我们现在应该提倡的新文学，简单地说一句，是"人的文学"。应该排斥的，便是反对的非人的文学。"③ 接着，他又明确阐释了何为"人的文学"和"非人的文学"："用这人道主义为本，对于人生诸问题，加以记录研究的文学，便谓之人的文学。其中又可以分作两

---

① 刘锋杰：《"人的文学"的发生研究刍议——从〈中国现代文学批评发生史〉谈起》，《文艺理论研究》1999年第2期。

② 赵家璧主编：《中国新文学大系·散文二集》，上海良友图书印刷公司1935年版，第5页。

③ 周作人：《人的文学》，《新青年》第五卷第6号，1918年12月15日。

项（一）是正面的，写这理想生活，或人间上达的可能性。（二）是侧面的，写人的平常生活，或非人的生活，都狠可以供研究之用。这类著作，分量最多，也最重要。因为我们可以因此明白人生实在的情状，与理想生活比较出差异与改善的方法。这一类中写非人的生活的文学，世间每每误会，与非人的文学相溷，其实却大有分别。……这区别就只在著作者的态度不同。……一个希望人的生活，所以对于非人的生活，怀着悲哀或愤然。一个安于非人的生活，感著满足，又带著玩弄与挑拨的形迹。简明说一句，人的文学非人的文学的区别，便在著作的态度，是以人的生活为是呢？非人的生活为是呢？这一点上。"[①] 区别了"人的文学"和"非人的文学"，也就表明了新文学的文学导向，确定了新文学的崭新内容。

关于人道主义的内容实质，周作人还强调："我所说的人道主义，并非世间所谓'悲天悯人'或'博施济众'的慈善主义，乃是一种个人主义的人间本位主义。"[②] 确定了人道主义的本质就是个人主义的人间本位主义。周作人还解释了他的个人主义，既是利己又利他，而利他即是利己，以此突出个人的社会本质。周作人的人的文学概念包含：主张个人本位，把个人价值视作人的首要价值。文学创作应当以真为主，由真及美，真美统一。并确定中国的新文学应以人的文学为统一，以人的文学为发展理想。同时他反对"非人的文学"。随着对文学本质认识的深化，他强调了文学的审美特性的重要性。他倡导人的文学，是立足于个人主义，宣扬的是具有现代精神的新的文学理想。因此，"周作人为中国现代文学批评建立了两个目标：人的目标和文学的目标，

---

① 周作人：《人的文学》，《新青年》第五卷第 6 号，1918 年 12 月 15 日。
② 周作人：《人的文学》，《新青年》第五卷第 6 号，1918 年 12 月 15 日。

现代文学批评届此已经完全成熟，并开始发挥它的重要作用"。①

　　早在 1907 年，面对国内成为民族精神生活的主潮的群体意识，鲁迅就开始呼唤个性解放。那闪烁着真知灼见的《文化偏至论》、《摩罗诗力说》、《破恶声论》，体现着鲁迅个人的生命与情感体验，他那对"精神界战士贵矣"的判断与希望，对国民性的探讨和批判，尊崇个性主义，主张"剖物质而张灵明，任个人而排众数"，② 同时更多地接受了西方现代科学文化精神，注重"人"的个性解放，提倡人的自觉精神，集中到他的"立人"思想中。鲁迅的"立人"思想，则是更多地强调人的独立与尊严。二者结合在一起，经过文学改良和文学革命，从理论上真正地确立了五四时期"人的文学观"。新文学对于人的价值的阐释，是建立在"个体"本身的独立、自由和幸福的意义之上，是在人的本体意义上确定的灵肉一致的文学。

　　关于"五四"新文学理论体系和话语的构建，是与对新文学改革问题和国语白话问题的讨论以及新文学创作的实绩紧密联系在一起的。《新青年》"通信"栏中先是讨论文学改革问题，随之也进行了国语白话问题的讨论。

　　首先是文学改革问题。包括：第 2 卷第 2 号胡适致陈独秀的信，此信可以算是新文学的重要信件，胡适提出文章八事的主张，得到陈独秀的回信赞扬；第 2 卷第 4 号常乃德信；第 2 卷第 6 号常乃德和陈独秀对答；第 2 卷第 6 号陈开崖和陈独秀对答；第 2 卷第 6 号钱玄同和陈独秀对答，钱是声韵训诂学的专家，他对文学改革的赞同是陈独秀非常赞赏的；第 3 卷第 1 号钱玄同再次致信陈独秀具体阐述自己对胡适《文学改良刍议》的看法，陈独秀回信则重申文学改革的重要意

---

　　① 刘锋杰：《中国现代六大批评家》，安徽文艺出版社 1995 年版，第 28 页。
　　② 鲁迅：《鲁迅全集》第一卷，人民文学出版社 1981 年版，第 46 页。

义；第 3 卷第 2 号曾毅和陈独秀对答，主要论述"文以载道"和"言之有物"的关系；第 3 卷第 2 号李涎镗致胡适信，对"文章八事"提出一些不同意见；第 3 卷第 3 号胡适和陈独秀对答，胡适还表示要进行白话诗的具体创作；第 3 卷第 3 号张护兰和陈独秀对答；第 3 卷第 4 号胡适和陈独秀对答；第 3 卷第 5 号钱玄同和陈独秀对答，钱系统阐述自己对文学改良的具体实施办法；第 4 卷第 3 号俞慧殊和钱玄同对答；第 4 卷第 4 号钱玄同致陈独秀名为《中国今后之文学问题》的信，陈独秀、胡适的回信；第 4 卷第 5 号盛兆熊和胡适对答，主要讨论文学改革的进行顺序；第 4 卷第 6 号南丰美与陈、钱对答；第 5 卷第 2 号朱经自致胡适题为《新文学问题之讨论》的信以及胡的回信、任鸿隽致胡适《新文学问题之讨论》的信，胡、钱回信，及朱我农致胡适的信，题为《革新文学及改良文学》，胡、钱的回信；第 5 卷第 3 号胡适《附答黄觉僧君折衷的文学革新论》；第 5 卷第 5 号张月镰和钱玄同来往信件；第 6 卷第 2 号周枯和钱玄同对答，彝铭氏和钱玄同对答；第 6 卷第 3 号张耘致胡适信；第 6 卷第 6 号潘公展和钱玄同对答等等。当周作人《人的文学》发表后，先驱者们更为欣喜，纷纷阐释自己的观点与看法，傅斯年认为"白话文的内心，就以他所说的以人道主义为本"。[1]胡适称《人的文学》是"一篇平实伟大的宣言"，"把我们那个时代所要提倡的种种文学内容，都包括在一个中心观念里，这个观念就叫做'人的文学'"。[2]人的文学由时代推出，又激动了那个时代，不是仅仅因为它动听，而是因为它代表了几代人对于一种新的文学理想的批评

---

① 赵家璧主编，胡适选编：《中国新文学大系·建设理论集》，上海良友图书印刷公司1933年版，第 204 页。

② 赵家璧主编，胡适选编：《中国新文学大系·建设理论集》，上海良友图书印刷公司1933年版，第 30 页。

诉求，最终获得了实现，并影响与制约着二十世纪中国文学批评的发生于成长。

其次是关于国语和白话问题的讨论。"语言的变革首先导致文学批评的对象发生根本变化。因为语言不是外在于文学的形式，文学是语言的艺术。语言体系的变革，必然引发文学相应的系列变化。语言变革不仅是一个创造新的语义系统，以适应变迁了的社会心态和与外部世界交流需要的过程，也是一个创造新文学的过程。语言的更换不仅从根本上改变了人们眼中的世界，而且文学也在这种更换中获得了新生。"[①] 包括：第 2 卷第 1 号沈慎乃信和记者的回信；第 3 卷第 6 号钱玄同和陈独秀对答，钱提出应用白话进行创作以及应使用标点符号，行文印刷时应横排等。同一号钱又致信胡适论述文言不合的坏处，并评价胡适的白话诗歌并没有完全脱离文言的"窠臼"；第 4 卷第 1 号胡适和钱玄同的对答信件，胡认为钱对自己白话诗创作的批评有道理；第 4 卷第 2 号沈兼士和钱玄同对答；第 4 卷第 2 号李锡余和钱玄同对答；同一号中钱玄同再次致信主张使用标点符号的问题；第 4 卷第 3 号吴稚晖和钱玄同对答，讨论国语采用何种语音问题；第 4 卷第 4 号林玉堂和钱玄同对答；第 4 卷第 6 号张厚载和陈、胡、钱、刘关于中国旧戏的讨论，此外也涉及白话改革和创作问题；第 5 卷第 3 号慕楼《论句读符号》信和胡适答复；第 5 卷第 6 号朱墉和陈独秀对答，刘半农致 Y.Z. 君信；第 6 卷第 1 号陈望道和钱玄同对答，查钊忠和钱玄同对答；第 6 卷第 1 号黄介石和陈独秀对答；第 6 卷第 2 号钱玄同和周作人对答；第 6 卷第 3 号俞平伯与胡适对答；第 6 卷第 6 号陈慭治和胡适、钱玄同对答，郭惜和钱玄同对答，钱玄同和陈大齐对答等等。文言文

---

① 邵滢：《语言变革与中国现代文学批评的发生》,《福建论坛》2003 年第 1 期。

是传统文学的语言，而白话文则是现代文学的语言，"五四"新文学运动提倡白话文，并把白话文作为国语，体现了由文言文向白话文的转变，即是由中国古典文学向现代文学的转变。随着文学的现代转型，批评的现代发生自是顺理成章。同时，由于"白话"的简单和便于叙述，小说由被压抑、被歧视的边缘小道文学发展为一种中心和主要的文学形式。由语言变革直接引发的文体革新，使得新的文学批评理论和批评范式得以真正确立。

在文学革命发难之后，"五四"文化先驱者们都一身兼二任，他们一边尝试进行新文学创作，一边进行现代文学理论与批评的建设。从胡适发表《文学改良刍议》到陈独秀发表《文学革命论》，从提倡白话文创作到引介"易卜生主义"，从探讨新诗与"美文"的创作，到批判传统"文以载道"的文学观，以及批判"黑幕小说"和"鸳鸯蝴蝶派"，对封建复古势力的反击，以至于后来探讨"为人生"还是"为艺术"，新文学先驱者们群策群力，破旧立新，为建立新文学理论批评做出了功不可没的巨大贡献。他们发表的文学理论方面的文章，除了前面两篇外，还有胡适的《建设的文学革命论》、《易卜生主义》、《谈新诗》、《文学进化观念与戏剧改良》，陈独秀的《本志罪案之答辩书》，刘半农的《我之文学改良观》、《诗与小说精神上之革新》，傅斯年的《怎样做白话文》，周作人的《人的文学》、《平民文学》，康白情的《新诗底我见》，欧阳予倩的《予之戏剧改良观》，李大钊的《什么是新文学》等等，所有这些，都成为中国现代文学批评史的重要文献。

第二节　翻译文学的多元与新文学批评理论的价值定位

自鸦片战争以来，西学东渐成为不可逆转的历史大趋势。随着翻译领域的不断拓展，西方的政治、思想、文化、文学等在中国有了广泛传播和巨大影响。近代翻译历程大致先是自然科学翻译，继而社会科学翻译，到戊戌变法时期，才有西方文学翻译。林纾是近代翻译文学开风气之先的重要人物，他与人合作共译了160多种外国小说，开近代言情小说的先河，人们纷纷效仿，从事小说翻译介绍的如雨后春笋。政治小说、虚无党小说、社会小说、教育小说、历史小说、爱国小说、侦探小说、科幻小说等都被译介到中国，形成了翻译文学的繁荣兴盛与翻译手法极度混乱的局面。翻译家通过对西方新词语、新术语的翻译和运用，使得中国固有的语言文字受到了不同程度的冲击。对西方科学文化与文学的译介，使得以"新"为核心范畴的现代性变革开始兴起，近代翻译运动是促使中国文化近代转型的内在动因，随着文学翻译从文言向白话的过渡，新的文学质素也就自然而然地被人接受。

一、翻译文学范围的多元拓展与文学现代性的转型

翻译文学热潮从晚清时期就开始盛行，伴着洋务运动的展开，中国对西学的态度也由最初的排斥逐渐转向主动接受和宣传。从严复开始，对西方的自然科学、政治学、社会学、逻辑学等书籍的翻译，使得中国知识界于戊戌变法之后对西方社会有了更深入的认识。与此同时，在文学翻译方面，以林纾为代表的翻译家大量地翻译介绍了西方的文学作品，其中尤以小说为主，他们用文言进行翻译，借古文输入西方的思想。这种译介方法无疑是当时现实情状的自觉不自觉的选择而已。如果说，严复是致力于传播西方近世人文思想的话，那么，林

纾则是热衷于介绍西洋近世文学，他们都在各自不同的领域里为当时的读者提供了观望西方科学文化艺术以及生活方式的新窗口，在一定程度上为新文学的诞生培养了众多的准读者群，建构了近代文学向现代化探寻的历史风貌。正是由于林纾等人对西洋小说的翻译，以及梁启超对"新小说"的提倡，影响和示范了清末民初的小说创作，使得小说这种自古一直处于边缘地位的"小道"文学，一下子上升到文学的中心位置。

（一）从《甲寅》月刊的目录中，可以看出登载的翻译文学作品不是太多，这当然与刊物的偏于政治倾向有关。由于主编章士钊曾留学英国，对西方特别是英国的政治体制做过系统地考察和学习，因此刊物中有许多对西方权利说、民主、宪政、总统制、内阁制、联邦制、议会制等政治体制的译介和探讨。章士钊也先后写了多篇关于翻译的理论文章，如：《译名》、《论翻译名义》等。"逻辑"（logic）一词的翻译，就是经由他才最后敲定。在文学方面，《甲寅》月刊只刊载一篇胡适翻译的法国都德的短篇小说《柏林之围》（Le Siege de Berlin）①。但章士钊及《甲寅》月刊的办刊风格对陈独秀及《新青年》的办刊指向产生了一定影响。正如王哲甫所说，近代翻译家们的理论主张与翻译实践显然都为后来的"翻译"提供了实践的基本例证。"五四"时代译介的西方文学著作不再像近代翻译文学那样，只在传统文学内部进行调适，而是拓展范围，全面译介。翻译的理论与文本为新秩序的建构提供了可靠的依据。尊西趋新成为"五四"时期的潮流，"五四"时代对"新"的追求——更甚于对白话语言的运用——是中国现代文学的核心标志。② 因此，近代的大规模翻译运动是促使古文走向现代化的内在动

---

① 《甲寅》月刊第一卷第4期，1914年11月10日。
② 王哲甫：《中国新文学运动史》，北平杰成印书局1933年版，第13—14页。

因，也为新文学的诞生奠定了坚实的基础。随着文学翻译从文言向白话的过渡，新思想的产生也就自然而然。

（二）《青年杂志》从第一卷第1号中就直接刊载了翻译作品，而没有登载个人的文学创作。有陈嘏翻译的屠格涅夫的小说《春潮》，一青年的英汉对译《青年论》，彭德尊的《卡内基传》。同时，有陈独秀的《法兰西人与近代文明》、《现代文明史》等文章，有"国外大事记"、"世界说苑"等栏目，这是杂志有意识地为传播欧洲新的文艺思潮所作的选择，为国人扩大观看世界、了解世界的窗口，这也代表了杂志的办刊指向和文学导向。杂志的封面设计也作以宣传，从第一卷第1号到第6号的封面分别登载卡内基、屠格涅夫、王尔德、托尔斯泰、富兰克林、谭根的肖像，对文学家、成功人士、科学家的推崇，与刊物的宗旨是相一致的。《新青年》除了翻译文学作品之外，还翻译了一些名人、伟人传记，以及其他方面的文章，这里，只探讨文学作品的翻译。按照译者、翻译的国别和外国作家的不同情况，把《新青年》从第一卷到第九卷发表的翻译作品，进行一下划分，可以看出：译者有陈独秀、陈嘏、彭德尊、薛琪瑛、吴弱男、刘叔雅、汝非、胡适、刘半农、周作人、鲁迅、陶履恭、汪中明、罗家伦、袁振英、沈性仁、沈泽民、朱希祖、张黄、苏菲、沈钰毅、任鸿隽、张崧年、沈雁冰等二十多位。翻译作品的国别包括俄国、英国、法国、美国、印度、日本、挪威、西班牙、波兰、瑞典、丹麦、南非、葡萄牙、阿美尼亚等十多个国家。涉及的作家有屠格涅夫、莫泊桑、高尔基、阿尔志跋绥夫、托尔斯泰、王尔德、易卜生、安徒生、显克微支、古卜林、普路斯、阿伽洛年、武者小路实笃、国木天独步、千家元磨等几十人。

《新青年》打破了近代以来的翻译习惯，从题材、体裁上都有了很大的拓展空间。不只是翻译欧美及日本著名文学家的文学作品,而且还翻译东欧、亚非一些弱小民族和国家的作家作品,这和鲁迅、周作人翻译的《域外小说集》的宗旨是一致的。鲁迅曾在《域外小说集》的序言中说:"收录至审慎,移译亦期弗失文情。异域文术新宗,自此始入华土。"①鲁迅对外国文学的选择介绍是非常重视的。在体裁上,《新青年》的翻译者们把外国文学作品依照欧洲文学所倡导的文体分类法进行分类,所以在登载翻译作品时都标明了作品的体裁,大体上分为小说、诗歌、戏剧、散文四类,其中登载的传记作品,应该归属散文系列。

《新青年》最初就大规模地登载翻译的外国文学作品,至于文学创作前三卷却极少,只在一卷4号登载谢无量的一首古体诗,二卷第3、4号登载苏曼殊的文言小说《碎簪记》,直到二卷6号,陈独秀发表《文学革命论》的同时,发表胡适在《文学改良刍议》之后写的八首白话诗作以尝试,三卷4号胡适又发表了白话词,四卷2号上有刘半农、胡适、沈尹默发表的白话诗,3号、4号都登载了白话诗之后,四卷5号上才有鲁迅的第一篇白话小说《狂人日记》和鲁迅的几首白话诗的出现。鲁迅独创的这篇日记体白话小说,在《新青年》和新文学运动史上都是一个界碑,这是新文化人在《新青年》创作园地里勾勒更新更美图画的开始,是《新青年》所开展的文学革命取得的实绩,同时也预告了新文学文学主题、题材、体裁,以及创作手法方面都将是一个更新的突破。鲁迅在谈到关于怎样写作《狂人日记》时说:"所仰仗的全在先前看过的百来篇外国作品和一点医学上的知识。"②鲁迅的写作经验也是受了外国文学的影响,可见《新青年》大范围、大规模、声

① 鲁迅:《域外小说集·序言》,《鲁迅全集》第10卷,人民文学出版社1981年版,第168页。
② 鲁迅:《我怎么做起小说来》,《鲁迅全集》第4卷,人民文学出版社1981年版,第526页。

势浩大地译介外国文学作品，绝不是《新青年》无稿件可登载的缘故，而是体现了编者的编辑策略和杂志的办刊指向，就是打开国人与外国文学沟通的通道，通过西方文学文化上展现的现代文明，新的生命活力，来冲击和淘洗国内传统文化统摄的人们心理与愚蒙的灵魂，到处体现一个不同于其他刊物的"新"字。关于小说的发展情况，鲁迅曾经说过："在中国，小说是向来不算文学的。在轻视的眼光下，自从十八世纪末的《红楼梦》以后，实在也没有产生什么较伟大的作品。小说家侵入文坛，仅是文学革命运动，即 1917 年以来的事。自然，一方面是由于社会的要求，一方面则受了西洋文学的影响。"①

《新青年》在发表了鲁迅的小说之后，在四卷 6 号上就登载了"易卜生专号"，系统地介绍了挪威剧作家易卜生的生平与创作，"本卷现以第四卷第六号为"易卜生专号"，以为介绍欧洲近世第一文豪易卜生（Ibsen）入中国之纪念。内有易卜生之名剧《娜拉》，《国民公敌》，《小爱有夫》三种之译本——及胡适之君之《易卜生主义》长论一篇——附以"易卜生"之论著。读者不但可由此得知"易卜生"之文学思想，且可于——一册之内——的三种世界名剧——此为中国文学界杂志界——一大创举，想亦海内外有心文学改良思想改良者所欢迎也。"②同时登载了他的几部翻译作品。胡适的《易卜生主义》，罗家伦与胡适合译的《娜拉》（《玩偶之家》），陶履恭翻译的《国民之敌》，吴弱男翻译的《小爱有夫》，袁振英翻译的《易卜生传》。《新青年》从一卷 2 号登载薛琪瑛翻译的爱情喜剧《意中人》到"易卜生专号"的刊载，可以看出，杂志不仅在戏剧方面这样大胆介绍与宣传，其他如小说、诗歌、散文的翻译数量也不在少数。四卷 6 号又登出《本社特别启示》（一）、

---

① 鲁迅：《鲁迅全集》第 6 卷，人民文学出版社 1981 年版，第 21 页。
② 《新青年》第四卷第 5 号，1918 年 5 月 15 日。

（二），拟下期登载"萧伯讷号"和暑期后印行"易卜生剧丛"，广告传递着引介外国著名作家思想创作的信息。《新青年》从四卷开始采用新式标点符号，七卷1号的《本志所用标点符号和行款的说明》，又做了统一使用规定。与此同时，《新青年》广告也对西方文学与文化进行译介宣传，同时也把中国文学向国外进行传播，体现五四文化人对翻译手法和形式的改革。在翻译手法上，新文化人扬弃了林纾、梁启超等人采用强迫外语迁就汉语的"意译法"，而采取直译的翻译手法。如苏元瑛（苏曼殊）的《汉英文学因缘》："是书为中人之通英文及英人之通中文者，杂译中国及英国极优美之诗词而成。中国之诗词，上溯周秦，下迄近世，皆有选录，悉英译之。英人之著作，则又以汉文译之，都七十余首。中国译界，得未曾有。译事中惟诗词最难显达。而此书之作，则皆词气凑泊，神情宛肖，不失原文意旨。"①《汉释英文选》②选美国华盛顿欧文旅欧纪行作品，以英汉对照形式出现，译文清洁无滓，且卷末附英美文学家年表，便于读者考知历代名著。《青年英文学丛书》③则选择具有审美性极强的英美两国文学大家的作品，可做文章借鉴也可作小说读。《英文书翰钥》④体现译文典雅高华，有信封信笺和名片、告白、庆祝吊唁等社会应有尺牍的书写形式与使用方法，对国外各种文体写作向国人进行详细介绍。胡适的《短篇小说集》（第一集），精选国外著名作家的优秀短篇进行翻译。"本馆现搜集胡适之先生八年来翻译的短篇小说十种，汇为一集，已得译者的同意，印成单行本。集中诸篇都是选择最精可为短篇范本的小说。后附胡先生所著论'短篇小

---

① 《新青年》第二卷第3号 1916年11月1日。
② 《新青年》第二卷第3号 1916年11月1日。
③ 《青年杂志》第一卷第1号，1915年9月15日。
④ 《青年杂志》第一卷第1号，1915年9月15日。

说'一文，详说做短篇小说的方法，也是研究文学门径的人不可不读的文章。"①胡适译的作品成为日后文学青年写作的范本。把提倡新文学，翻译介绍欧洲近世文学视为第一要位，是《新青年》进行新文学改革的重要举措。《新青年》的编者寻找一切有利于刊物发展和广告生产的可行手段，使刊物红火有加。

可以说，大量外国文学作品的翻译是新文学运动得以顺利展开的前提与媒介。前述《新青年》登载翻译作品的译者都是新文学运动的主将，并且这些主将多数都是由海外留学归来的，而且轰轰烈烈的白话文运动从文学理论、文体形式、语言等各方面都对传统文学构成了革命性的挑战。在历史转折的关键时刻，接受西方资源的中介就是"翻译"。新文学运动取得节节胜利，除了政治方面的因素之外，不能不说翻译文学在《新青年》上登载和宣传所发挥的功用之大，亦即陈独秀在继承前人办刊和翻译文学的基础上，对文学革新方面的创新。陈独秀本人并不擅长诗文小说，在《新青年》上除了登载少量的诗歌外，没有创作其他的文学作品，但是作为主编，他对编发文学作品有着浓厚的兴趣，又是一个积极传播并亲自翻译介绍外国文学的译者。他是《新青年》中最早著文介绍西方文艺思潮的人，一卷3号发表了他的《现代欧洲文艺史谭》，介绍了西方近代文艺思潮从古典主义、理想主义（浪漫主义）到写实主义（现实主义）、自然主义的演变过程。陈独秀身体力行，在《新青年》一卷2号中翻译了印度达噶尔的诗歌《赞歌》和美国国歌《亚美利加》。翻译印度的作品，在以前是不多见的，陈独秀起了引领作用。他在"通信"栏中说："吾国文艺，犹在古典主义、理想主义时代，今后当趋向写实主义。文章以纪事为重，绘画以写生为重，

① 《新青年》第六卷第6号，1919年11月1日。

庶足挽今日浮华颓败之恶风。"① 陈独秀不仅自己翻译，而且他还组织团结了一批译者，同时也是《新青年》翻译文学的倡导者和组织者，他发动文学革命，以决绝的不容商量的口吻，彻底反对传统文化与文学，张扬个性主义，效仿西方文学，为新文学向现代化的转型，确实起到了筚路蓝缕的先锋作用。

（三）胡适在《文学改良刍议》中提出"八不主义"，正面主张书面语与口头语相接近，以白话文学为正宗。朱自清曾在《中国新文学大系·诗集·导言》里指出，新诗运动"最大的影响是外国的影响"。② 美国意象派宣言，即所谓"六原则"中"也有不用典，不用陈腐的套话"③ 等等。胡适的这些观点可以说有些是来自美国意象派 1915 年的宣言。胡适当时还在美国留学，自然而然地会接触到这种宣言的。陈独秀在《文学革命论》中提出"三大主义"，并号召中国文学家仿效卢梭、雨果、黑格尔、歌德、培根、狄更斯、达尔文等宣扬科学与民主的外国思想家和文学家，向"十八妖魔"宣战。这一建设性的主张，体现了新文化人决心脱离古典而追求现代性，并且注重对所登载的外国文学作品思想性的选择。其现代性的主要内涵便是"理性的精神，科学精神，契约精神，批判精神，个体的自主性，自由，平等，博爱，人权等等，"④ 它与宗法文化，专制主义，封建主义是尖锐对立的，现代性成为中国现代文化与文学思想的主流。可见，陈独秀和胡适的文学主张都受了欧美文学很深的影响，体现文学革命从思想内容到文学形式上都有与以往截然不同的改革。"引证西方的理论成为争夺知识话语权

---

① 《青年杂志》第一卷第 4 号，"通信"栏，1915 年 12 月 15 日。
② 赵家璧主编：《中国新文学大系·诗集》，上海良友图书印刷公司 1935 年版，第 1 页。
③ 赵毅衡：《意象派简介》，《作品与争鸣》1982 年第 4 期，第 75 页。
④ 雷达：《现当代文学是一个整体》，《当代作家评论》2005 年第 2 期，第 7 页。

时惯用的话语策略，新文化倡导者们一开始就意识到理论文本对于争取话语的合法权的重要意义，他们凭借其理论话语、经典制造、大量翻译西方文学著作来制作白话文学的合法性术语。"①随着文学革命的不断深入，大量外国作品开始采用白话文进行译介，文学的现代性更为突出。

　　正如李欧梵所说："在中国，'现代性'不仅含有一种对于当代的偏爱之情，而且还有一种向西方寻求'新'，寻求'新奇'这样的前瞻性"②。在《新青年》周围的新文学精英知识分子，他们在对知识结构、理论体系不断进行建构的过程中，在对传统文化和伦理的不断批判过程中，在对个人主体意识的不断完善和"人的文学观"的确立中，他们的现代价值观念也得到了体现和确立。在如何看待个人与国家、个体与社会、自由权力与义务等等价值体系中的关系时，他们不像晚清一代知识分子那样，以持守国家主义的宏观理念为己任，认为国权重于人权，国家的命运替代个人的命运，而他们所真正探寻的是现代自我身份、自我价值在充满现代气息的文化语境中得到确立和认同。他们所倡导和宣扬的以白话为正宗吸收西欧文法的新文学，经过精英们的努力和不断的实践，也终于营造和拥有了"五四"以后现代社会中文学与文化的空间格局和话语权。

　　二、翻译与批评互为表里的新文学理论言说方式

　　翻译文学是建构新文学批评理论的一项最重要内容。翻译文学的作用不能小觑，在翻译手法上，"五四"新文化人基本上扬弃了林纾、梁启超等人采用强迫外语迁就汉语的"意译法"，而采取直译的翻译手法。

---

　　①　曹而云：《翻译实践与现代白话文运动》，《福建论坛·人文社会科学版》2004年第8期。
　　②　［美］李欧梵：《现代性的追求　李欧梵文化评论精选集》，生活·读书·新知三联书店2000年版，第236页。

"翻译一事在新文学运动里可以算得一个主要的柱石"。[①]"五四"先驱者们通过这种被译介的现代西方文化来确认白话文体的合法性，翻译参与建构现代文学及现代知识的秩序，在传统与现代对抗的话语领域之中，借助翻译以及白话语言的媒介建立了现代文学的谱系，通过翻译引进了西方的修辞话语，建构了西方文学术语或观念参与的中国现代文学理论批评体系。

（一）作为承载翻译文学重要成果并作为新文化和新文学运动的发源刊物《新青年》，既标志着对外国文学的译介从近代翻译文学史到现代翻译文学史的过渡，又引领着现代翻译文学史和现代文学史的开端。引入新思想和新文学，使之成为宣传中国新文学的楷模。其中《新青年》译介作品最多的是鲁迅、周作人，他们主要翻译俄国及日本的作品，他们都酷爱俄国文学并深受其文学思想和创作手法的影响。根据对《中国新文学大系·史料索引》中《翻译总目》进行不完全统计，"五四"以后的 8 年中，印成单行本的 187 部翻译作品中，俄国 65 部，法国 31 部，德国 24 部，英国 21 部，印度 14 部，日本 12 部等，这包括未编成单行本而散见在杂志上的译品，翻译理论 25 篇。[②] 这一期间所发表的作品，从国别上看，包括俄、英、法、印度、日本、西班牙、波兰、丹麦、葡萄牙等 10 多个国家；从作家来看，包括屠格涅夫、契诃夫、莫泊桑、易卜生、显克微支、安徒生、阿尔志跋绥夫、武者小路实笃、王尔德等著名作家作品；从翻译者来看，包括陈独秀、胡适、刘半农、鲁迅、周作人、沈雁冰、郑振铎、陈嘏、罗家伦等 10 多位译者。"引证西方的理论成为争夺知识话语权时惯用的话语策略，新文化倡导者们一开

---

① 徐静波编：《梁实秋批评文集》，珠海出版社 1998 年版。

② 赵家璧主编：《中国新文学大系·史料索引》，上海良友图书印刷公司 1935 年版，第 357—360 页。

始就意识到理论文本对于争取话语的合法权的重要意义，他们凭借其理论话语、经典制造、大量翻译西方文学著作来制作白话文学的合法性术语"。"翻译显然成为建构现代文学理论的一个关键词，译介而来的文学语言、形式规范、文类名称、文学理论、修辞方式等都成为新文学质疑、反抗古典文学旧秩序的一种手段"。[①]许多活跃的新文学批评家和作家，同时也是西方文学和文学理论的积极译介者，他们集翻译、批评、创作于一身，对于他们来说，翻译与批评、创作互为表里，相得益彰。

"五四"新文化运动以白话文体为媒介的翻译活动为新文化输入现代观念与现代思想，白话文体为翻译新思想、新观念提供了一个实用的载体，翻译也为白话文体身份的确立提供了现实的依据。胡适在《建设的文学革命论》中指出，他的翻译理念是要改造中国文学，必先翻译西洋文学名著。"（1）只译名家著作，不译第二流以下的著作。（2）全用白话韵文之戏曲，也都译为白话散文。"[②]他认为建设新文学的方法"就是赶紧多多的翻译西洋的文学名著做我们的模范。我这个主张，有两层理由：第一，中国文学的方法实在不完备，不够做我们的模范。第二，西洋的文学方法，比我们的文学，实在完备得多，高明得多，不可不取例。"[③]

（二）胡适的翻译理论来源于他的翻译实践，从他早年留美期间对《最后一课》和《柏林之围》翻译中可窥见一斑。《最后一课》最初登在 1912 年 11 月 5 日上海的《大共和日报》，原名《割地》，1915 年 3 月复刊在《留美学生季报》上。《柏林之围》登在 1914 年 11 月 10 日《甲

---

① 　曹而云：《翻译实践与现代白话文运动》，《福建论坛·人文社会科学版》2004 年第 8 期。
② 　《新青年》第四卷第 4 号，1918 年 4 月 15 日，第 305 页。
③ 　《新青年》第四卷第 4 号，1918 年 4 月 15 日，第 303—304 页。

寅》月刊第 4 期。两篇都收录在 1919 年他出版的《短篇小说第一集》中，其中《割地》改为原作之名《最后一课》。这两篇译作均选自法国都德的短篇精品，其中强烈的爱国情愫，精湛的艺术构思和新颖的叙述手法，彰显了胡适对翻译小说文学艺术价值的选取，并采用直译手法与白话或白话式文言进行翻译。正是早期的个人生命体验和翻译实践，才构成他后来文学理论体系中的一部分。对于理解翻译文学对于文学转型的重要作用，具有不可低估的价值和意义。

胡适的改良文学思想在回国前就已形成，他提倡白话翻译文学与他改革中国文学的主张一脉相承，这为整个新文化的普及提供了话语支持。他早期的文学翻译实践标志着由文言叙述方式向白话作为主流话语转型的开始。他的翻译思想使他的文学理论得以形成一个完整的系统。他与《甲寅》月刊中章士钊、苏曼殊、老谈、程演生等近代作家一起，对小说题材、类型和叙事模式的多样化进行了不断尝试与探索，在近代文学向现代文学或由西化到现代化的转型中发挥了极为重要的作用，为"五四"新文学运动的发生发展与文学理论建设，打下了坚实的基础。

翻译价值的选取与爱国情愫的表达。在清末民初的小说翻译热潮中，以长篇小说最受读者欢迎。但胡适则选择国外短篇精品进行翻译，表现在对作品的主题、题材、立意布局和创作手法等方面的选取。他说："我是极想提倡短篇小说的一人，可惜我不能创作，只能介绍几篇名著给后来的新文人作参考资料。"[1]因为"短篇小说是用最经济的文学手段，描写事实中最精彩的一段，或一方面，而能使人充分满意的文章。"[2]《柏林之围》与《最后一课》都以普法战争为题材，小说情节并不复杂。

---

[1]　胡适：《短篇小说第一集》，亚东图书馆 1919 年版。
[2]　胡适：《论短篇小说》，《新青年》第四卷第 5 号，1918 年 5 月 15 日。

从小说表现的时间来看，前者侧写普法战争的进程及普鲁士士兵进入巴黎时的情景。后者是被割地的法国人因而不能学习自己民族的语言。两篇译作都贯穿着胡适对中国民族文化和情感的切身体验与表达。

胡适在两篇译作前都写了译序，介绍作者都德和普法战争的境况，呈现他的翻译要旨。《最后一课》明确传递着鲜明的时代印记和强烈的情感信息。"割地"对于二十世纪初中国知识分子有着刻骨铭心的感受，胡适又以庚子赔款公费生身份留学，其留学本身就是割地赔款的伴生物，屈辱与悲愤的情感使他比一般国人体验更为痛彻，翻译此篇融入了他的强烈爱国情感。小说写于 1873 年。1870 年 7 月，法国首先向普鲁士宣战，9 月，色当战役中法军大败，普鲁士军队长驱直入，占领了法国的阿色司、娜恋等三分之一以上的土地。作品以沦陷的阿色司一个小学校被迫改学德文的事为题材，通过描写小学生弗朗茨和上汉麦先生最后一堂法文课，对法文课和先生恋恋不舍，反映了法国人民不甘当亡国奴的深厚爱国情感。

《柏林之围》是章士钊、陈独秀通过亚东图书馆老板汪孟邹向远在美国的胡适约稿，登载在《甲寅》月刊上。因汪孟邹的介绍，章胡开始通信交往，陈独秀曾以《甲寅》与《新青年》两刊主编的身份向胡适约稿。在"二次革命"失败后，国内文坛出现悲情、哀情、苦情、惨情等小说，翻译领域也极度混乱之时，胡适选译《柏林之围》，有感于欧战再次开启，对国人的一种警策与激励，对辛亥革命的一种纪念与凭吊，对爱国之情的迫切呼唤，在题材和谋篇布局上呈现了翻译的倾向性，体现了他与刊物的不懈努力与追求。译序诠释了"柏林之围"即"巴黎之围"，小说虽写围城中之事，但又处处与拿破仑时代盛况相对比，用以激励战败的法国人爱国之心，阐明小说的主题。小说通过居住巴黎凯旋门附近患病老人的孙女和医生善意地编假消息给老人，使得这位中风偏瘫的八十岁老人重新清醒，盼望战争早日胜利。以人物的心理矛盾和痛苦感受与言行的不一致，与老人接受假消息后容光焕发的对比，来表现普法战争进程，也衬托出战争的残酷和法军的惨败。从法军节节败退到巴黎陷落，在女孩与医生一次次怀着痛苦、悲哀又怕老人识破的胆战心惊的欺骗重叠中，完成了故事情节的跌宕回旋与高潮起伏。

翻译策略的有效转变与叙事手法的大胆引介。胡适"五四"时期曾谈到："今日欲为祖国造新文学，宜从输入欧西名著入手，使国中人士有所取法，有所观摩，然后乃有自己创造之新文学可言也。……译事正未易言。倘不经意为之，将令奇文瑰宝化为粪壤，岂徒唐突西施而已乎？与其译而失真，不如不译。"[1] 在翻译手法上，他重视直译，不赞成间接翻译或意译。鲁迅与周作人在 1909 年翻译的《域外小说集》，虽是"直译"小说的开始，但因用文言而文字古奥艰涩，不适合读者口味。胡适尝试使用白话或白话式文言，对国外名家短篇精品的主题模式、叙事视角与手法的引介，是他翻译价值观的最早体现和实践。

首先，采用直译与忠实于原著的译介手段。胡适这两篇译作采用了直译和忠实于原著手法，尽管《最后一课》有细节的删略，但也最能体现他的翻译策略。对人名的有意简化，把在原文中三次出现的小弗朗茨名字去掉，采用"我"第一人称叙事。这使国内读者与法国故事情感距离增进，使读者更容易直接进入主人公思想情境。《柏林之围》与现在译本情节基本一致，故事情节跌宕起伏，引人入胜，时刻贯穿着爱国情愫。胡适后来在《短篇小说第二集》中提到，小说翻译与第

---

① 姜义华主编：《胡适学术文集·新文学运动》，中华书局 1993 年版，第 474 页。

一集风格保持一致，有些地方竟是严格的直译，并且都是明白晓畅的中国文字，足见他的翻译思想和实践贯穿始终。

其次，胡适强调翻译外国文学的首要条件就是运用明白流畅的文字。"《短篇小说第一集》销行之广，转载之多，都是我当日不曾梦见的。那十一篇小说，至今还可算是近年翻译的文学书之中流传最广的。这样长久的欢迎使我格外相信翻译外国文学的第一个条件是要使它化成明白流畅的本国文字。"[1] 他早期用白话或白话式文言进行小说翻译，凸显出他对于语言变革的尝试与实践。从后来白话文学的快速发展中，印证了他的倡导引领了时代潮流。他翻译的小说因使用白话使人感到耳目一新。他的翻译语言明白晓畅、朴实自然、生动传神和表达细密，是经过加工锤炼的民间口语，他的译作因使用白话使人感到耳目一新。

此外，新颖独特的叙事角度与叙事手法的引介，亦是胡适选取翻译这两篇短篇小说的目的之一。或以儿童的视角来展开故事情节，采用第一人称限制叙事；或采用两个第一人称限制叙事；或采用倒叙手法；或在叙事时间上，展现多个时间叙事系统——过去、现在、过去的过去等，从而使作品更好地表达主题。这是国外小说在谋篇布局上尤其是短篇小说的特点。"泰西之小说，书中之人物常少；中国之小说，书中之人物常多。泰西之小说，所叙者多为一二人之历史；中国之小说，所叙者多为一种社会之历史。"[2]

（三）胡适在发表《文学改良刍议》之初提倡白话文，是从历史中寻找理论依据的，他认为："一千年来，白话的文学，一线相传，始终没有断绝"。[3] 而"五四"时期提倡白话文则是主观刻意地提倡，欲

---

[1]　胡适：《短篇小说第二集》，亚东图书馆 1933 年版。
[2]　苏曼殊（笔名梁启勋）：《小说丛话》，《新小说》1904 年第 11 号。
[3]　姜义华主编：《胡适学术文集·新文学运动》，中华书局 1993 年版，第 97 页。

促使它成为语言的"正宗地位"。陈独秀则指出旧白话文学的历史局限性，"若是把元明以来的词曲小说当做吾人理想的新文学，那就大错了。""吾人现在的语言思想，和元明清的人不同……"① 钱玄同也持有相同的观点，他认为："从前有白话文学，不过叙述过去的历史，标明以前有白话文学罢了；并不是说我们现在所提倡的新文学就是这从前的白话文学，更不是说我们现在就应该学这从前的白话文学"。② 周作人也认为要建设白话文，"前代虽有几种语录说部杂剧流传到今，也可以备参考，但想用了来表现稍为优美精密的思想，还是不足"。③ 语言是思想的载体，运用什么语言，就意味着运用什么样的思维方式。"五四"新文化运动宣布与传统决裂，白话文的提倡必定与传统有着质的区别，追求欧化就成为"五四"人不懈奋斗的使命。因为西洋的语言不但优于中国的古文，而且也是我们的白话所不及。因而"五四"文化人决定用西语改造我们的言语体系，进而改造我们的思维习惯。

鲁迅认为"欧化文法的侵入中国白话中的大原因，并非因为好奇，乃是为了必要"。④ 傅斯年也指出只有欧化才能实现新文学"人化"的目标。西方文学的文学观念、审美意识、情感表现等等都成为中国现代文学的参照系统，其中介是翻译实践。就新文学先行者们过分依靠翻译以至于深化西方的语言，傅斯年认为："要是想成独到的白话文，超于说话的白话文，有创造精神的白话文，与西洋文同流的白话文，还要在乞灵说话以外，再找出一宗高等凭借物。这高等凭借物是什么，照我回答，就是直用西洋文的款式，文法，词法，句法，章法，词

---

① 任建权等编：《陈独秀著作选》第一卷，上海人民出版社 1993 年版，第 342 页。
② 欧阳哲生编：《胡适文集》第九卷，北京大学出版社 1998 年版，第 66 页。
③ 周作人著，钟叔河、鄢琨编辑：《艺术与生活》，岳麓书社 1989 年版，第 43 页。
④ 鲁迅：《玩笑只当它玩笑（上）》，《鲁迅全集》第五卷，人民文学出版社 1981 年版，第 548 页。

枝……。一切修辞学上的方法，造成一种超于现在的国语，欧化的国语，因而成就一种欧化国语的文学"。① 另一位积极主张"欧化"的急先锋是钱玄同，他不但积极主张吸收外来词语及语法体系，而且还进一步提倡废除汉字，改用罗马拼音文字，甚至还要以"世界语"来代替汉语。他指出："应该积极去铲除'东方化'。总而言之，非用全力来'用夷变夏'不可"。② 追求国语的欧化一度成为白话文运动的主要目标。"翻译"的语言与欧化的国语重构了"五四"时代国人对于西方现代文化及中国现代文化想象。"今后之新国民，自应使其丰富于 20 世纪之新智识"，"中国今日以前的小说，都该退居到历史的地位，从今日以后，要讲有价值的小说，第一步是译，第二步是新做"。③ "人与语言的关系实质上成为人与'世界'的关系。于是白话文这一新的语言实践变革开始浮出地表，为中国现代文学和文学批评的发生提供了最为深刻和最直接的基础……语言的变革成为中国文学和文学批评现代发生的深层激发机制之一"。由此，更为重要的是，"由语言变革而促发了文学批评在批评对象、批评测度、批评话语方面的连锁变化，这一切又恰恰构成了中国文学批评具有'现代性'的真正质素"。④ 因此说，中国现代文艺思潮的演进，几乎是欧洲近现代文艺思潮发展的缩影。从语言变革出发到中国现代文学批评，既可以找到现代批评发生的动因之一，又清楚地显出现代批评的真正所指。"翻译从语词、句式、语法等多个方面影响了新文学思想的表达方式，新文学先驱者们对翻译的提

---

① 赵家璧主编，胡适编选：《中国新文学大系·建设理论集》，上海良友图书印刷公司1935年版，第 223 页。

② 刘思源总编：《钱玄同文集》第六卷，中国人民大学出版社 1999 年版，第 58—59 页。

③ 赵家璧主编，胡适编选：《中国新文学大系·建设理论集》，上海良友图书印刷公司1935年版，第 88 页。

④ 邵滢：《语言变革与中国现代文学批评的发生》，《福建论坛·人文社会科学版》2003年第1期。

倡带有足够强大的权威，他们学术明星的身份在某种程度上起到了扩大白话文翻译的影响力"。① 新文学倡导者参与者非常重视理论的引介和把握，他们的思想在很大程度上受到所接触的西方文学理论的影响，特别是他们个人与所译介的西方文学理论产生的深深共鸣。胡愈之在1921 年《东方杂志》上发表《文学批评——其意义及方法》一文中，开篇介绍撰写原因、目的："近年新文学运动一日胜似一日，文艺创作，也一日多似一日，但同时要是没有批评文学来做向导，那便像船没有了舵，恐怕进行很困难罢。所以我想现在研究新文学的人，对于文学批评似乎应该更多的注意"②。

中国最早专门探讨文学批评的一批文章中，绝大多数是对西方文学批评专论进行直接翻译或者在翻译基础上进行综合介绍。如胡愈之的《文学批评——其意义及方法》就是在莫尔顿《文学的近世研究》、黑德生《文学研究导言》、韩德《文学的原则和文坛》的基础上综合完成的；华林一相继翻译发表了《表现主义的文学批评论》、《印象主义的文学批评论》、《判断主义的文学批评论》；《小说月报》16 卷分四次刊载了傅东华翻译的美国著名批评家蒲克的《社会的文学批评论》等等。新文化人开始纷纷撰写批评文章，进行批评话语实践，使得 20 年代的文学批评园地上各色鲜花争奇斗艳，各显异彩。中国现代文学批评是在译介西方文学理论的过程中逐步建构起来的，对欧美文学理论的介绍占了较大的比重，既有文学流派、文艺思潮的引进，也有文学史及文学原理的论述及翻译。然而，译介不能代替自己的建设，向西方学习只能作为建设中国现代文学批评的一种途径。先驱者们在借鉴吸收外国先进理论的同时进行自己的理论建设是现代文学批评的必经

---

① 曹而云：《翻译实践与现代白话文运动》，《福建论坛·人文社会科学版》2004 年第 8 期。
② 胡愈之：《文学批评——其意义及方法》，《东方杂志》1921 年十八卷 1 号。

之路，也是巩固现代文学观念的必然要求。中国现代文学批评具有积极探索的姿态、价值多元的选择，而现代批评家更具有宏阔开放的视野和襟怀，迅捷敏锐的感觉和思维。这一切，促使翻译文学与文学批评互为表里和互相影响，共同言说了新文学理论与批评的现代性追求。

第三节　新文学理论的变革与文学批评体系的拓展

中国现代文学理论与批评的建构与中国现代文学的发生与发展一样，都在很大程度上得益于西方文学的影响，也源于西方文学理论的翻译与绍介，从而呈现出全新的现代品格。西方文学理论的大量输入与移植，不仅直接催生了具有现代意义的中国文学批评，而且对不同来源的西方文学理论的认同和融合，形成了不同的文学批评观与知识群体的不同的话语空间和言说方式，并使得文学批评体系得以向更宽广和全面的视域拓展。

一、新文学理论的变革与文学批评理论的构建

胡适的《文学改良刍议》首先提出以白话为新文学改革的正宗。这里的白话文，是指现代白话文，与梁启超、黄遵宪、裘廷梁等人所提倡的"崇白话废文言"的"新文体"相比有很大的不同。胡适在文章中提出了著名的"八不主义"，他说："吾以为今日而言文学改良，须从八事入手。八事者何？一曰，须言之有物。二曰，不模仿古人。三曰，须讲求文法。四曰，不作无病之呻吟。五曰，务去滥调套语。六曰，不用典。七曰，不讲对仗。八曰，不避俗字俗语。"关于新文学创作，胡适认为："今日之中国，当造今日之文学，不必模仿唐宋，亦不必模仿周秦也。"他还认为，言之有物的"物"是指"情感"和"思想"。他说：

"情感者，文学之灵魂。文学而无情感，如人之无魂，木偶而已，行尸走肉而已。""吾所谓'思想'，盖兼见地、识力、理想三者而言之。思想不必皆赖文学而传，而文学以有思想而益贵。思想亦以有文学的价值而益贵也。"① 胡适发表这篇文章时是以商榷的口吻写的，而陈独秀的《文学革命论》则是以不容反驳的语气而成。文章开篇就介绍近代欧洲文明史从何处而来，答案是由革命所赐。然后提到关于文学革命，已经酝酿很久，由朋友胡适充当首举义旗的急先锋，自己则高涨"文学革命军"的大旗，旗上书写着革命军三大主义，也就是陈独秀掀起文学革命的纲领，即"曰推倒雕琢的阿谀贵族文学，建设平易的抒情的国民文学；曰推倒陈腐的铺张的古典文学，建设新鲜的立诚的写实文学；曰推倒迂晦的艰涩的山林文学，建设明了的通俗的社会文学。"② 文中陈独秀列举了"失独立自尊之气象"的贵族文学，"失抒情写实之旨"的古典文学，"自以为名山著述"的山林文学的种种弊端，倡导具有平易的抒情的国民文学，新鲜的立诚的写实文学，明了的通俗的社会文学。这两篇文章的发表，定位了文学革命的方向和目标，使新文学运动得以迅速开展。一场运动的方向明确之后，就必须深入到对诸多具体问题的分析之中。

《新青年》出到第三卷之后，白话文的积极倡导者都注意到了具体的改革问题，不少文章对此都进行了深入细致地探究，并提出了有益的改革方案。包括对小说、诗歌、戏剧、散文等方面都提出了许多革新的意见。他们都是边创作边探讨，以文学创作体验辅助理论的形成，同时又以文学理论进一步来指导创作。如刘半农的《我之文学改

---

① 《文学改良刍议》，《新青年》第二卷第 5 号，1917 年 1 月 1 日。
② 《文学革命论》，《新青年》第二卷第 6 号，1917 年 2 月 1 日。

良观》、①《应用文之教授》、② 钱玄同的《论应用文亟宜改良》、③ 傅斯年的《文言合一草议》、④ 欧阳予倩的《予之戏剧改良观》、⑤ 胡适的《论短篇小说》、⑥《文学进化观念与戏剧改良》⑦ 都极为细致地对改革的内容进行了具体的分析。

刘半农是最早认识到文言文中也不乏蕴涵浑厚、表达雅洁的词汇，完全可以将文言词汇掺入白话，这只会增强白话语言的表现力。因此，在新文学运动之初，他就提出"文言、白话可以暂处于对待的地位。""以二者各有所长、各有不相及处，未能偏废故。"⑧ 钱玄同与陈独秀一样，也是最早对《文学改良刍议》作出反响者之一。《文学改良刍议》发表当月，他便写信给陈独秀，认为该文中"主张白话体文学说，最精辟。"信中话语不多，却抓住了胡适文章中最有价值的思想。钱玄同以"古人用古语，今人用今语"的口号来注释"白话体文学说"。抛却"八不主义"中的其他七项，只是强调其中第八项的"白话体文学说"的思想。这个"古今一体，言文合一"的"白话体文学说"对于文学革命具有极为重要的意义，"它有力地推动了胡适倡导的白话文学理论体系的最后完成，以摧枯拉朽之势摧毁了阻碍言文合一的文派——桐城、选学派，为建设新文学确定了一个明白无误的目标。"⑨ 因此，钱玄同的"白话体文学说"后来演化成胡适文学革命思想的基本理论。在《新青年》第四卷第4号，胡适发表了《建设的文学革命论》，提倡"国语的

① 《新青年》第三卷第 3 号，1917 年 5 月 1 日。
② 《新青年》第四卷第 1 号，1918 年 1 月 15 日。
③ 《新青年》第三卷第 5 号，1917 年 7 月 1 日。
④ 《新青年》第四卷第 2 号，1918 年 2 月 15 日。
⑤ 《新青年》第五卷第 4 号，1918 年 10 月 15 日。
⑥ 《新青年》第四卷第 5 号，1918 年 5 月 15 日。
⑦ 《新青年》第五卷第 4 号，1918 年 10 月 15 日。
⑧ 《新青年》第三卷第 3 号，1917 年 5 月 1 日。
⑨ 沈永宝：《论钱玄同的"白话体文学说"》，《复旦学报（社会科学版）》2000 年第 3 期。

文学"和"文学的国语",进一步深化了他的新文学主张,把原来的"八不主义"重新解释成:"要有话说,方才说话","有什么话,说什么话;话怎么说,就怎么说","要说我自己的话,别说别人的话","是什么时代的人,说什么时代的话"。在这里,胡适把对新文学的主张说得非常清楚、透彻,坚定地表明白话为新文学正宗的立场。

关于陈独秀的《文学革命论》,其中提到的反对贵族文学、古典文学两个词汇,有学者探讨出是受法国启蒙主义思潮的影响,法国启蒙主义思潮中就有反对"贵族文学"、"古典文学"两项:"如果以法国启蒙主义文学做比照,会发现《文学革命论》中的主要价值评判准则几乎都可以在该文学思潮中找到对应的关系。能显示出二者关系的突出标志是,在《文学革命论》中反复出现的两个关键词——古典文学、贵族文学,也正是法国启蒙主义文学中的两个关键词。"[①] 他所说的"平易的抒情的国民文学"、"新鲜的立诚的写实文学"和"明了的通俗的社会文学"[②] 是一种"实利的而非虚文的"、"科学的而非想象的"[③] 具有平民意识的启蒙性质的文学,也就是 18 世纪法国启蒙主义文学中的那个对现实具有初步觉醒意义的现实主义文学。

文学是陈独秀思想体系中的一个重要构成部分,尽管在他心目中政治第一,文学第二,他的文学观念和文学主张,是与其政治、伦理主张相联结的。陈独秀由《甲寅》月刊时期的注重个人主体性,强调自我意识,突出个人本位的文学观,到《文学革命论》中对传统文学的彻底抨击,他理想中的新文学应该是既不模仿古人,又不铺张堆砌、

---

① 乔国强、姜玉琴:《法国启蒙思想与陈独秀的文学观》,《中国现代文学研究丛刊》2005年第3期。

② 陈独秀:《今日教育之方针》,《青年杂志》第一卷第2号,1915年10月15日。

③ 陈独秀:《敬告青年》《青年杂志》第一卷第1号,1915年9月15日。

矫揉造作，而注重写实和"写世"的白话文学。直到"白话文学运动"胜利之后，陈独秀还强调："白话若是只以通俗易解为止境，不注意文学的价值，那便只能算是通俗文，不配说是新文学。"① 在陈独秀的心目中，文学的价值就是文学所具有的社会功利性。这与梁启超在《新民丛报》上对边沁功利主义宣传，以及《甲寅》月刊时期，章士钊及同人们对于边沁、穆勒和霍布豪斯等人的政治上功利主义学说的宣传译介有关。陈独秀在与《东方杂志》记者的辩论中，大胆宣称："余固彻头彻尾颂扬功利主义者"，"虽最狭之功利主义"，"余亦颂扬之"。他认为在政治上"功利主义所谓权利主张，所谓最大多数之最大幸福等，乃民权自由立宪共和中重要文件。"② 同时，他在伦理上，更在文学上也主张带有功利主义、实用主义，即以人的文学、为人生为目标的文学创作。而胡适则受杜威实验主义的影响，将实验主义引进其白话文学理论的建构中，这是胡适的文学功能观，他认为白话文学应该注重适用或实用，也就是适用于社会和时代发展的需要。胡适一直以明白浅显为文学的第一要义，"明白如话"是他所追求的白话文学的境界，认为"真实性"的文学属性非常重要，忽视了想象、虚构和情感。这也是胡适与陈独秀在文学改良观上的不同之处。

《新青年》从4卷1号开始使用白话和新式标点，第一篇使用白话创作的各种体裁文章有：胡适创作了第一首白话诗《朋友》③，鲁迅创作了第一篇白话小说《狂人日记》④。胡适写作了第一部白话剧本《终身大事》⑤。4卷4号上开设的"随感录"专栏，成为早期议论性白话散文的

① 陈独秀：《新文化运动是什么？》，《新青年》第七卷第5号，1920年4月1日。
② 陈独秀：《再质问〈东方杂志〉记者》，《新青年》第六卷第2号，1919年2月15日。
③ 《新青年》第二卷第6号，1917年2月1日。
④ 《新青年》第四卷第5号，1918年5月15日。
⑤ 《新青年》第六卷第3号，1919年3月15日。

发源地。胡适用白话翻译了小说《二渔夫》[①]。刘半农用白话翻译了戏剧《琴魂》[②]。周作人用白话翻译了诗歌《古诗今译·牧歌》[③]。《新青年》还探讨了白话文的使用范围从文学扩展到应用文的领域，钱玄同第一次提出了应用文的"改革之大纲十三事"[④]，其中最重要的一条是书写语言都要"以国语为之"，陈独秀表示赞成。接着刘半农在《应用文之教授》[⑤]中同意钱玄同的观点，并且还详细规定了应用文从选、讲、出题到批改等一系列教授的具体措施。傅斯年的《文言合一草议》[⑥]，对白话彻底取代文言的方案做了进一步的设计，并提出了十项改革方略、八项改革原则。"现代白话不仅仅只是白话，更重要的是它是现代的，它是融合古今中外的语言而成，在词汇上远比作为民间口语的白话要丰富，能够表达现代人的思想。所以决不能把五四白话简单地等同于古代白话。"[⑦] 白话文在所有领域取代文言成为一种事实。

傅斯年在建设新白话文方面是比较用心者之一。他的《文学革新申议》、《文言合一草议》《怎样做白话文》都产生过较大影响。尤其是在《怎样做白话文》中，他还特别申明了自己讨论的范围。"我所讨论的范围，限于无韵文。……又无韵文里头，再以杂体为限，仅当英文的Essay 一流。其余像小说，不歌的戏剧，本是种专门之业，应当让专家研究他的做法，也不是这篇文章能够概括的。请读者注意我所讨论的，只是散文———解论（Earration）、辩议（Augumentation）、记叙（Nar-

---

① 《新青年》第三卷第 1 号，1917 年 3 月 1 日。
② 《新青年》第三卷第 4 号，1917 年 6 月 1 日。
③ 《新青年》第四卷第 2 号，1918 年 2 月 15 日。
④ 《新青年》第三卷第 5 号，1917 年 7 月 1 日。
⑤ 《新青年》第四卷第 1 号，1918 年 1 月 15 日。
⑥ 《新青年》第四卷第 2 号，1918 年 2 月 15 日。
⑦ 高玉：《语言运动与思想革命》，《文学评论》2002 年第 5 期。

ration）、形状（Description）四种散文，———没有特殊的文体。"① 傅斯年认为只有欧化才能实现新文学"人化"的目标。西方文学的文学观念、审美意识、情感表现等都将成为中国现代文学的参照系统，中介则为翻译实践。他说："要是想成为独到的白话文，超于说话的白话文，有创造精神的白话文，与西洋文同流的白话文，还要在乞灵说话以外，再找出一宗高等凭借物。这高等凭借物是什么，照我回答，就是直用西洋文的款式，文法，词法，句法，章法，词枝……一切修辞学上的方法，造成一种超于现在的国语，欧化的国语，因而成就一种欧化国语的文学。"② 他反复强调，我们的理想，是使国语欧化。关于将来的白话文应该是什么样子，傅斯年说："我们对于将来的白话文，只希望他是'人的'文学，但是这道理说来容易，做去便觉得极难。幸而西洋近世的文学，全遵照这条道路发展：不特将他的大地方是求合人情，就是他的一言一语，一切表词法，一切造作文句的手段，也全是'实获我心'。我们径自把他取来，效法他，受他的感化，便自然而然的达到'人化'的境界，我们希望将来的文学，是'人化的文学'，须得先使他成欧化的文学，就现在的情形而论，'人化'即欧化，欧化即'人化'。"③ 所以说，新文化运动时期建设的白话文学，是"欧化"了的白话文，它虽然采用俗语俚语，但是这种白话文的水准还是远远高于底层大众的接受能力，从中可以看出它有着很强的精英和学理色彩。

《新青年》还进行了白话诗歌和白话戏剧创作的探讨，促进了其理论的发展。以戏剧讨论为例，《新青年》有关白话戏剧的讨论，最早出现在5卷4号上。这里有胡适的《文学进化观念与戏剧改良》、傅斯年

---

① 傅斯年：《怎样做白话文》，《新潮》第一卷第2号，1919年2月1日。
② 傅斯年：《怎样做白话文》，《新潮》第一卷第2号，1919年2月1日。
③ 傅斯年：《怎样做白话文》，《新潮》第一卷第2号，1919年2月1日。

的《戏剧改良各面观》、欧阳予倩的《予之戏剧改良观》等等，这些文章使得这一号又几乎成了"戏剧改良专号"。胡适主张新戏要引入"悲剧的观念"，进行"经济"的表现。① 傅斯年认为新剧剧本"还要自己编制，但是不妨用西洋剧本做材料，采取他的精神，弄来和中国人情合拍了，就可应用了。换一句话说来，直译的剧本，不能适用，变化形式，存留精神的改造本，却是大好"。② 欧阳予倩则提出新剧本"贵能以浅显之文字，发挥优美之理想。无论其为歌曲，为科白，均以用白话，省去骈俪之句为宜。"③ 这些都是中国最早的现代戏剧理论。总之，他们创造的戏剧观念就是张扬个性，推崇为人生的写实主义戏剧观，倡导悲剧观念和进化观念。

罗家伦在《近代中国文学思想的变迁》中说："国语文学的精神就是'人生化'的精神。""思想革命是文学革命的精神，文学革命是思想革命的工具，二者都是去满足'人的生活'的。"④ 胡适在《五十年来中国之文学》中谈到："民国六年的《新青年》里有许多讨论文学的通信，内中钱玄同的讨论很多可以补正胡适的主张。"⑤ 胡适接受了钱玄同的批评观点，进而纠正了自己早期倡导新文学理论上的偏颇。对新文学的创作目标，周作人提出了"人的文学"和"平民文学"观，把个体的人，作为"人"，如他所说的"一种个人主义的人间本位主义"，以人道主义为本，研究人生各种问题，从而把"思想革命"和"文学革命"结合起来，"人的文学"观成为"五四"新文学运动的理论旗帜，开始使

① 　胡适：《文学进化观念与戏剧改良》，《新青年》第五卷第 4 号，1918 年 10 月 15 日。
② 　傅斯年：《戏剧改良各面观》，《新青年》第五卷第 4 号，1918 年 10 月 15 日。
③ 　欧阳予倩：《予之戏剧改良观》，《新青年》第五卷第 4 号，1918 年 10 月 15 日。
④ 　罗家伦：《近代中国文学思想的变迁》，《新潮》第二卷第 5 号，1920 年 9 月，第 878—879 页。
⑤ 　胡适：《五十年来中国之文学》，《胡适学术文集·新文学运动》，中华书局 1993 年版，第 152 页。

文学创作对象和主题由"我们"向"他们"转变，各种文学体裁及文学理论在实践中都经历了多次的讨论，对所创作的经验进行总结，创作类型已经确定，同时也基本上形成了"五四"新文学的批评观。

二、新文学批评原则的确立

如果新文学批评原则得以确立，那么中国新文学批评就表明真正地自觉开始。随着"五四"新文学运动的蓬勃开展，引发和影响了学界对"新文学"内涵及其文学批评实质的探讨和研究。关于什么是新文学，李大钊在《什么是新文学》一文中，明确地对"新文学"进行了界定："我的意思以为刚是用白话作的文章，算不得新文学；刚是介绍点新学说、新事实，叙述点新人物，罗列点新名词，也算不得新文学。"那么真正的"新文学"应该是："我们所要求的新文学，是为社会写实的文学，不是为个人造名的文学；是以博爱心为基础的文学，不是以好名心为基础的文学；是为文学而创作的文学，不是为文学本身以外的什么东西而创作的文学。""洪深的思想、学理，坚信的主义，优美的文艺，博爱的精神，就是新文学新运动的土壤、根基。"[1] 可以说，李大钊对"新文学"内容与功能性质的正确而全面的界定，肯定了文学具有壮美的趣味，纠正了先前新文学创作与理论中出现的偏颇，形成了现代文学崭新的文学批评观。他的文学理论的核心概念就是"爱"与"美"，这种"爱"与"美"，作为文学的性质，是指"真爱真美"，是他对新文学所坚持的理想之所在。从对人生的理解出发，在人类和世界进化的大背景之下，把"爱"作为社会进步、人类发展的一种内在的动力来提倡，亦即阐述了文学与社会、文学与人生的关系。他还认为，面对变动不已的宇宙，人们只是"殆犹沧海之一粟耳"[2]，因而应

---

① 李大钊：《什么是新文学》，《星期日周刊》"社会问题号"，1920 年 1 月 4 日。
② 李大钊：《青春》，《新青年》第二卷第 1 号，1916 年 9 月 1 日。

当抓住现有的时间去奋力拼搏，体现了他追求"真爱真美"的文学思想与文学批评观。《新青年》在五四时期产生了巨大反响，潘公展在《关于新文学的三件要事》的信中对《新青年》作了中肯的评价："《新青年》是今日国中一线的曙光；要拯救中国的青年，跳出旧家庭社会束缚的势力，重新做他们的'人'，全靠这《新青年》了。"①《新青年》以文学作为载体，与《甲寅》月刊一样，都体现了注重学理的精英倾向，也就是说新文学创作和文学翻译作为新文学运动的载体，把文化运动更为深入地进行到思想领域，并从理论上得以阐释。

1917 年陈独秀答曾毅的信时说："何为文学之本意耶？窃以为文以代语而已。达意状物，为其本义。文学之文，特其描写美妙动人者耳。其本义原非为载道有物而设，更无所谓限制作用，及正当的条件也。状物达意之外，倘加以他种作用，附以别项条件，则文学之为物，其自身独立存在之价值，不已破坏无余乎？故不独代圣贤立言为八股文之陋习，即载道与否，有物与否，亦非文学根本作用存在与否之理由。欧洲自然派文学家，其目光唯在实写自然现象，绝无美丑善恶邪正惩劝之念存于胸中，彼所描写之自然现象，即道即物，去自然现象外，无道无物，此其所以异于超自然现象之理想派也。理想派重在理想，载道有物，非其所轻。惟意在自出机杼，不落古人窠臼，此其所以异于钞袭陈言之古典派也。""仆之私意，固赞同自然主义者。惟衡以今日中国文学状况，陈义不欲过高，应首抨击古典主义为急务。理想派文学，此时尚未可厚非。但理想之内容，不可不急求革新耳。若仍以之载古人之道，言陈腐之物，后之作者，岂非重出之衍文乎？"②

陈独秀反对胡适的学术商榷态度，在 1917 年 5 月 1 日《新青年》

---

① 潘公展：《关于新文学的三件要事》，《新青年》第六卷第 6 号，1919 年 11 月 1 日。
② 陈独秀：《新青年》第三卷第 2 号"通信"栏，1917 年 4 月 1 日。

第三卷第 3 号 "通信" 栏致胡适信中说："改良文学之声，已起于国中，赞成反对者各居其半。鄙意容纳异议，自由讨论，固为学术发达之原则。独至改良中国文学，当以白话为文学正宗之说，其是非甚明，必不容反对者有讨论之余地，必以吾辈所主张者为绝对之是，而不容他人之匡正也。其故何哉？盖以吾国文化，倘已至文言一致地步，则以国语为文，达意状物，岂非天经地义，尚有何种疑义必待讨论乎？其必欲摒弃国语文学，而悍然以古文为文学正宗者，犹之清初历家排斥西法，乾嘉畴人非难地球绕日之说，吾辈实无余闲与之作此无谓之讨论也！"①前面已述，陈独秀的文学观是在强调文学社会功利性的同时，也强调文学的自身价值。他在 1918 年 7 月 15 日《新青年》第五卷第 1 号中发表《学术独立》（"随感录"十三）一文。认为"中国学术不发达之最大原因，莫如学者自身不知学术独立之神圣。譬如文学自有其独立之价值也，而文学家自身不承认之，必欲攀附《六经》，妄称'文以载道'，'代圣贤立言'，以自贬抑"。②陈独秀的这种文学观念是对传统的"文以载道"观的反驳。作为文明数千年的古老中国，文学艺术从未确立起自身的独立地位，而是依附于传统的宗教崇拜、政治需要、王室权威、民众教化、科举取第等。其结果只能是无法建立自身的审美文化的价值体系。陈独秀这种具世界眼光的新的文学理念为《新青年》的创刊与文学革命的顺利开展，首先从政治思想领域打开了通道，使得"五四"新文化运动具有多元的内涵。傅斯年认为只有欧化才能实现新文学"人化"的目标，"人化"即欧化，欧化即"人化"。

　　胡适的文学理论从根本上是建立在实用主义哲学的历史进化观基础之上，他在《文学进化观念与戏剧改良》中谈到："一种文学有时进

---

① 陈独秀：《新青年》第三卷第 3 号 "通信" 栏，1917 年 4 月 1 日。
② 陈独秀：《"随感录"十三》，《新青年》第五卷第 1 号，1918 年 7 月 15 日。

化到一个地位，便停住不进步了；直到它与别种文学相接触，有了比较，无形之中受了影响，或是有意的吸收人的长处，方才再继续有进步"。① 这一观点在胡适的"文学发展观"中有重要的意义。他既发现了文学发展规律的深刻性，又认识到对异域文学的引介必要性和对传统文学大团圆形式的批判。在胡适的文学理论中，他的白话文理论具有更重要的意义。他注重的是文学的实用性、社会性，而对文学的本质属性很少作必要的认识和思考，这也导致了他的认识上的一些弊端，使他不能合理地剖析生活真实与艺术真实的关系。他在 1920 年 10 月写作的《什么是文学——答钱玄同》中谈到："语言文字都是人类达意表情的工具；达意达的好，表情表的妙，便是文学"。"文学有三个条件：第一要明白清楚，第二要有力能动人，第三要美"。② 他以此态度从文学谈到文学的"美"，他说"美在何处呢？也只是两个分子：第一是明白清楚；第二是明白清楚之至，故有逼人而来的影像。除了这两个分子之外，还有什么孤立的'美'吗？没有了"。③ 这就是胡适以科学实验室的态度来谈文学，并将这种态度贯穿到文学欣赏和文学批评中，这种方法实际上会使文学批评陷入刻板的境地，致使他未能运用美学观念来构造自己的文学本体论，即使谈到文学的美的属性，也未能充分展开，这是他文学观念中的一大损失。

作为从旧营垒冲杀出来的钱玄同，一方面他的整体文学价值观体现在文学作为艺术既要有"情感"和"思想"以及相应的艺术形式，

---

① 赵家璧主编，胡适编选：《中国新文学大系·建设理论集》，上海良友图书印刷公司1935年版，第 381 页。

② 赵家璧主编，胡适编选：《中国新文学大系·建设理论集》，上海良友图书印刷公司1935年版，第 214 页。

③ 赵家璧主编，胡适编选：《中国新文学大系·建设理论集》，上海良友图书印刷公司1935年版，第 216 页。

又要使它们与时代的发展相一致。"若论词曲小说诸著在文学上之价值，窃谓仍当以胡君'情感''思想'两事为标准"①。另一方面钱玄同用历史的价值观来观照文学，他认为社会是进化和发展的，有一定的路线，因而判断事物的价值，要根据一定的社会历史背景。文学的社会价值，在于它能与一定的历史时代相对照，反映一定的历史时代的思想和生活，这样的文学就是有价值的文学。与此同时，钱玄同在他的文学价值观中，认为无论是哪个时代的文学，只要自身适合文学的规律，就是有价值的，这是他的文学本体价值观的体现，其基本内容就是能真实地"表情达意"②，"若抛弃一切世俗见解，专用文学的眼光去观察"③，同时须有"意味"④。他非常注意从文学本身的思想与艺术倾向上来分析文学的价值。刘半农的文学价值观不仅体现在"文学之界说"、"文学与文字"的区别到白话的特点，从新散文文体，到新韵文的规范，从戏剧改良到新戏剧的创造以及诸多具体的技术问题，从新文学的标点符号、格式，到新文学的倾向性及各类文艺问题等等，他都有涉及。归纳到一起，最为突出的就是界定了什么是文学、新文学如何用语、文学的基本特征和规范。他能够在胡适、陈独秀提倡的"白话为文学之正宗"的基础上，进一步提出从"言文合一"来构造新文学的语言，认为文言、白话"各有所长，各有不相及处"，故不能"偏废"。他提倡的"言文合一"，即取文言之长，补白话之不足。刘半农在文学理论主张上更为重要的举措就是对文学本质特征的论述。其中他对文学美的本质与真的特征的论述最为充分。他在《我之文学改良观》中开篇就谈到："夫

---

①　钱玄同：《寄陈独秀》，《新青年》第三卷第 1 号，1917 年 3 月 1 日。
②　钱玄同：《寄陈独秀》，《新青年》第三卷第 1 号，1917 年 3 月 1 日。
③　赵家璧主编，胡适编选《中国新文学大系·建设理论集》，上海良友图书印刷公司1935年版，第 81 页。
④　钱玄同：《寄陈独秀》，《新青年》第三卷第 1 号，1917 年 3 月 1 日。

文学为美术之一"。他认为文学的"美",表现在内容与形式的统一当中,并且文学的内容是决定着文学美的主要成分。同时,他对文学"真"的本质的论述更具有理论深度,多方面地论述了文学"真"的含义。在《诗与小说精神上之革新》中,阐述了文学"真号"的重要意义。"作诗本意,只需将思想中最真的一点,用自然音响节奏写将出来,便算了事,便算极好"。如果"灵魂中没有一个'真'字,又不能在自然界及社会现象中,放些本领去探出一个'真'字来",①那么这样的作品便没有任何文学价值,并进一步分辨了"真"的不同品格,因而为"五四"新文学理论批评提供了另一种评价维度。

周作人在建设新文学理论过程中贡献最为突出,提出了"人的文学"、"平民文学"以及新文学"思想革命"等涉及新文学本质的理论观点,同时贯穿着自己的批评实践。他对新文学本质属性的认识,从对人的认识开始,人道主义思想则是他论述新文学本质的前提。这种人道主义与"五四"时期提倡的个性主义等时代思潮是一致的。周作人在"人道主义"的思想旗帜引导下,提出了"人的文学"的理论观点。他在《人的文学》中指出:"'人的文学',当以人的道德为本",即以自由、平等为新道德内容去描写人生,"以人的生活为是",作家结构的文学作品,才是"人的文学"。与此同时,创造"人的文学"还要取决于作家主体。"人的文学与非人的文学的区别,便在著者的态度"②。他认为著者的态度对于文学的性质起着决定的作用,注重作家的主观能动作用。他提出的新文学的本质论、主体论,对于建设新文学,反对旧文学,是其宝贵的理论思想。之后他又提出了"平民文学"的主张,是对"人的文学"的具体化。认为平民文学要有"普遍"性,并且作

---

① 刘半农:《诗与小说精神上之革新》,《新青年》第三卷第5号,1917年7月1日。
② 周作人:《人的文学》,《新青年》第五卷第6号,1918年12月15日。

者能以"真挚的文体，记真挚的思想与事实"，表现平民精神。接着，周作人又提出了新文学"思想革命"的主张，是他前两方面文学主张的进一步深入，是从理论上为新文学运动指明了前进的方向。对于新文学和文学革命而言，"文字改革是第一步，思想改革是第二步，却比第一步更为重要"。① 同时，"思想固然重要，形式也甚重要"。② 从作家的思想状况出发，强调思想革命的重要性和必要性，并且作家自身的"思想革命"更为重要，注重批评家的主体作用与批评活动的主观性。

如果说，梁启超的文学批评体现了我国传统文学批评向资产阶级近代化文学批评过渡的进程，在强调宣传文学的社会功利作用同时，也体现了他能比较重视文学自身的情感质素，注重对审美过程中移情现象的研究。而王国维的文学批评应该注重"美术之特质"的研究，并且善于从作品的个别具体描写中，来体验、发现"人类全体之性质"。其独到价值是对文学艺术的本体地位和审美属性进行了深入的论述。王国维和梁启超分别开启了非功利和重功利两种旨趣不同但均属近代化的文学批评体系。那么，"五四"先驱者们在引进西方文艺理论与思潮的时候，既将西方文论及思潮作为一种纯理论引入中国文坛，又超越这种纯理论的范围，用它来帮助完成反对旧道德、提倡新道德、反对旧文学、提倡新文学的使命。这种使命既表现在批判旧文学方面，也表现在建设新的文学观方面，铸就了新文学理论的基石。正是这种"现代型"的品格，构成了现代文学理论与批评的鲜明特色，形成了艺术性、真实性与思想性相统一的新文学批评观。

---

① 周作人：《思想革命》，《中国新文学大系·建设理论集》，上海良友图书印刷公司1935年版，第201页。

② 周作人：《日本近三十年小说之发达》，《中国新文学大系·建设理论集》，上海良友图书印刷公司1935年版，第201页。

胡适在 1918 年的《建设的文学革命论》中，阐释了倡导白话文的动机、思路和理论根据"我的'建设新文学论'的唯一宗旨只有十个大字：'国语的文学，文学的国语'。我们所提倡的文学革命，只是要替中国创造一种国语的文学。有了国语的文学，方才可有文学的国语。有了文学的国语，我们的国语才可算真正国语。国语没有文学，便没有生命，便没有价值，便不能成立，便不能发达"，倡导"国语的文学"和"文学的国语"，体现了他进化的文学观与对新文学理论的建树，并在文学创作上冲破阻挠进行新的"尝试"。胡适的白话文学理论和《建设的文学革命论》，促成了新文学革命理论的建设。陈独秀发表的许多文章，都属于文学创作。写实，是陈独秀对文学的基本要求，也是他批评各类文学的准绳。这种批评观与他对文学本质特征认识息息相关。他认为文学是社会思想变迁的产物。他对传统文学的批判都很激进，然而他在讨论文学的审美特性时，仍很重视文学的自身规律，认为文学有独立的品格和价值。他认为"现在中国没有美术真不得了，这才真正是最致命的伤"[①]。陈独秀把文学的本义和文学的功能结合在了一起。这一切都表明了他所特有的平衡清醒的文学批评理念。开放的文学姿态，体现了《新青年》的办刊特色与文学革命的发展进程，体现了这些知识精英们对新文学观的思索与探求。周作人发表《人的文学》与《平民文学》，确立了新文学的"人的文学观"。对人道主义文学的倡导，体现了周作人在"五四"初期把文学作为一种实现理想的武器和工具来使用的，坚信通过"人"的改造来获得民族的新生。早期与鲁迅对小说的翻译，则突出了他们进化的科学的翻译观，对翻译文学观的倡导与实践，丰富了"五四"初期文学理论体系的建构。李大钊发表《什

---

① 陈独秀：《新文化运动是什么？》，《新青年》第七卷第 5 号，1920 年 4 月 1 日。

么是新文学》一文，对新文学的创作给予理论上的指导和整合，还有对西方进步文学中的小说、诗歌、戏剧的翻译，对易卜生"社会问题剧"的引介。胡适的最先"尝试"创作新诗、话剧，鲁迅的《狂人日记》的发表，奠定了中国现代白话小说的开端。鲁迅对国民性的挖掘，对人的精神上的改造，从"立人"到"立国"的思想，与早期的"任个人而排众数"的浪漫主义诗学思想相统一。文学的思想性与艺术性、真实性相统一，成为新文学的批评原则。西方科学主义和人本主义两大思潮在近代已传入中国，"五四"时期提倡科学与民主以及与复古势力的论争促进了这两大思潮的深入传播和运用。接着1919年马克思主义唯物史观的传播和运用，更为文学理论批评在科学化、个性化的交融上奠定了新的理论基础。文学思潮和文学观念的变革和更新，特别是现实主义、浪漫主义、现代主义文学思潮的影响和推动，以及与之相适应的文学理论批评观念、内容的变化，都促进了批评类型、方法、形式、流派的多元发展。至此，新文学多元的批评理论体系得以正式建构。新文学批评与新文学创作如一鸟双翼，相互依存，且新文学批评理论对于整个20世纪20、30年代乃至后来的文学创作与文学思潮和流派的发生发展都有着深刻的影响和指导意义。人生批评派已是一个主要以文学为本位的批评流派，代表中国现代文学批评的真正自觉开始。

参考文献

一、近现代期刊文献

1. 梁启超主编：《时务报》，1896年8月创刊，上海。

2. 梁启超主编：《清议报》1898年创刊，日本横滨。

3. 裘廷梁主编：《无锡白话报》，1898年5月创刊。第5—6期改名为《中国官音白话报》，江苏无锡。

4. 梁启超主编：《新民丛报》，1902年1月创刊，日本横滨。

5. 梁启超主编：《新小说》，1902年10月创刊，日本横滨。

6. 章士钊主编：《苏报》，1903年5月27日，上海。

7. 章士钊主编：《国民日报》，1903年8月7日创刊，上海。

8. 杜亚泉主编：《东方杂志》，1904年1月创刊，上海。

9. 陈独秀主编：《安徽俗话报》，1904年3月创刊，安徽芜湖。

10. 章太炎主编：《民报》，1905年创刊。

11. 李伯元主编：《绣像小说》，1903年5月创刊，上海。

12. 汪维父主编：《月月小说》，1906年9月创刊，第4期开始由吴趼人、周桂笙合办，上海。

13. 黄摩西主编：《小说林》，1907年2月创刊，上海。

14. 王蕴章主编：《小说月报》，1910年7月创刊，上海。

15. 于右任主编：1910年10月创刊，章士钊主编：《民立报》1912

年2月，上海。

16. 梁启超主编：《庸言》，1912年创刊，1914年2月第二卷第1、2号合刊改为黄远庸主编，天津。

17. 章士钊主编：《独立周报》，1912年9月创刊，上海。

18. 章士钊主编：《甲寅》月刊，1914年5月创刊，日本东京。

19. 陈独秀主编：《青年杂志》（第二卷为《新青年》），1915年9月创刊，上海。

20. 章士钊主编：《甲寅》日刊，1917年1月创刊，北京。

21. 傅斯年主编：《新潮》，1919年1月创刊，北京。

22. 章士钊主编：《甲寅》周刊，1925年6月创刊，北京。

二、图书文献

1. 章行严选：《名家小说（上、中、下）》，亚东图书馆1916年版。

2. 梁启超：《清代学术概论》，商务印书馆1921年版。

3. 陈独秀：《独秀文存》，亚东图书馆1922年版。

4. 章士钊：《甲寅杂志存稿》，商务印书馆1922年版。

5. 黄远生：《远生遗著》，商务印书馆1927年版。

6. 陈子展：《中国近代文学之变迁》，中华书局1929年4月第1版。

7. 王森然：《近代二十家评传》，北京古震书局1934年版。

8. 郑振铎主编：《中国新文学大系·文学论争集》，上海良友图书公司1935年版。

9. 赵家璧主编，胡适编选：《中国新文学大系（第一集）·建设理论集》，良友图书印刷公司1935年版。

10. 张若英：《中国新文学运动史资料》，光明书店1936年版。

11. 郑振铎：《中国俗文学史》（上、下），商务印书馆 1938 年版。

12. 蔡元培等著：《中国新文学大系导论集》，良友图书公司 1945 年版。

13. 张静庐辑注：《中国近代出版史料初编》，三联出版社 1953 年版。

14. 阿英：《晚清小说史》，作家出版社 1955 年版。

15. 张静庐辑注（补编）：《中国出版史料》，中华书局 1957 年版。

16. 中国科学院历史研究所三所编：《五四运动回忆录》，中华书局 1959 年版。

17. 李大钊：《李大钊选集》，人民出版社 1959 年版。

18. 中共中央马克思恩格斯列宁斯大林著作编译局研究室编著：《五四时期期刊介绍》，人民出版社 1959 年版。

19. 张丹、王忍之编：《辛亥革命前十年间时论选集》（总三卷），三联书店 1960 年版。

20. 中国人民政治协商会议全国委员会文史资料研究委员会编：《辛亥革命回忆录》（1—8 卷），中华书局 1961 年版。

21. 钱钟书：《林纾的翻译》，商务印书馆 1981 年版。

22. 刘献彪、林治广编：《鲁迅与中日文化交流》，湖南人民出版社 1981 年版。

23. 敏泽：《中国文学理论批评史》，人民文学出版社 1982 年版。

24. 蔡尚思主编：《中国现代思想史资料简编》（五卷），浙江人民出版社 1982 年版。

25. 方汉奇：《中国近代报刊史》，陕西人民出版社 1982 年版。

26. 王长新：《日本文学史》，外语教学与研究出版社 1982 年版。

27．薛绥之、张俊才：《林纾研究资料》，福建人民出版社 1982 年版。

28．丁守和编：《辛亥革命时期期刊介绍》，人民出版社 1982 年版。

29．汪原放：《回忆亚东图书馆》，学林出版社 1983 年版。

30．胡绳武、金冲及：《从辛亥革命到五四运动》，湖南人民出版社 1983 年版。

31．中南地区辛亥革命史研究会：《纪念辛亥革命七十周年青年学术讨论会论文选》（上、中、下），中华书局 1983 年版。

32．曾乐山：《五四时期陈独秀思想研究》，福建人民出版社 1983 年版。

33．中华书局编辑部编：《纪念辛亥革命七十周年学术讨论会文集》（全三册），中华书局出版，1983 年版。

34．任建树、张统模、吴信忠编：《陈独秀著作选（第一卷）》，上海人民出版社 1984 年版。

35．曾小逸主编：《走向世界文学　中国现代作家与外国文学》，湖南人民出版社 1985 年版。

36．王铁仙编：《新文学的先驱〈新青年〉〈新潮〉及其他作品选》，华东师范大学出版社 1985 年版。

37．朱维铮校注：《梁启超论清学史二种》，复旦大学出版社 1985 年版。

38．梁容若：《中日文化交流史论》，商务印书馆 1985 年版。

39．徐瑞狱编：《刘半农文选》，人民文学出版社 1986 年版。

40．任访秋：《中国新文学渊源》，河南人民出版社 1986 年版。

41．刘中树：《鲁迅的文学观》，吉林大学出版社 1986 年版。

42．曹聚仁：《中国学术思想史随笔》，生活·读书·新知三联书店 1986 年版。

43．中山大学中文系主编：《中国近代文学的特点性质和分期》，中山大学出版社 1986 年版。

44．胡适：《白话文学史》，岳麓书社 1986 年版。

45．梁漱溟：《东方学术概观》，巴蜀书社 1986 年版。

46．赵园：《艰难的选择》，上海文艺出版社 1986 年版。

47．周庆基等著：《新文学旧事丛话》，上海教育出版社 1986 年版。

48．陈平原：《在东西方文化碰撞中》，浙江文艺出版社 1987 年版。

49．水如：《陈独秀书信集》，新华出版社 1987 年版。

50．胡适：《四十自述》，上海书店 1987 年版。

51．陈平原：《中国小说叙事模式的转变》，上海人民出版社 1988 年版。

52．王俊年：《中国近代文学论文集·小说卷（1919—1949）》，中国社会科学出版社 1988 年版。

53．张灏、高力克、王跃：《危机中的中国知识分子：寻求秩序与意义》，山西人民出版社 1988 年版。

54．刘中树：《五四文学革命运动史论》，吉林大学出版社 1989 年版。

55．严家炎等：《二十世纪中国小说史第一卷 1897—1916》，北京大学出版社 1989 年版。

56．陈平原、夏晓虹：《二十世纪中国小说理论资料（1897 年—1916 年）》，北京大学出版社 1989 年版。

57．王锦厚：《五四新文学与外国文学》，四川大学出版社 1989 年版。

58. 舒新城：《近代中国留学史》，中华书局 1989 年版。

59. 王跃、高力克：《五四：文化的阐释与评价》，山西人民出版社 1989 年版。

60. 刘桂生、朱育和主编：《时代的错位与理论的选择》，清华大学出版社 1989 年版。

61. 上海中西哲学与文化交流中心编：《时代与思潮（1）——五四反思》，华东师范大学出版社 1989 年版。

62. 乐黛云、王宁主编：《西方文艺思潮与二十世纪中国文学》，中国社会科学出版社 1990 年版。

63. 于布扎、孙志成选编：《卢梭作品精粹》，河北教育出版社 1990 年版。

64. 谢六逸：《日本文学史》，上海书店出版社 1991 年版。

65. 夏晓虹：《觉世与传世——梁启超的文学道路》，上海人民出版社 1991 年版。

66. 许纪霖：《智者的尊严》，学林出版社 1991 年版。

67. 章亚昕：《近代文学观念流变》，漓江出版社 1991 年版。

68. 高力克：《历史与价值的张力　中国现代化思想史论》，贵州人民出版社 1992 年版。

69. 徐鹏绪、张俊才：《中国近代文学研究概论》，天津教育出版社 1992 年版。

70. 张俊才：《林纾评传》，南开大学出版社 1992 年版。

71. 钱理群：《周作人论》，上海人民出版社 1992 年版。

72. 李今：《个人主义与五四新文学》，北方文艺出版社 1992 年版。

73. 陈福康：《中国译学理论史稿》，上海外语教育出版社 1992

年版。

74. 关爱和：《从古典走向现代：论历史转型期的中国近代文学》，河南人民出版社 1992 年版。

75. 姜义华主编：《胡适学术论集·新文学运动》，中华书局 1993 年版。

76. 王富仁：《灵魂的挣扎 文化的变迁与文学的变迁》，时代文艺出版社 1993 年版。

77. 陈平原：《小说史：理论与实践》，北京大学出版社 1993 年版。

78. 杨义：《二十世纪中国小说与文化》，业强出版社 1993 年版。

79. 黄霖：《中国近代文学批评史》，上海古籍出版社 1993 年版。

80. 温儒敏：《中国现代文学批评史》，北京大学出版社 1993 年版。

81. 沈卫威：《传统与现代之间——寻找胡适》，河南大学出版社 1994 年版。

82. 耿云志：《胡适遗稿及秘藏书信》，黄山书社 1994 年版。

83. 赵毅衡：《苦恼的叙述者——中国小说的叙述形式与中国文化》，北京十月文艺出版社 1994 年版。

84. 王运熙、顾易生主编：《中国文学批评通史（柒）近代卷》，上海古籍出版社 1996 年版。

85. 章士钊著，李妙根编选：《章士钊文选》，上海远东出版社 1996 年版。

86. 陈平原：《阅读日本》，辽宁教育出版社 1996 年版。

87. 刘梦溪主编，傅道彬编校：《中国现代学术经典——钱基博卷》，河北教育出版社 1996 年版。

88. 刘梦溪主编，欧阳哲生编校：《中国现代学术经典·严复卷》，河北教育出版社 1996 年版。

89. 梁启超著，刘梦溪主编，夏晓虹编校：《中国现代学术经典·梁启超卷》，河北教育出版社 1996 年版。

90. 田正平：《留学生与中国教育近代化》，广东教育出版社 1996 年版。

91. 曹聚仁：《文坛五十年》，中国出版集团东方出版中心 1997 年版。

92. 吴霓：《中国人留学史话》，商务印书馆 1997 年版。

93. 杨义：《杨义文存》（第一卷），人民出版社 1997 年版。

94. 陈独秀：《逝水年华》，北京师范大学出版社 1997 年版。

95. 陈安湖主编：《中国现代文学社团流派史》，华中师范学大学出版社 1997 年版。

96. 廖超慧：《中国现代文学思潮论争史》，武汉出版社 1997 年版。

97. 杨正典：《严复评传》，中国社会科学出版社 1997 年版。

98. 张炯、邓绍基、樊骏主编：《中华文学通史（第五卷）：近现代文学编近代文学》，华艺出版社 1997 年版。

99. 陈万雄：《五四新文化的源流》，生活·读书·新知三联书店 1997 年版。

100. 黄曼君主编：《中国近百年文学理论批评史（1895—1990）》，湖北教育出版社 1997 年版。

101. 王瑶主编：《中国文学研究现代化进程》，北京大学出版社 1998 年版。

102. 刘纳：《嬗变——辛亥革命时期至五四时期的中国文学》，中国社会科学出版社 1998 年版。

103. 叶渭渠、唐月梅：《20世纪日本文学史》，青岛出版社 1998 年版。

104. 胡适：《胡适文集》，人民文学出版社 1998 年版。

105. 徐迅：《民族主义》，中国社会科学出版社 1998 年版。

106. 邵盈午：《苏曼殊传》，团结出版社 1998 年版。

107. 叶南客：《中国人的现代化》，南京出版社 1998 年版。

108. 申丹：《叙述学与小说文体学研究》，北京大学出版社 1998 年版。

109. 任继愈主编：《中华传世文选（12）·晚清文选》，吉林人民出版社 1998 年版。

110. 陈平原：《中国现代学术之建立 以章太炎、胡适之为中心》，北京大学出版社 1998 年版。

111. 杨义：《杨义文存》（第二卷），人民出版社 1998 年版。

112. 郭延礼：《中国近代文学翻译文学概论》，湖北教育出版社 1998 年版。

113. 汤哲声、涂小马编著：《黄人评卷·作品选》，中国文史出版社 1998 年版。

114. 刘中树：《〈呐喊〉〈彷徨〉艺术论》，吉林大学出版社 1999 年版。

115. 靳明全：《攻玉论——关于二十世纪初期中国政界留日生的研究》，重庆出版社 1999 年版。

116. 陈独秀著、秦维红编：《陈独秀学术文化随笔》，中国青年出版社 1999 年版。

117. 邹小站：《章士钊传》，河南人民出版社 1999 年版。

118．邹振环：《影响中国近代社会的一百种译作》，中国对外翻译出版公司 1999 年版。

119．刘桂生：《严复思想新论》，清华大学出版社 1999 年版。

120．罗平汉：《风尘逸士 吴稚晖别传》，华夏出版社 1999 年版。

121．丁守和主编：《中国近代启蒙思潮》（上、下卷），社会科学文献出版社 1999 年版。

122．李泽厚：《中国思想史论（上、中、下）》，安徽文艺出版社 1999 年版。

123．郭延礼：《中西文化碰撞与近代文学》，山东教育出版社 1999 年版。

124．高旭东：《五四文学与中国文学传统》，山东大学出版社 2000 年版。

125．冯友兰：《中国哲学史》，华东师范大学出版社 2000 年版。

126．章含之、白吉庵主编：《章士钊全集》（总 10 卷），文汇出版社 2000 年版。

127．郭延礼：《近代西学与中国文学》，百花洲文艺出版社 2000 年版。

128．姜义华：《理性缺位的启蒙》，上海三联书店 2000 年版。

129．俞兆平：《写实与浪漫——科学主义视野中的"五四"文学思潮》，上海三联书店 2001 年版。

130．刘纳：《从五四走来——刘纳学术随笔自选集》，福建教育出版社 2000 年版。

131．汪晖：《死火重温》，人民文学出版社 2000 年版。

132．裴效维主编：《近代文学研究》，北京出版社 2001 年版。

133．丁仕原：《20世纪的一面镜子：章士钊论稿》，海南出版社2001年版。

134．邹小站：《章士钊社会政治思想研究》，河南人民出版社2001年版。

135．张新颖：《20世纪上半期中国文学的现代意识》，生活·读书·新知三联书店2001年版。

136．宋原放主编：《中国出版史料》（现代部分），山东教育出版社2001年版。

137．严昌洪、许小青：《癸卯年万岁　1903年的革命思潮与革命运动》，华中师范大学出版社2001年版。

138．张大明：《西方文学思潮在现代中国的传播史》，四川教育出版社2001年版。

139．周晓明：《多源与多元——从中国留学族到新月派》，华中师范大学出版社2001年版。

140．郭延礼：《中国近代文学发展史》（1—3卷），高等教育出版社2001年版。

141．夏晓虹：《晚清社会与文化》，湖北教育出版社2001年版。

142．王一川：《中国现代性体验的发生》，北京师范大学出版社2001年版。

143．王运熙、顾易生主编：《中国文学批评史新编》，复旦大学出版社2001年版。

144．黄曼君主编：《中国20世纪文学理论批评史（上）》，中国文联出版社2002年版。

145．周海波：《中国现代文学批评史论》，上海人民出版社2002

年版。

146．许道明：《中国现代文学批评史新编》，复旦大学出版社 2002
年版。

147．王富仁：《中国文化的守夜人——鲁迅》，人民文学出版社
2002 年版。

148．郑家建：《中国文学现代性的起源语境》，上海三联书店 2002
年版。

149．高旭东：《比较文学与二十世纪中国文学》，人民文学出版社
2002 年版。

150．中国史学会编：《辛亥革命与 20 世纪的中国》（上、中、下），
中央文献出版社 2002 年版。

151．陈平原主编：《中国文学研究现代化进程二编》，北京大学出
版社 2002 年版。

152．许道明：《中国现代文学批评史新编》，复旦大学出版社 2002
年版。

153．陈平原、山口守主编：《大众传媒与现代文学》，新世界出版
社 2003 年版。

154．陈方竞：《多重对话：中国新文学的发生》，人民文学出版社
2003 年版。

155．李泽厚：《中国现代思想史论》，天津社会科学院出版社 2003
年版。

156．朱洪：《陈独秀传》，安徽人民出版社 2003 年版。

157．方长安：《选择·接受·转化——晚清至 20 世纪 30 年代初
中国文学流变与日本文学关系》，武汉大学出版社 2003 年版。

158．颜德如：《梁启超严复与卢梭社会契约思想》，吉林人民出版社 2003 年版。

159．高力克：《五四的思想世界》，学林出版社 2003 年 8 月版。

160．高玉：《现代汉语与中国现代文学》，中国社会科学出版社 2003 年版。

161．郑匡民：《梁启超启蒙思想的东学背景》，上海书店出版社 2003 年版。

162．孙之梅：《南社研究》，人民文学出版社 2003 年版。

163．安庆市陈独秀学术研究会编注：《陈独秀诗存》，安徽教育出版社 2003 年版。

164．杨联芬：《晚清至五四：中国文学现代性的发生》，北京大学出版社 2003 年版。

165．王富仁：《中国的文艺复兴》，广西师范大学出版社 2003 年版。

166．南帆主编：《二十世纪中国文学批评 99 个词》，浙江文艺出版社 2003 年版。

167．董德福：《梁启超于胡适——两代知识分子学思历程的比较研究》，吉林人民出版社 2004 年版。

168．谢天振、查明建主编：《中国现代翻译文学史》，上海外语教育出版社 2004 年版。

169．白吉庵：《章士钊传》，作家出版社 2004 年版。

170．郭华清：《宽容与妥协——章士钊的调和论研究》，天津古籍出版社 2004 年版。

171．徐复观著、陈克艰编：《中国知识分子精神》，华东师范大学出版社 2004 年版。

172．佘小杰：《中国现代社会言情小说研究》，中国社会科学出版社 2004 年版。

173．朱寿桐：《中国现代社团文学史》，人民文学出版社 2004 年版。

174．章清：《"胡适派学人群"与现代中国自由主义》，上海古籍出版社 2004 年版。

175．王济民：《晚清民初的科学思潮和文学的科学批评》，中国社会科学出版社 2004 年版。

176．常乃德：《中国思想小史》，葛兆光导读，上海古籍出版社 2005 年版。

177．张宝明：《〈新青年〉个人、社会与国家关系聚焦》，社会科学文献出版社 2005 年版。

178．吴康：《新文学的本原》，岳麓书社 2005 年版。

179．陈国庆：《中国近代社会转型研究》，社会科学文献出版社 2005 年版。

180．王玉琦：《近现代之交中国文学传播模式转换研究》，江西人民出版社 2005 年版。

181．袁洪亮：《人的现代化　中国近代国民性改造思想研究》，人民出版社 2005 年版。

182．郑大华、邹小站：《思想家与近代中国思想》，社会科学文献出版社 2005 年版。

183．陈平原：《中国现代小说的起点——清末民初小说研究》，北京大学出版社 2005 年版。

184．卢洪涛：《中国现代文学思潮史论》，中国社会科学出版社 2005 年版。

185．陈平原：《触摸历史与进入五四》，北京大学出版社2005年版。

186．张少康：《中国文学理论批评史（下）》，北京大学出版社2005年版。

187．刘锋杰：《中国现代六大批评家》，北京大学出版社2005年版。

188．郭延礼：《中国前现代文学的转型》，山东大学出版社2005年版。

189．蒋广学、何卫东著：《梁启超评传》，南京大学出版社2005年版。

190．罗选民：《文学翻译与文学批评》，人民文学出版社2005年版。

191．佛雏：《王国维哲学译稿研究》，社会科学文献出版社2006年版。

192．袁济喜：《新编中国文学批评发展史》，中国人民大学出版社2006年版。

193．夏晓虹选编：《胡适论文学》，安徽教育出版社2006年版。

194．庄锡华：《中国现代文论家论》，光明日报出版社2006年版。

195．栾梅健：《二十世纪中国文学发生论》，广西师范大学出版社2006年版。

196．李怡：《现代性：批判的批判》，人民文学出版社2006年版。

197．岳凯华：《五四激进主义的缘起与中国新文学的发生》，岳麓书社2006年版。

198．董炳月：《"国民作家"的立场——中日现代文学关系研究》，生活·读书·新知三联书店2006年版。

199．朱洪：《陈独秀与胡适》，湖北人民出版社2006年版。

200．丁仕原：《章士钊与近代名人》，中国文史出版社2006年版。

201．郑逸梅编著：《南社丛谈：历史与人物》，中华书局 2006 年版。

202．邵滢：《中国文学批评现代建构之反思——以京派为例》，湖北教育出版社 2006 年版。

203．柯汉琳：《篱侧论稿》，中国社会科学出版社 2007 年版。

204．姚淦铭、王燕主编：《王国维文集（上、下）》，中国文史出版社 2007 年版。

205．庄桂成：《中国文学批评现代转型发生论》，中国社会科学出版社 2007 年版。

206．刘颖：《中国文学现代转型的民俗学语境》，安徽人民出版社 2007 年版。

207．柯汉琳：《美的形态学》，中山大学出版社 2008 年版。

208．段江波：《危机·革命·重建：梁启超论"过渡时代"的中国道德》，广西师范大学出版社 2008 年版。

209．叶嘉莹：《王国维及其文学批评》，北京大学出版社 2008 年版。

210．李春雨、杨志编著：《中国现代文学资料与研究》，北京师范大学出版社 2008 年版。

211．谢昭新：《中国现代小说理论发展史》，人民出版社 2009 年版。

212．郑匡民：《梁启超启蒙思想的东学背景》，上海书屋出版社 2009 年版。

213．梁启超：《梁启超文集》，北京燕山出版社 2009 年版。

214．张艳华：《新文学发生期的语言选择与文体流变》，山东大学出版社 2009 年版。

215．袁国兴：《中国现代文学形式批评》，人民出版社 2010 年版。

216．柯汉琳等著：《文化生态与 20 世纪中国文学理论批评的发展演变》，中国社会科学出版社 2012 年版。

217. 高楠主编，王纯菲、宋伟编著：《中国现代性：理论视域与文学书写》，文化艺术出版社 2013 年版。

三、中译国外文献：

1. 〔日〕实藤惠秀著，谭汝谦等译：《中国人留学日本史》，三联书店 1983 年版。

2. 〔美〕费正清编：《剑桥中国晚清史 1800—1911》，中国社会科学出版社 1985 年版。

3. 〔美〕林毓生：《中国意识的危机 "五四" 时期激烈的反传统主义》，贵州人民出版社 1988 年版。

4. 〔日〕青木正儿著，孟庆文译：《中国文学思想史》，春风文艺出版社 1988 年版。

5. 〔美〕微拉·施瓦支 (Vera Schw arcz) 著，李国英等译：《中国的启蒙运动——知识分子五四遗产》，山西人民出版社 1989 年。

6. 〔美〕费正清编：《剑桥中华民国史 1912—1949》，中国社会科学出版社 1994 年版。

7. 〔日〕伊藤虎丸著，孙猛等译：《鲁迅、创造社与日本文学 中日近现代比较文学初探》，北京大学出版社 1995 年版。

8. 〔美〕张灏著，崔志海、葛夫平译：《梁启超与中国思想的过渡》，江苏人民出版社 1995 年版。

9. 〔美〕格里德著，鲁奇译：《胡适与中国的文艺复兴——中国革命中的自由主义（1917—1937）》，江苏人民出版社 1996 年版。

10. 〔斯洛伐克〕玛利安·高利克著，陈圣生等译：《中国现代文学批评发生史 1917—1930》，社会科学文献出版社 1997 年版。

11.〔美〕林毓生：《中国传统的创造性转化》，生活·读书·新知三联书店 1998 年版。

12.〔美〕周策纵著，周子平等译：《五四运动——现代中国的思想革命》，江苏人民出版社 1999 年版。

13.〔日〕伊藤虎丸著，李冬木译：《鲁迅与日本人　亚洲的近代与"个"的思想》，河北教育出版社 2000 年版。

14.〔美〕李欧梵：《现代性的追求　李欧梵文化评论精选集》，生活·读书·新知三联书店 2000 年版。

15.〔美〕夏志清著，刘绍铭等译：《中国现代小说史》，中文大学出版社 2001 年版。

16.〔法〕吉尔·德拉诺瓦著，郑文彬、洪晖译：《民族与民族主义》，生活·读书·新知三联书店 2005 年版。

17.〔美〕宇文所安著，王柏华、陶庆梅译：《中国文论：英译与评论》，上海社会科学出版社 2003 年版。

18.〔美〕勒内·韦勒克、奥斯汀·沃伦著，刘象愚、邢培明、陈圣生、李哲明译：《文学理论》，江苏教育出版社 2005 年版。

附录:《甲寅》月刊目次

《甲寅》月刊第一卷第一号（1914年5月10日，即民国三年五月十日）

栏目	题目	作者
	政本	秋桐
	读严几道民约平议	秋桐
	墨乱感言	秉心
时评		
	造法机关	秋桐
	约法	渐生
	数月来之外交	渐生
	旧……新	渐生
	石油问题	无卯
	新闻条例	秋桐
	失业者谁使之欤	渐生
	爱兰自治案	渐生
	日本之政党政治一	无卯
	日本之政党政治二	渐生

243

评论之评论

通信

文录

马一佛与王无生书二首

谢无量与马一佛书三首

刘申叔与谢无量书二首

王无生与陈伯弢书一首

诗录

王国维诗一首

(《颐和园词》) 王国维

刘师培诗一首

(《咏史》) 刘师培

桂念祖诗六首(实际上是七首)

(《偶于座客扇头见书长句一律词旨悱恻读之愀然

末不署姓字意其人必有黍离麦秀之感者闵而和之》桂念祖

《留都月余刘幼云相得甚欢惟予酷嗜释家言每以勖

刘而刘以宋儒之说先入为主辄取拒不纳适屡以所绘

介石山庄图属题行抵上海乃寄是作》 桂念祖

《舍弟遘疾自东返赣陶君伯荪以诗唁之语特凄楚因

次其韵推本万法唯心之旨以两释之》 桂念祖

《题程撷华易庐集三叠前韵》 桂念祖

《酬胡苏存四叠前韵》 桂念祖

《汪友箕以闵乱之心次韵述怀予遂推论祸本以广其

意六叠前韵》 桂念祖

《连日苦闷追念逝者不释于怀泣然赋此》) 桂念祖

①目录中未标注此栏目名，在文章正文前面标明。

《甲寅》月刊第一卷第二号（1914年6月10日，即民国三年六月十日）

丛谈②

女蜮记	老谈

②目录中为《新约法与古德诺》，正文中为《古德诺与新约法》。

《甲寅》月刊第一卷第三号（1914年7月10日，即民国三年七月十日）

栏目	题目	作者
	自觉	秋桐
	政力向背论	秋桐
	议院主权说	天钧
	非募债主义	运甓
	广尚同	白沙
时评		
	官国与总督制	洗心
	参政院	渐生
	国务卿	白沙
	巴厘公债案	无卯
	奥皇储被刺	渐生
	法兰西内阁	渐生
	爱兰国民党	渐生
	张伯伦	渐生
	菲律宾自治案	渐生

胡尔泰亡命 　　　　　　　　　　　　秦心

评论之评论

行政法 　　　　　　　　　　　　秋桐

自然 　　　　　　　　　　　　　秋桐

迷而不复 　　　　　　　　　　　无卯

平和 　　　　　　　　　　　　　白沙

通讯

平政院 　　　　　　　　　　　何亚心[3]

复旧一 　　　　　　　　　　　詹瘦盦

复旧二 　　　　　　　　　　　韩伯思

新约法一 　　　　　　　　　　朱芰裳

新约法二 　　　　　　　　　　顾一得

人口（含人口过庶问题之研究） 　郁嶷

孔教一、二、三、四 　　　　　张尔田

孔教五 　　　　　　　　　　　梁士贤

宗教与事业（含致留东同学书） 　陈敏望

物价与货币购买力 　　　　　　李大钊

民国之祢衡一 　　　　　　　　高吾寒

民国之祢衡二 　　　　　　　　高一涵

译书 　　　　　　　　　　　　周锐锋

论坛

赵藩四首

（《西巡发大理日作》   赵藩

《据鞍》   赵藩

《兰津渡谒诸葛忠武祠》   赵藩

《越高黎贡山渡龙川江入腾冲再赠印泉》）   赵藩

杨琼一首

（《偕印泉游虚凝庵及铁锋即事有作》）   杨琼

毚勤斋八首

（《癸丑冬日感怀八章》）   毚勤斋

海外虬髯八首

（《甲寅春暮感事八首》）   海外虬髯

杨守仁遗稿六首

（《北行杂诗之一》   杨守仁

《辛丑岁暮题俪鸿小影》   杨守仁

《步华生先生韵三首》   杨守仁

（《原诗》《城南携手日》）（附）   杨昌济

（《游利赤蒙公园 Richmond Park》）   杨昌济

舒闰祥遗稿四首

（《奉和陈君兼呈许子》   舒闰祥

《送杨君重浮沅湘》   舒闰祥

《横塘口占》）   舒闰祥

邓艺孙遗稿八首

（《访阮一衲墓》   邓艺孙

《赠常季》   邓艺孙

《得常季书》	邓艺孙
《寄曼殊》	邓艺孙
《寄赠蒋惠琴》	邓艺孙
《展帖》）	邓艺孙

丛谈

| 说元室述闻 | 兹 |

| 白丝巾 | 老谈 |

③何亚心，实际上是储亚心。第 6 期"通信"栏，储亚心《经验一》
后面有编者识："按储君亚心本志三期误作何君特此更正。"

《甲寅》月刊第一卷第四号（1914 年 11 月 10 日，即民国三年十一月十日）

栏目	题目	作者
	调和立国论上	秋桐
	自觉心与爱国心	独秀④
	欧洲战争与中国财政	运甓
	铁血之文明	白沙
时评		
	评欧洲战争	渐生

评论之评论

联邦论　　　　　　　　　　　　　　　　秋桐

通信

救国本问　　　　　　　　　　　　　　　　孙毓坦

政本　　　　　　　　　　　　　　　　　　GPK

内阁制　　　　　　　　　　　　　　　　　罗侯

总统制与解散权　　　　　　　　　　　　　张企贤

出廷状　　　　　　　　　　　　　　　　　戴承志

民意　　　　　　　　　　　　　　　　　　张尔田

强暴　　　　　　　　　　　　　　　　　　陈乐

米专卖　　　　　　　　　　　　　　　　　王渭西

社会　　　　　　　　　　　　　　　　　　刘陔

宗教问题　　　　　　　　　　　　　　　　高一涵

孔教　　　　　　　　　　　　　　　　　　梁天柱

国学　　　　　　　　　　　　　　　　　　孙叔谦

译名　　　　　　　　　　　　　　　　　　蓉挺公

白种人之救国热　　　　　　　　　　　　　李寅恭

论坛

民福　　　　　　　　　　　　　　　　　　高一涵

国情　　　　　　　　　　　　　　　　　　李大钊

舆论与社会　　　　　　　　　　　　　　　汪馥炎

④正文中题目为:《爱国心与自觉心》。

⑤目录中为"啁啾杂记"，但正文中仍是"啁啾漫记"。

《甲寅》月刊第一卷第五号（1915年5月10日，即民国四年五月十日）

英国战时财政经济概观 端六

通讯

政本 韩伯思

调和 WKY

功利 朱存粹

自觉 陈涛

新春秋 伍子余

章太炎自性及与学术人心之关系 高一涵

欧战之影响一、二 张溥

某氏挽救危局之实际办法 张农

文苑

魏源拟进呈新元史自序 魏源⑥

袁昶致龙松琴书九首 袁昶

章炳麟诗一首

(《奂彬同学属题丽楼图》) 章炳麟

桂念祖诗一首

(《梦中作》) 桂念祖

易培基⑦诗二首

(《登鹿山倦宿万寿寺夜半闻风雨作》 易培基

《赠王湘绮先生》) 易培基

蒋智由诗三首

(《好山》 蒋智由

《浩浩太平洋》〈后附汪君原作〉	蒋智由
《朝鸟叹》)	蒋智由
张尔田诗二首	
(《癸丑九月十日感事》	张尔田
《闰月五日梦后作》)	张尔田
赵藩诗二首	
(《寄雪生》	赵藩
《春感》)	赵藩
黄节诗二首	
(《答曼殊赠风絮美人图》	黄节
《题某邸绣角梨花笺》)	黄节
苏元瑛诗二首	
(《简晦闻》	苏元瑛
《无题》)	苏元瑛
陈仲诗一首	
(《述哀》)	陈仲
啁啾漫记	匏夫
双柸记（续第四号）	烂柯山人

⑥正文中标明魏源（遗稿）。

⑦目录中为"易培荃"，正文中标明"易培基"。

《甲寅》月刊第一卷第六号（1915年6月10日，即民国四年六月十日）

栏目	题目	作者
	国民心理之反常	秋桐
	政治与社会	秋桐
	行政与政治	东荪
	社会之自觉心	竹音
	战争与财力	端六
	宗教论	CZY 生
	改良家庭制度札记	CYZ 生
通讯		
	救贫	刘陔
	救国之谈	徐天授
	经验一	储亚心
	经验二	张企贤
	美总统与康格雷	戴承志
	欧战之影响	张溥
	学一	陈蘧
	学二	陶履恭
	译名	张振民
	逻辑一	陈萝
	逻辑二	徐衡

论坛

文苑

《九月六日宴集同人塔射山房》	龙继栋
《发宝庆》	龙继栋
《偶感》)	龙继栋
朱孔彰遗诗三首	
(《读陶集三首》)	朱孔彰
邓艺孙遗诗六首	
(《忆人》	邓艺孙
《与常季山行》	邓艺孙
《与常季宿车心涧》	邓艺孙
《同人步碧萝溪》	邓艺孙
《送葛羲乾之任保康》	邓艺孙
《和伦叔六十自寿》)	邓艺孙
知过轩随录	文廷式遗稿
孝感记	老谈

⑧目录中作者为"张文昌",正文中用另一名字"张尔田"。

《甲寅》月刊第一卷第七号（1915年7月10日，即民国四年七月十日）

栏目	题目	作者
	共和平议	秋桐

魏源覆邓守之书二首	魏源
龙继栋遗诗七首	
(《闻琉球为日本所灭》	龙继栋
《碌秋见怀以诗次韵奉酬》	龙继栋
《寿谷怀内兄》	龙继栋
《书事四首》)	龙继栋
王闿运诗三首	
(《辞史馆还南隆福寺饯席》	王闿运
《雨坐参政院一首》	王闿运
《衡阳山中送客作》)	王闿运
杨琼诗二首	
(《偕印泉登碧鸡山望昆海放歌》	杨琼
《自华亭寺往游太华寺罗汉壁即景有作》)	杨琼
易培基诗四首	
(《寄怀章太炎宛平》	易培基
《哀杨惺吾》	易培基
《饯花二首》)	易培基
陈仲诗二首	
(《远游》	陈仲
《夜雨狂歌答沈二》)	陈仲
吴虞诗二十首	
(《辛亥杂诗》	吴虞
《谒费此度祠》	吴虞
《题宁梦兰画》	吴虞

《寄吴伯揭先生》)   吴虞

说元室述闻   兹

绛纱记   昙鸾

《甲寅》月刊第一卷第八号（1915年8月10日，即民国四年八月十日）

栏目	题目	作者
	国家与我	秋桐
	说宪	秋桐
	爱国储金	秋桐
	治本	无涯
	政制论下	东荪
	人患	运甓
	国币条例平议	端六
	局外中立条规平议	鲤生
	欧洲战争与吾国财政经济上所受影响	皓白
	新国家与新教育	后声
论坛		
	政治忏悔论	白惺亚
	论总统连任	戴成祥
通讯		

《甲寅》月刊第一卷第九号（1915 年 9 月 10 日，即民国四年九月十日）

栏目	题目	作者
	帝政驳义	秋桐
	联邦论再答潘君力山	秋桐
	宪法与政治	东荪
	人患	运甓
	唯物唯心得失论	叔雅
	战时才争论	端六
论坛		
	再读秋桐君之联邦论	潘力山
	古德诺博士共和与君主论之质疑	林平
	中国国体论	周子贤
通讯		
	息党争	伍子余
	对于筹安会之意见其一	何震生
	对于筹安会之意见其二	梁鲲
	对于筹安会之意见其三	周锐锋
	对于筹安会之意见其四	CMS
	契约	王燧石
	邦与地方团体	张效敏
	不逮犬马	胡知劲

文苑

西泠异简记　　　　　　　　　　　　　　寂寞程生

《甲寅》月刊第一卷第十号（1915年10月10日，即民国四年十月十日）

栏目	题目	作者
	民国本计论	秋桐
	评梁任公之国体论	秋桐
	吾人理想之制度与联邦	东荪
	道德进化论	无涯
	共和政治论	鲠生
	中俄交涉评	鲠生
	猎官与政权	剑农
	战时财政论	端六
论坛		
	国体最终之评判	汪馥炎
	政治势力与学说势力消长论	漆运钧
	读暂行刑律补充条例一	刘相无
	国文教科取材私议	梁漱溟
通讯		
	释言其一、其二	黄远庸
	改造乎因循乎	张继良

　　（《鹤柴承吴北山遗言以所藏黄瘿瓢画见寄

　　　别墅感怆赋此》）　　　　　　　　　　陈三立

　　章炳麟诗一首

　　（《感旧》）　　　　　　　　　　　　　章炳麟

　　王国维诗二首

　　（《孝定景皇后挽歌辞九十韵》　　　　　王国维

　《癸丑三月三日京都兰亭会诗》）　　　　王国维

　　易坤诗七首

　　（《游诗》）　　　　　　　　　　　　　易坤

　　读史余谈　　　　　　　　　　　　　　无涯

　　西泠异简记　　　　　　　　　　　　　寂寞程生

⑨目录中为此名，正文中名为"鲁尚"。

⑩附沈子培原作。